KB163048

「찾았어!
장소는 산드라 왕국의 남동쪽,
라비 사막이야!」

이세계는 스마트폰과 함께. 4

月 讀
독서 카페 『월독』

오픈!!
루시아 레아
레굴루스
제국에서 쿠데타가
발생했을 때 토야가 구한
레굴루스 제국의 제3황녀.
유미나와는 원래 교류가
있었기 때문에
사이가 좋다.

제국을 구하기 위해
출진!!

이세계는 스마트폰과 함께. 4

후유하라 파토라 illustration■우사츠카 에이지

표지 · 본문 일러스트

우사츠카 에이지

대륙 서쪽 지도

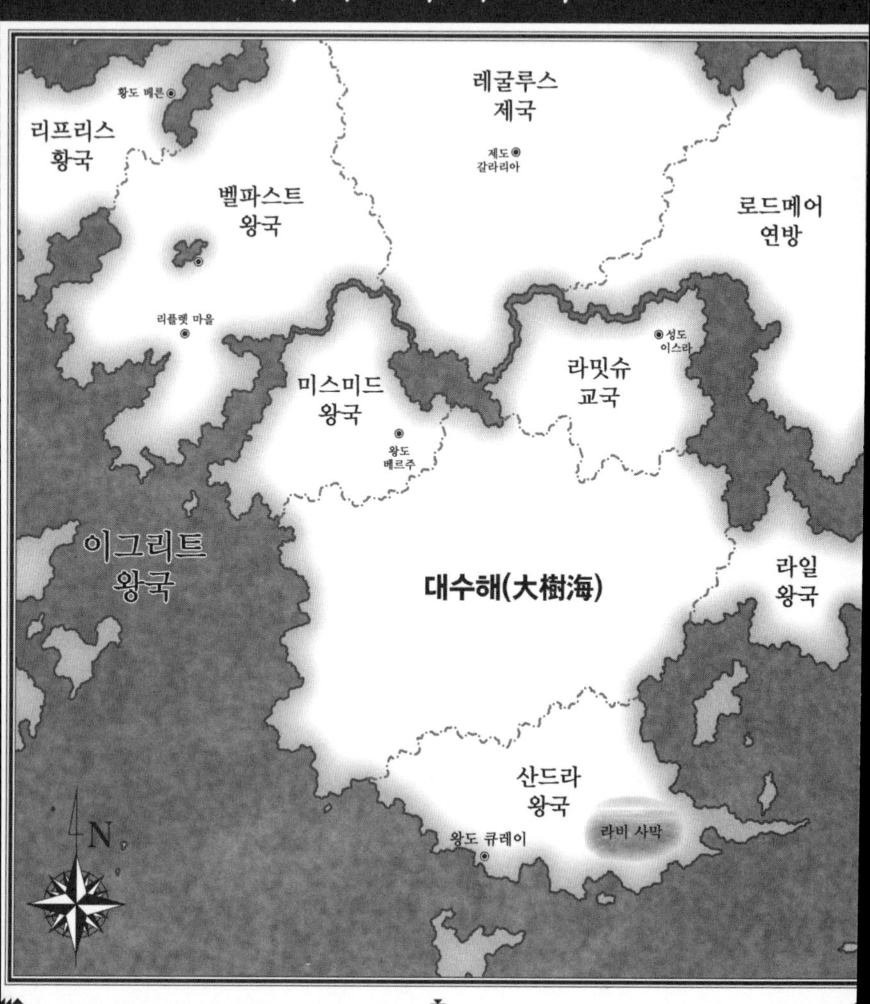

지금까지의 줄거리

하느님의 실수로 죽은 소년, 모치즈키 토야는 이세계에서 부활했다.

하느님이 토야에게 부여해 준 것은 상상을 초월하는 마력을 지닌 신체와 이세계에서도 쓸 수 있는 스마트폰.

토야는 그 힘을 사용해 다양한 문제를 해결하면서, 소중한 동료들을 만난다.

그리고 우연한 계기로 바빌론 박사의 유산 중 하나인「정원」을 손에 넣은 토야는 다음 유산을 찾기 위해 모험을 계속하는데——.

제1장 사막에서의 만남

"찾았어! 장소는 산드라 왕국의 남동쪽, 라비 사막이야!"

아침을 먹는데 갑자기 식당 문을 열고 린과 폴라가 뛰어들어 왔다. 마치 '해냈어!' 라고 말하고 싶은 듯, 매우 환한 얼굴이었다.

"옛날, 사막 안에 있던 고대 유적에 니루야의 유적과 마찬가지로 마석 여섯 개가 묻혀 있는 돌기둥이 있었대! 지금은 사막에 뒤덮여 모래 아래에 있다는 모양이지만!"

"흐~응. 그거 잘됐네."

아침 식사인 토스트를 우물우물 씹으면서 메이드인 라피스 씨에게 과일 주스를 따라 달라고 부탁했다. 아침 식사는 활력의 원천. 든든하게 먹어 둬야 한다. 아침 일찍부터 귀찮은 이야기를 들을 필요는 없다는 말이다.

"……야한 속옷을."

"이야기를 들어 볼까? 라비 사막이라고?"

큭, 기억하고 있었나. '바빌론 유적을 찾으러 가지 않으면, 야한 속옷을 사 달라고 하겠다.' 라니, 정말 황당한 협박이다.

식탁을 둘러싼 모두의 눈빛 온도가 상당히 내려간 것 같지만, 반응을 보이면 이쪽의 패배다. 결국 시치미를 뚝 떼고 돌파하는 수밖에 방법이 없다.

"미스미드의 남쪽, 대수해를 넘어선 곳에 있는 뜨거운 나라, 산드라 왕국. 라비 사막은 그 나라의 남동쪽에 있어."

"바다 다음은 사막인가……. 그 박사, 날 괴롭히는 건 아니겠지……?"

미래를 엿볼 수 있다고 하니, 지금도 이 순간을 엿보고 있을 가능성이 있다. 나는 슬쩍 천장을 노려보았다.

음, 5천 년이나 지나면 지형도 많이 변할 테니, 그런 것까지 계산하면서 괴롭힐 리는 없나? ……그렇게 생각하고 싶었는데, 나는 도저히 그런 설명을 받아들이기가 힘들었다. 박사의 히죽이는 표정이 뇌리에 떠올랐기 때문이다.

"그래서 그 유적에 가자고?"

"그래. 고대 문명의 유산을 찾는 거야. '도서관' 이면 좋겠는데……."

린은 무슨 일이 있어도 갈 생각인가 보다. 하지만 나는 솔직히 내키지 않았다. 힐끔, 옆에 있는 셰스카를 바라보았다.

"뭔가요?"

"아냐. 너 같은 애가 한 명 더 늘 거라고 생각하니, 영……."

"주지육림, 우하우하죠."

"됐어. 넌 그냥 말하지 마."

머리가 아파…….

어떻게 할까? 굳이 손에 넣을 필요는 없지 않나? 그게 내 솔직한 심정이었다.

하지만 그렇다고 안 갈 수도 없었다. 린과의 약속도 약속이지만, 박사가 남긴 메시지에 등장하는 프레이즈에 의한 고대 왕국 멸망…… 그게 마음에 걸렸기 때문이었다.

지나친 생각이라면 다행이지만, 혹시나 하는 일이 있을 때 '바빌론' 의 힘이 필요해질 수도 있다. 그때가 되어 뒤늦게 후회해 봐야 다 소용없는 일이니…….

"좋아, 그럼 가자. 셰스카, '정원' 좀 준비해 줘."

"예스, 마스터."

린과 폴라가 기뻐하는 가운데, 다른 아이들도 못 말린다는 듯한 표정을 지으며 자리에서 일어났다. 아마 준비를 위해 방에 돌아가려는 거겠지.

그러고 보니 '정원' 에다 리플렛에서 이동시켜 놓은 빈집을 그냥 방치해 뒀었다. 별장으로 사용할 수 있지 않을까 했는데, 역시 조금 수리가 필요하겠지? 물론 집 자체는 파손되지 않았고, 나름 크기 때문에 충분히 사용할 수 있는 수준이지만.

아무튼, 이동 중에 조금 손을 볼까?

벨파스트를 출발한 '정원' 은 미스미드의 남쪽, 산드라 왕국을 향해 직선으로 날아갔다.

'정원' 의 속도는 아마도 비행기와 크게 다르지 않을 거라 생각한다. 왜 생각한다고 말했냐면, 나는 태어나서 지금껏 비행기를 타 본 적이 없기 때문이다. 고소공포증 같은 이유가 아니라, 그냥 탈 기회가 전혀 없었기 때문이었지만.

"목적지까지는 약 네 시간이 걸립니다."

빠른 건지 느린 건지 알기 어렵지만, 시간이 꽤 걸리네. 그럼, 그동안 빈집을 수리해 볼까?

정원 구석으로 이동시킨 빈집 두 채 중, 큰 집 안으로 문을 열고 들어가 보았다. 음, 상태는 나쁘지 않다. 일단 청소를 해서 깨끗하게 정리하면 충분하겠지?

"그럼 나는 2층을 청소할게."

"저는 부엌이랑 주변, 식당을 청소할게요."

"소인은 1층 거실을 중심으로 정리하겠습니다."

"그럼 저는 현관이랑 복도를 청소할게요. 토야 오빠는 망가진 곳을 수리해 주시고, 물을 쓰는 곳이랑, 불을 사용하는 곳을 개량해 주세요."

다들 척척 각자 자신이 할 일을 정했다.

물을 쓰는 곳이라. 자, 어떻게 할까. '정원' 에는 수로가 흘렀는데, 그걸 이용해 볼까?

'정원' 을 제어하는 모노리스가 있는 곳으로 가서 셰스카에게 물으니, 수로의 물은 박사가 만든 아티팩트에서 나오는 것이라고 한다.

안내를 받아서 간 장소에는 작은 분수가 있었는데, 그곳에서 솟아난 물이 수로를 흘러 정원 안을 빙 돌았다. 그 물은 다시 정화되어 분수로 돌아간다고 한다.

"여기서 솟는 수량은 정해져 있어?"

"아니요. 증발하기도 하니까요. 수량이 줄면 늘려서 다시 원래의 양으로 돌아가요."

그렇다면 이곳에서 물을 당겨써도 괜찮다는 말이구나.

"마실 수 있어?"

"인체에 해는 없어요."

그럼 사용해 볼까. '은월' 에 온천을 만들었을 때와 마찬가지 방법으로 짧은 파이프를 분수가 있는 곳에 설치했다. 일단 배수 파이프는 '정원' 수로의 마지막 지점에 설치해 두자. 여기서부터 정화된다는 모양이니까.

부엌 주변을 청소하는 린제에게 가서 물을 담는 나무통을 제거한 뒤, 【모델링】을 이용해 싱크대를 만들었다. 미스릴로 만든 싱크대가 눈부시게 빛났다.

그 위에 있는 수도꼭지는 【게이트】로 분수와 연결해 두었다. 물론 배수구도 배수 파이프와 연결했다.

수도꼭지를 틀면 물이 나온다. 음, 괜찮은 것 같아. 처음에는 깜짝 놀랐던 린제도 스스로 수도꼭지를 틀고 잠그고 하는 걸 보니, 금방 사용법을 익힌 모양이었다.

겸사겸사 화장실도 만들었다. 수세식으로. 아무래도 이것만큼은 만들 때 신중을 기했다. 물론 배수구는 이곳이 아니라 우리 저택의 화장실과 연결해 두었다.

그리고 욕실도 역시 마찬가지 방법으로 만들었다. 이걸로 샤워 시설도 완비됐다. 이 정도면 되겠지?

이제는 조명 시설인가. 【라이트】를 인챈트하면 사용자가 흘리는 마력으로 몇 시간 정도는 불빛을 빛나게 할 수 있다. 【라이트】 자체는 마력을 많이 소모하지 않으니까.

일단 이 정도인가? 그러고 보니 린과 폴라가 안 보이는데 어디로 간 거지?

두 사람(?)을 찾아보니, 모노리스 앞에 린과 폴라, 그리고 코하쿠, 산고, 코쿠요, 셰스카가 있었다. 다들 모노리스에 비친 화면을 가만히 들여다보는 중이었다.

"뭐 해?"

"성가신 걸 발견했어. 아마 조난자일 거야. 이곳은 산드라 왕국 바로 앞이긴 하지만, 이미 사막 지대거든. 아무도 지나지 않는 곳인데 무슨 일일까?"

화면에는 지상의 모습이 비치고 있었다. 사막 위에서, 짐을 실은 낙타를 데리고 낡은 망토를 두른 사람 몇 명이 힘없이 비틀거리며 걸었다. 열 명 정도인가? 그런 것치고는 짐이 너무 적은 것 같은데.

"조난자라면 구해야지."

"어떻게? 이 '바빌론'을 드러낼 거야? 우연히 만난 조난자에게 보여 줄 수는 없잖아. 만약 저 사람들이 악당이거나 범죄자면? 이런 곳을 걷다니, 보통 사람들이 아니야. 왜 성가신 걸 발견했다고 했는지 이제 알겠지?"

그렇구나. 확실히 성가실 듯했다. 나쁜 사람인지는 유미나의 마안으로 판단할 수 있지만, 모든 사람이 착하다고는 할 수 없었다. 하지만 한 사람 정도가 악당이라고 해서, 그 녀석만 사막에 놔두고 가는 것도 좀 그런데.

"아무튼 도와주자. '정원'에 데리고 오지 않더라도, 【게이트】로 미스미드나 벨파스트에 보내는 것 정도는 가능하잖아."

단, 문제는 접촉 방법이다. 갑자기 눈앞에 나타나면 아마 잔뜩 경계할 테니까.

"서두르는 편이 좋을지도 몰라요."

"응?"

셰스카가 가리킨 화면을 보니, 조난자들 눈앞의 모래 속에서 거대한 괴물이 나타났다.

저건 뭐지?! 벌레?! 거대한 애벌레라고 해야 하나? 아니면 지렁이? 끝 부분에 있는 머리가 전부 입이고, 360도 전체에 날카로운 이빨이 나 있는 벌레.

"샌드크롤러야. 모래와 함께 먹잇감을 집어삼키는 마수지."

린이 화면을 노려보면서 괴물의 정체가 무엇인지 가르쳐 주었다. 영상을 보니, 조난자 중 세 사람이 검이나 도끼를 휘두르면서 괴물에 맞섰지만 아무래도 좀 불리해 보였다. 마법사도 없는 모양이었고, 사람들의 실력도 별로 좋다고는 할 수 없었다. 이미 짐을 옮기던 낙타가 잡아먹혔다. 조난자들이 당하는 것도 시간문제겠지.

"갔다 올게!"

나는 영상을 똑똑히 기억한 뒤, 【게이트】를 열어 지상을 향해 뛰어갔다.

그리고 샌드크롤러의 머리 위 상공에 출현해, 브륀힐드로 총알을 마구 퍼부었다. 그건 단순한 총알이 아니었다. 【익스플로전】을 부여한 폭렬탄이었다. 기분 나쁜 체액을 흩뿌리면서 샌드크롤러가 몸을 비틀었다.

나는 사막 위에 착지하자마자 오른손에 마력을 모아 린제에게 배운 마법을 외웠다.

"【물이여 오너라, 맑고 차가운 칼날, 아쿠아커터】."

발사된 수압이 강한 칼날이 샌드크롤러의 목(?)을 잘라 버렸다. 우와, 내가 한 짓이지만, 엄청 그로테스크하네…….

절단면으로 흰색이다 녹색이다 기분 나쁜 체액을 흩뿌리면서, 샌드크롤러는 천천히 사막 위로 쓰러졌다. 그런데도 바로 죽지 않고 징그럽게 계속 꿈틀거렸지만, 이윽고 더 이상 움직이지 않았다.

우웨엑……. 장어 같은 동물은 머리가 잘려도 한동안은 죽지 않는다고 하는데, 이건 도저히 보고 있기가 힘들었다. 다음에 쓰러뜨릴 때는 태워 죽이자.

브륀힐드를 허리의 홀스터에 넣고 샌드크롤러의 시체를 보며 얼굴을 찌푸리고 있을 때, 조난자 중 한 사람이 이쪽을 향해 걸어왔다. 손에는 장검을 들고 있었는데, 햇볕을 피하기 위한 망토의 후드를 쓰고 있어서 얼굴은 알아볼 수 없었다. 하지만 아무래도 여자인 듯했다.

"……너는 누구지?"

"모치즈키 토야라고 합니다. 우연히 보니, 뭔가 위험해 보여서 전투에 끼어들었습니다."

"아니. 덕분에 살았다. 고맙다. 나는 레베카. 모험자다."

모험자는 후드를 벗고 얼굴을 태양빛 아래에 드러냈다. 햇볕에 탄 갈색 피부에, 회색 머리. 머리카락은 어깨 언저리에 닿았다.

"대단하던데? 저런 마수를 순식간에 처치하다니."

레베카의 뒤에 있던 도끼를 든 남자가 후드를 벗으며 다가왔다. 20대 초반, 키가 크고, 다박수염에, 몸이 튼실해 보이는 남자였다. 그 옆에서는 나보다 어려 보이는 소년이 검을 든 채 어깨를 들썩이며 숨을 쉬었다.

얼핏 봤을 뿐이지만, 아무래도 저 무기는 소년에게 잘 어울리지 않는 듯했다. 저 몸집이 작은 아이에게 저 검은 너무 크다.

그런 생각을 하고 있는데, 소년이 검을 집어 던지고 내 발밑으로 달려와 무릎을 꿇었다.

"저, 저어! 조금 전 그 마법은 물 속성이죠?! 부, 부디 물을 좀 내주시면 안 될까요?!"

갑자기 무슨 부탁을 하는 건가 의아했지만, 바로 이해했다. 아, 물이 없어서 그렇구나.

그러고 보니 잡아먹힌 낙타한테도 물주머니가 없었던 것 같아. 그런 상황에서 사막을 가로지르려 하다니, 자살이나 마찬가지다.

"미안하다. 혹시 괜찮으면 물을 좀 줄 수 없을까. 지금은 돈이 없지만, 은혜는 잊지 않고 꼭 갚을 테니까. 그러니까 부디……."

내가 좀처럼 대답하지 않자, 레베카까지 참지 못하겠다는 듯, 그렇게 말을 꺼냈다.

"그 정도야 별문제는 아닌데요, 물을 담을 만한 용기가 없나 해서요. 아, 그냥 만들면 되나?"

"뭐?"

나는【스토리지】에서 손바닥만 한 철 덩어리를 꺼낸 뒤,【모델링】을 이용해 커다란 철 대야를 만들었다. 그리고 그 안에 물 속성 마법으로 많은 물을 불러냈다. 철 대야가 사막의 열 때문에 금방 뜨거워지니, 기왕에 얼음도 왕창 넣어 두자.

"아니?!"

물소리를 듣고 다른 사람들이 일제히 이쪽을 향해 몰려왔다. 나는 남은 철로 간단하게 컵을 몇 개 만들어 나눠 주었다.

사람들은 앞다퉈 컵을 받아서는 벌꺽벌꺽 물을 마셨다. 정말 목이 많이 말랐던 모양이다.

그 사이에 나는 묘한 사실을 깨달았다. 조난자는 모두 열 명. 그중 방금 그 소년과 도끼를 든 남자를 제외하면 모두 여자였다.

그리고 레베카를 제외한 나머지 여자 일곱 명에게는 공통점이 있었다. 바로 검게 빛나는 커다란 초커 목걸이. 이건 설마…….

내가 의아하게 생각하며 초커 목걸이를 바라보자, 레베카 씨가 무겁게 입을 열었다.

"그래. 이 여자들은 노예다. 우리가 노예 상인에게서 빼앗아 왔다."

……어? 린의 예상이 적중한 건가? 내가 도와준 사람들이 도적 비슷한 사람이었나……?

'노예의 초커 목걸이' 라는 것이 있다.

원래는 아티팩트 중 하나로, 수백 년 전에 산드라의 대마법사가 양산에 성공한 마법 도구인 모양이었다.

원래 이건 흉폭하고 길들이기 힘든 마수를 억지로 복종시키기 위해 만든 것이었다. 하지만 어느새 사람들은 이것을 사람에게 사용하기 시작했다.

처음에는 범죄자에게 사용한 모양이었다. 그런데 시대가 흐르면서 그 초커 목걸이는 나라에 '노예' 라는 존재를 만들고 말았다.

모든 권리를 박탈당하고, 소유물로 취급되는 '물건' 을.

대부분은 범죄자이거나, 빚을 져 몸을 팔거나, 매매되거나 해서, 합법(어디까지나 그 나라에서는 그렇다는 말이지만)적으로 노예가 된다. 하지만 개중에는 역시 악당이 있는 법이다.

도적단과 노예 상인이 한패가 되어, 도적단이 마을을 습격해 금품을 빼앗으면, 노예 상인이 젊은 여자들을 비합법적으로 손에 넣는 뒷거래가 성행하기 시작했다고 한다.

어떤 형태이든, '노예의 초커 목걸이' 에 걸리면, 더 이상 자유를 누릴 수 없었다. 상인 조합에 등록되어 개인의 소유물, 재산으로 취급됐다.

레베카 씨가 데리고 온 사람들도 그렇게 노예가 됐다고 한다.

그 여자들을 데리고 다니던 노예 상인이 레베카 씨(여검사), 로건 씨(도끼를 쓰는 남자), 윌(소년), 이렇게 세 사람에게 여행의 호위를 부탁했다. 길드를 통한 일이었기 때문에, 세 사람은 노예 상인이라고는 생각을 못한 모양이었다.

여행을 계속 하면서 노예들에게 사정을 들은 세 사람은 분노

해 노예 상인에게 반기를 들려고 했다. 그런데 반기를 들기 전에, 상인은 도적에게 습격당해 허무하게도 죽어 버렸다.

습격자들이 쏜 첫 번째 화살이 머리에 박혀, 허무하게 최후를 맞이했다는 모양이었다. 도적과 한패가 되어 악한 일을 저지른 남자가 도적에게 살해당하다니, 이것도 인과응보라고 해야 할까.

습격해 온 도적들을 쓰러뜨린 레베카 씨 일행은 노예들을 데리고 이 나라에서 몰래 도망치려고 했다. 조합에 잡히면 새로운 주인에게 또 팔려 나가기 때문이었다.

하지만 사람들 몰래 나라 밖으로 도망치던 도중, 모래 폭풍에 말려들어 조난을 당했다…….

"……라는 건가요?"

"그래, 그렇게 된 거다."

그렇구나~. 참 나쁜 녀석들이 다 있네……. 인신매매라. 이쪽 세계에도 그런 게 있었다니.

아무래도 산드라 왕국은 다른 나라와 교류가 없어서 독자적인 문화를 유지하고 있는 듯했다. 그야 뭐, 미스미드에서 대수해를 건너고, 뜨거운 사막을 가로질러 이곳에 오기는 힘든 일이니까.

“‘노예의 초커 목걸이’라…….”

벗기려고 하면 엄청난 통증이 밀려와 자칫 죽을 수도 있다는 모양이었다. 정말 못된 녀석들이야. 주인이 된 사람을 다치게 할 수 없었기 때문에, 결국 노예가 된 사람은 주인의 명령을 거스를 수 없었다.

도망치고 싶어도 주인이 ‘돌아와라.’라고 텔레파시를 보내면 그것으로 끝이었다. 만약 거역하면 엄청난 고통을 맛봐야 했다.

초커 목걸이를 벗길 수 있는 사람은 주인뿐. 그런데 그 주인이었던 상인이 죽어 버렸다. 즉, 이제 이 여자들의 초커 목걸이는 벗길 수 없다는 말이다. 일단 조합에 돌아가 새로운 주인을 찾아야 하는데, 그 새 주인이 노예를 해방시켜 주지 않는 이상은 초커 목걸이를 벗길 수 없다는 모양이었다.

근데 내가 다른 방법을 하나 생각했는데, 과연 성공할 수 있을까…….

【어포트】로 끌어당겨 벗기는 방법인데……. 크기가 어중간하단 말이지.

여자의 목이니 별로 굵지는 않지만, 손바닥 안에 들어가는 크기인가?

나는 내 목을 양손으로 잡고 굵기를 확인해 보았다. 이것보다는 가늘 가능성이 높으니, 괜찮겠지? 안 되면 아무 일도 벌어지지 않을 테니, 일단은 시도해 보자.

"그 초커 목걸이, 벗길 수 있을지도 몰라요."
"뭐라고?"
"정말인가요?!"
레베카 씨보다 윌이라는 소년이 내 말에 더 크게 반응하면서, 눈을 휘둥그렇게 뜨고 나를 가만히 바라보았다.
"일단 시도해 봐야 알아. 안 되면 아무 일도 일어나지 않을 테니, 해 봐도……."
"부탁합니다! 웬디를 해방시켜 주세요!"
웬디? 윌이라는 소년이 초커 목걸이를 찬 소녀 한 명을 데리고 이쪽으로 빠르게 다가왔다.
나이는 열셋에서 열넷 정도……. 윌이랑 비슷한 또래인가? 갈색 피부에 거뭇한 금발을 땋아 양쪽 가슴 앞으로 내린 모습. 노예 일곱 명 중에서는 가장 어린 소녀였다. 소녀는 윌의 등 뒤에 숨어 움찔거리면서 이쪽을 바라보았다. 나를 보고 벌벌 떨다니, 조금 충격이다. 물론, 샌드크롤러를 그렇게 만들어 버렸으니…….
뭐, 좋아.

"【어포트】."

더 이상 겁을 주는 것도 좀 그래서, 나는 설명 없이 바로 초커 목걸이를 끌어당겼다.

내 손에는 이미 검게 빛나는 초커 목걸이가 도착해 있었다. 오, 성공인가.

"어?! 어, 어라?!"

내가 초커 목걸이를 쥐고 있는 모습을 본 윌은 뒤에 숨은 웬디를 향해 돌아섰다. 당연히 그곳에는 초커 목걸이가 없었다.

"벗겨졌어! 벗겨졌다고, 웬디!"

"뭐……?"

웬디라는 소녀가 자신의 목을 문질렀다. 그리고 초커 목걸이에게서 해방됐다는 사실을 깨닫자, 주륵주륵 눈물을 흘리며 입을 막았다.

그런 웬디를 윌이 꼭 껴안아 주었다. 아~ 그런 거였구나. 소년이 필사적으로 행동한 것도 충분히 이해가 된다. 청춘이야.

"……이봐, 대체 어떻게 한 거지?"

"무속성 마법【어포트】. 물체를 끌어당기는 마법이에요."

깜짝 놀란 표정을 지은 채 굳어 있는 로건 씨를 방치하고, 나는 다른 사람의 초커 목걸이도 잇달아 풀어 주었다. 나는 일곱 명의 초커 목걸이를 전부 벗긴 다음, 불 속성 마법을 사용해 모두 불태워 버렸다.

불타는 초커 목걸이와 나를 보면서, 레베카 씨가 멍하니 중얼거렸다.

"……대체 너는 정체가 뭐지?"

"저도 모험자예요. 여기 길드 카드요."

"빨간색?!"

내가 내민 카드의 색을 보고 모험자 세 사람이 술렁거렸다. 내 카드를 들고 다 같이 확인을 한 뒤, 세 사람은 더욱 놀랍다는 듯이 말했다.

"드래곤 슬레이어에 골렘 버스터?! 진짜로?!"

"어쩐지 샌드크롤러를 너무 쉽게 처리하더라니……."

"우와아…… 처음 봤어요……!"

놀라는 모습도 삼인삼색. 고맙습니다. 나는 카드를 돌려받은 뒤, 레베카 씨에게 앞으로 어떻게 할 건지 물어보았다.

"노예가 해방되긴 했지만, 등록이 말소된 건 아니라서 말이야. 이 나라에 있으면 또 어떻게 될지 알 수 없어. 역시 다른 나라로 데리고 가려고 하는데……."

"그럼 벨파스트로 가실래요? 좋은 나라거든요. 당분간이라면 저희 집에 있어도 되고요."

"아니, 잠깐만. 여기서 벨파스트까지 얼마나 먼지……."

로건 씨의 말을 가로막으면서 나는 눈앞에 【게이트】를 열었다. 그리고 빛의 문에 고개를 내밀어 유미나를 '정원'에서 불러왔다.

"누, 누구냐?!"

"처음 뵙겠습니다. 벨파스트 왕국 국왕, 트리스트윈 에르네스 벨파스트의 딸, 유미나 에르네아 벨파스트입니다."

"""뭐어?!"""

세 사람 모두 완전히 몸이 굳어 버렸다. 당연하다면 당연하지만.

이럴 때면 유미나가 정말로 공주구나, 하고 새삼 깨닫게 된다. 예쁜 드레스를 입고 있지 않아도, 기품이 넘치는 행동거지는 도저히 숨길 수가 없었다. 실제로 눈앞의 모든 사람은 유미나의 존재 자체에 그야말로 압도당했다.

"여러분의 사정은 모두 들었습니다. 우리 나라는 여러분을 받아들일 여력이 충분한데, 어떻게 하실 생각이신가요?"

생긋 웃으면서 유미나가 한 사람, 한 사람의 얼굴을 돌아보았다. 마안을 사용하는 거겠지. 만약 이 안에 사악한 생각을 품은 사람이 있다면, 벨파스트에 데리고 가서도 한동안은 감시를 붙여 두어야 한다.

유미나는 모든 사람과 시선을 마주친 뒤, 나를 보고 생긋 미소 지었다. 아무래도 문제가 없는 듯했다.

몸이 굳었던 레베카 일행은 천천히 무릎을 꿇고 유미나를 향해 몸을 굽혔다.

"네, 네엣! 저, 저어, 자, 잘 부탁드립니다!"

그 모습을 본 로건 씨, 윌, 웬디, 다른 여자들도 잇달아 무릎을 꿇고 몸을 굽혔다. 이게 뭐지? 시대극에서 '예를 표하라!'라고 하는 장면 같아…….

"그럼 벨파스트로 가시죠. 토야 오빠, 부탁드릴게요."

"알았어~."

한 사람, 한 사람 걸어서 【게이트】를 통과시키기 귀찮아 모두 자리에서 일어서게 한 다음, 지면에 【게이트】를 열었다. 그리고 출구는 벨파스트에 있는 우리 집 정원의 지상 1센티미터쯤에 연 뒤, 【게이트】를 위로 이동시켜 빠져나가게 했다…….

해외 SF 드라마의 전송 장치를 보고 따라해 본 건데, 실패했다. 다음엔 이렇게 하지 말아야겠다. 불쾌해.

뭐라고 하지? 계단을 올라가다가 이제 마지막으로 하나 남았다고 생각했는데, 실제로는 계단이 없어 몸이 휘청하는 그 감각? 지면이 잠시지만 사라지는 감각은 굉장히 불쾌했다.

물론 거기까지 생각한 사람은 나와 유미나 정도로, 다른 사람은 너무 갑작스럽게 변한 경치 때문에 어리둥절한 표정을 지었을 뿐이었지만.

"이, 이곳은……?"

"벨파스트 왕국의 왕도예요. 그리고 이곳은 우리 집이고요. 잠깐 이곳에 사세요. 라임 씨~."

내가 집에 있는 슈퍼 집사를 부르자, 바로 라피스 씨, 세실 씨, 레네로 구성된 메이드 부대를 데리고 테라스에서 라임 씨가 나타났다.

"저희가 돌아올 때까지 이 사람들을 좀 돌봐 주세요."

"알겠습니다, 주인어른."

깊이 고개를 숙인 라임 씨가 메이드 부대에게 눈짓을 보내자, 라피스 씨 일행은 손님을 집 안으로 이끌고 들어갔다. 레베카 씨 일행은 주변을 두리번거리면서, 메이드 일행의 뒤를 우르르르 뒤따라갔다.

"일단 앞으로 어떻게 할지는 나중에 찬찬히 물어보기로 하고, 우리는 '정원' 으로 돌아갈까?"

"네, 그러죠."

레베카 씨 일행은 모험자이니까, 길드에서 일을 하면 왕도의 숙소로 거점을 옮기는 건 어렵지 않다. 다른 사람들은…… 역시 우리 집에서 일곱 명을 더 고용하긴 힘들다. 할 만한 일을 찾을 수 있었으면 좋겠는데.

〈주인님!〉

"음? 코하쿠?"

갑자기 텔레파시가 날아와 조금 깜짝 놀랐다. 왜 그러지?

〈코하쿠, 왜 그래? 무슨 일 있어?〉

〈사막에 갑자기 이상한 마물이 나타났어요~. 반짝이는 수정 같은 마물…….〉

대답은 코하쿠가 아니라 코쿠요가 했다. 수정 마물…… 설마?!

【게이트】를 열어 '정원' 의 모노리스 앞으로 이동했다. 모두가 올려다보는 모노리스 화면을 보니, 거대한 수정 괴물이 사막 위에 떠올라서는, 공명음 같이 날카롭게 높은 소리를 내고 있었다.

우리가 만난 수정 괴물은 귀뚜라미 형태, 린이 만난 수정 괴물은 뱀 형태, 그리고 세 번째 수정 괴물, 프레이즈의 모습은 쥐가오리——였다.

크다. 그 프레이즈를 본 순간, 가장 먼저 그런 생각이 들었다. 이전에 싸웠던 귀뚜라미 형태는 경차 사이즈였지만, 이번에는 대형 버스 네 대쯤 되는 크기였다.

머리……라고 해야 할지, 아무튼 앞쪽 끝 부분에는 역시 아몬드 형태의 머리 비슷한 게 두 개 늘어서 있었는데, 그 안에는 오렌지색으로 빛나는 핵이 보였다.

몸의 크기에 맞춘 건지, 이전 귀뚜라미 타입의 핵은 야구공만 했는데, 이번에는 농구공만 했다. 저 정도 크기는 【어포트】로 끌어오기가 힘들다.

"어쩌지?"

린이 나를 돌아보고 그렇게 물어보았다. 싸우지 않고 도망칠 수도 있다. 솔직히 이 나라와는 아무런 인연도 연고도 없다.

하지만 만약 저게 사막을 넘고, 대수해를 넘어 미스미드로 쳐들어간다면? 더 나아가 벨파스트까지 온다면?

많은 피해자가 생길지도 모른다. 그 사람들 중에는 내가 아는 사람이나 신세를 진 사람이 포함되어 있을 수도 있다.

"해치우자. 저 녀석을 그냥 내버려 둘 수는 없어."

여기서 저걸 해치우겠다.

다행히 주변은 아무것도 없는 사막이었다. 피해가 발생할 염려도 없었다.

"근데 어떻게 해치우려고? 저게 이전에 나타났던 것과 똑같은 능력을 지녔다고 한다면, 마법도 흡수할 테고, 굉장히 단단하기도 할 거야. 게다가 이번엔 하늘도 날잖아."

에르제의 말이 옳다. 야에의 칼이 미스릴제로 바뀌긴 했지만, 그게 얼마나 통할지는 알 수 없었다. 애초에 하늘을 나는 상대인데, 어떻게 공격하면 좋지?

"직접 공격이 안 되면, 마법으로 공격할 수밖에, 없어요. 【아이스록】이나 【록 크래시】를 던져서요."

린제의 그 말을 듣고 린과 유미나가 고개를 끄덕였다. 어떻게 해서든 그 공격으로 녀석을 지면에 떨어뜨리고, 나, 에르제, 야에가 직접 공격을 가하는 방법밖에 없다.

"좋아, 가자!"

눈으로 확인할 수 있는 범위라면 【게이트】로 이동할 수 있다. 내가 빛의 문을 열자 모두가 지상의 사막으로 뛰어내렸다.

머리 위에서는 천천히 수정 쥐가오리가 햇빛을 반사하며 움직였다.

직접 눈으로 보니 그 크기를 새삼 실감할 수 있었다. 상대가 위에서 이쪽을 내려다보고 있어서 그런지, 위압감도 훨씬 더 강했다.

브륀힐드를 빼내 방아쇠를 당겼다. 킹, 킹. 총알이 수정 쥐가오리의 몸에 맞더니, 미끄러지듯이 튕겨 나갔다.

"평범한 총알은 안 통하는 건가……."

굉장히 단단한 데다, 납작한 몸 때문인지 위력이 분산되는 듯했다.

"【얼음이여 오너라, 커다란 얼음덩어리, 아이스록】!"

린제가 마법을 발동시키자 쥐가오리 위쪽 상공에 거대한 얼음덩어리가 나타나 아래를 향해 낙하했다.

얼음덩어리는 쥐가오리의 몸과 부딪치기는 했지만, 공중을 부유하고 있는 물체라 그런지 별로 큰 타격을 주지 못한 채, 쥐가오리의 몸에서 미끄러져 사막으로 떨어졌다. 섀도복싱. 그런 말이 머릿속에 떠올랐다.

수면에 떠오른 발포 스티로폼에 돌을 던지는 기분이었다. 이래서는 저 녀석을 땅으로 떨어뜨릴 수 없다.

수정 쥐가오리가 천천히 이쪽을 향해 몸을 돌렸다. 그리고 왼쪽과 오른쪽, 핵이 들어 있는 수정체 사이에 빛이 모여 들었다. 아무래도 불길한 예감이 들었다.

"다들 흩어져!"

내 말을 듣고 모두가 즉각 반응해, 그 자리에서 흩어졌다.

다음 순간, 쥐가오리가 빛의 탄환을 발사했고, 우리가 있던 장소에 작렬했다. 어마어마한 폭발음과 함께 거대한 모래 기둥이 솟구쳐, 그 위력이 얼마나 대단한지를 짐작하게 했다.

"말도 안 돼……. 저런 걸 맞았다간 가루가 될 거야……."

아무래도 저걸 쏘려면 몇 초 정도 힘을 모아야 하는 모양이었다. 불행 중 다행인가. 그렇다면 어떻게든 피할 수는 있다.

그런 내 생각을 비웃듯이 쥐가오리가 이번엔 꼬리를 배 아래쪽으로 굽혔다. 그리고 그 끝에서 마치 기관총 같은 무언가가 튀어나오더니, 우리를 다시 습격했다.

"큭?!"

발사된 무언가를 피하고, 자세를 바로 잡으면서 사막에 꽂힌 게 무엇인지 확인해 보았다.

그것은 투명한 수정 화살. 아니, 막대 수리검이라고 해야 할까. 어느 쪽이든 간에 아주 위험하다.

일행이 무사한지를 확인하기 위해 주변을 둘러보니, 린제가 다리를 붙들고 쓰러져 있었다.

"린제!"

"괜찮, 아요. 스쳤을 뿐, 이니까요……."

린제는 다친 다리에 회복 마법을 걸면서, 당차게 벌떡 일어섰다. 쥐가오리가 또다시 꼬리로 린제를 조준했다. 큰일이야!

"【액셀】!"

내가 준 반지의 능력을 사용해 에르제가 여동생이 있는 곳으로 가속해 이동했다.

쏟아지는 막대 수리검을 에르제는 왼손의 곤틀릿을 들어 막았다. 곤틀릿에 부여한 바람 속성의 효과 덕분에, 수정 탄환은 모두 쌍둥이 자매를 피해 뒤쪽으로 날아갔다.

"토야 님! 소인을【게이트】로 녀석의 머리 위로 보내십시오!"

"……! 알았어!"

야에의 제안을 듣고 나는 잠시 망설였지만, 해 달라는 대로 야에의 발밑에 【게이트】를 열어 쥐가오리 바로 위의 몇 미터 상공으로 이동시켜 주었다.

"각오해라아아!!"

야에가 내리친 미스릴로 만든 검이 쥐가오리의 등에 박혔다. 하지만 치명적인 대미지와는 거리가 멀었다.

쥐가오리의 등을 박차며 야에가 아래로 뛰어내렸다. 뭐 하는 거지? 아무리 아래가 사막이라지만, 저 높이에서 떨어지면……!

"토야 님! 【게이트】를 부탁합니다!"

아, 그런 이야기였구나!

아래로 떨어지는 야에의 바로 아래에 【게이트】를 열었다. 출구는 내 바로 옆, 지상에서 1미터 위. 야에는 공중의 【게이트】로 사라졌다가, 내 바로 옆으로 이동해 가볍게 착지했다. 후우.

"얼마나 깜짝 놀란 줄 알아……?"

"죄송합니다."

근데 미스릴로 만든 야에의 검으로도 효과가 별로 없다니. 어떻게 하면 저 녀석에게 대미지를 줄 수 있지?!

지난번의 귀뚜라미 형태처럼 핵을 부수어야 하겠지만, 너무 커서 【어포트】로 뺄 수도 없고, 이번엔 핵이 두 개였다.

꼬리의 끝이 이쪽을 향했다. 큭, 또냐!

"【바람이여 소용돌이쳐라, 폭풍우의 방벽, 사이클론 월】!"

유미나가 주문을 외우자 나와 야에 주변에 바람의 방어벽이 생성됐다. 쥐가오리가 쏜 화살은 그 소용돌이에 휩싸여 하늘 위로 사라져 갔다. 살았다.

하지만 모래 폭풍이 사라지고 보니, 빛의 구슬을 이쪽으로 향해 쏘려고 하는 녀석의 모습이 바로 눈앞에 다가와 있었다.

"윽! 【액셀】!"

나는 야에를 안고 가속 마법을 사용해 그 자리를 피했다. 등 뒤에서 엄청나게 큰 폭발음이 들렸다. 하마터면 정말 큰일 날 뻔했다. 저 녀석, 의외로 머리가 좋다.

"【바위여 오너라, 큰 바위의 분쇄, 록 크래시】!"

린이 마법으로 수정 쥐가오리의 머리 위에 거대한 바위를 떨어뜨렸지만, 조금 전의 린제의 마법과 마찬가지로 별로 큰 효과는 없었다.

이대로 가면 정말 큰일 나겠어……. 이쪽에는 결정타가 없었다. 이대로 가다간 뻔히 궁지에 몰린다. 그랬다간 누군가가 희생될 가능성도……. 등 뒤에서 식은땀이 흘렀다.

"큭, 일단 【게이트】로 물러설 수밖에 없는 건가……?"

"어? 누군가 했더니, 토야였구나?"

"응?"

엉뚱한 목소리가 들려 나는 야에를 안은 채, 무심코 뒤를 돌아보았다.

그곳에는 불타는 듯 더운데도 길고 흰 머플러를 두른 흰머리 소년이 서 있었다.

"엔데……?"

"여어."

이전에 마을에서 만난 모노톤 옷을 입은 소년이 생글거리며 손을 들었다.

왜 엔데가 이런 곳에 있는 거지? 아니, 그 이전에 대체 어떻게 이곳에 온 거야? 조금 전까지는 아무도 없었는데.

온 사방이 다 사막이니, 어느 쪽에서 오든 오는 모습이 보였을 텐데 대체…….

"오랜만이야. 프레이즈의 기운이 느껴져서 와 봤는데, 설마 토야를 만나게 될 줄이야."

"엔데……. 프레이즈에 대해서 알아?"

"알다마다. 이런저런 일들이 있었거든. 그건 그렇고, '중급종' 까지 이쪽에 올 줄은 몰랐어. '세계의 결계' 인지 뭔지가 벌써 한계에 이르렀나 봐."

중급종? 결계? 대체 이 소년은 뭘 알고 있는 걸까?

"아무튼, 잠깐만 기다려. 일단 저걸 처리할 테니까."

"뭐?"

그렇게 말하고 웃더니, 엔데는 쥐가오리 프레이즈를 향해 걸었다. 그런 엔데를 향해 수정 화살이 가차 없이 쏟아졌지만, 다음 순간, 엔데의 모습이 그 자리에서 사라졌다.

"어?!"

주변을 둘러봤지만 엔데의 모습은 보이지 않았다. 투명화 마법인가? 아니, 그 마법은 시야를 혼란스럽게 할 뿐, 존재 자체를 사라지게 하는 마법이 아니다.

"저기입니다!"

내 품 안에서 야에가 프레이즈를 가리켰다. 공중에 떠 있는 프레이즈의 등에 엔데가 서 있었다. 대체 언제……?!

"이, 영차."

아무렇지도 않게 엔데가 프레이즈의 등을 발로 찼다. 오른발을 들어 그걸 다시 아래로 내리는 정도로 약한 발차기였다. 그런데 그것만으로도 프레이즈에 균열이 생겨, 온몸으로 퍼져 나갔다.

이윽고 파키잉! 하고 유리가 갈라지는 것 같은 큰 파열음이 나더니, 프레이즈가 와그르르 부서졌다.

뭐지?! 대체 뭘 한 거야?!

반짝이면서 부서지는 수정과 함께 엔데가 사막에 내려섰다.

그리고 부서진 프레이즈의 잔해 안에서 농구공 크기의 핵 두 개를 양손으로 각각 주워 들더니, 두 개를 맞부딪쳐 산산조각 내 버렸다.

엔데는 손을 탁탁 쳐서 털어 내고는 이쪽을 향해 걸어왔다.

"대체 뭘 어떻게 한 거야?"

나는 궁금한 점을 엔데에게 바로 물어보았다.

"뭘 어떻게 하다니? 이 녀석과 똑같은 고유 진동을 마법으로 세게 내리쳐서 파괴한 것뿐이야."

고유 진동? 공진 현상을 말하는 건가? 마법이라고 했으니 똑같은 것은 아닐지도 모르지만…….

"엔데…… 방금 '세계의 결계'라고 했었지? 그게 뭐야?"

"이쪽 세계에 이물질이 들어오지 못하도록 펼친 그물 같은 거야. 근데 트인 곳이 있나 봐. 이 녀석도 그곳을 통해 들어온 거겠지. 아직은 변변치 않은 녀석만 이곳에 오는 모양이지만."

사막에 흩어진 수정 조각을 바라보면서 엔데가 중얼거렸다.

"이 녀석들은 그냥 목적을 달성하기 위해서만 움직이는 말단이야. 대단한 녀석들은 아니지."

"목적?"

"잠든 프레이즈의 '왕'을 찾는 것. 나랑 똑같아."

……뭐라고?

"앗. 슬슬 가 봐야 해. 마침 약속이 있거든. 토야, 그럼 또 만나길 빌게."

"잠깐만……!"

엔데는 생긋 미소 짓더니, 만류하는 나를 무시한 채 그 자리에서 사라졌다. 이건 대체 무슨 마법이지? 순간 이동인가?

"프레이즈의 '왕'이라니……?"

나는 엔데가 남긴 수수께끼에 머리를 쥐어 싸면서, 이쪽으로 달려오는 일행을 멍하니 바라보았다.

◇ ◇ ◇

"너무 수상해."

린은 팔짱을 끼고 결론부터 말했다. 물론 나도 그렇게 생각하지만.

나는 '정원' 으로 돌아가서, 엔데와 나눴던 대화를 모두에게도 말해 주었다.

"5천 년 전의 돈을 가지고 있었고, 우리가 전혀 손을 쓰지 못했던 괴물을 한 방에 쓰러뜨렸어. 게다가 그 괴물에 대해서도 자세히 잘 아는 데다, 이 터무니없이 더운 날씨에 머플러를 두르고 다니기까지. 정말 수상한 점 대폭발이야."

마지막은 별로 관계없는 일인 것 같지만, 아무튼, 수상하다는 점은 사실이었다. 대체 그 녀석은 정체가 뭐지……?

"그 수정 마물…… 프레이즈라고 했지? 대체 정체가 뭐야?"

에르제가 근본적인 질문을 했다. 역시 아무리 생각해도 단순한 마물은 아니다.

무려 5천 년 전에 세계를 멸망시킨 녀석들이니까. 그 사실을 아는 사람은 나와 셰스카뿐이었지만, 그 말을 모두에게 해도 될지 나는 아직 망설였다.

모두를 쓸데없이 불안하게 만들 필요가 없다고 생각해서 아무 말도 안 한 거였는데, 이렇게 되고 보니, 더 말을 꺼내기가 어려웠다.

물끄럼―――――…….

윽. 오랜만에 보는 유미나의 시선 공격. 나는 무심코 눈을 이리저리 움직였다. 큰일이다. 결혼하면 유미나에게 절대로 거짓말을 못 할 것 같다!

"토야 오빠, 뭔가 알고 있는 거죠?"

"으윽!"

유미나가 순식간에 나의 수상한 행동을 간파해서, 나는 박사에게 전달 받은 메시지를 모두에게 고백해야만 했다.

"왜 그렇게 중요한 이야기를 말해 주지 않은 거야?!"

"이건 가까운 시일 내에 말을 해 주려고 한 건데……."

린의 추궁에, 나는 변명을 했다.

"수만에 달하는 프레이즈의 침공……. 고대 문명은 그래서 멸망한 거구나. 그런데 5천 년 전에는 그렇게나 많았다면서, 지금은 왜 목격 정보가 거의 없는 걸까……? 그리고 왜 지금에야 나타나기 시작한 걸까? 대체 무슨 이유인지……."

"살아남은 개체거나, 봉인된 녀석이 다시 나온 게 아닐까요?"

고민을 시작한 린에게 린제가 자신의 생각을 말해 주었다. 실제로 우리가 처음으로 만난 귀뚜라미 타입은 가사 상태였다. 그러니 그런 생각도 가능하지만…….

"엔데라는 아이가 말한 '결계' 라는 게 마음에 걸려……. 내가 만난 뱀 형태의 프레이즈는 갈라진 공간에서 나왔다고 했었으니, 어쩌면 프레이즈는 다른 차원에 봉인되어 있는지도 몰라…….”

“그걸 누군가가 부수려고 한다……라는 말씀이십니까?”

“확증은 없지만 말이야.”

린 발밑에서는 폴라가 팔짱을 끼고 응응, 하고 고개를 끄덕였다. 이 녀석, 정말로 알고 하는 행동인가?

나는 무엇보다도 그 프레이즈에 대항할 수단이 없다는 점이 신경 쓰였다. 엔데는 그 녀석을 ‘중급종’ 이라고 불렀다. 그 말은 즉, ‘하급종’ 이나 ‘상급종’ 이 있다는 말이겠지.

아마도 귀뚜라미며 형태나 뱀 형태의 프레이즈는 ‘하급종’. 우리는 ‘중급종’ 프레이즈조차 제대로 상대하지 못했다. 만약 ‘상급종’ 이 나타난다면…….

아무래도 진심으로 ‘바빌론’ 을 찾아야 할 듯했다.

“셰스카. 5천 년 전에는 프레이즈와 인류가 안 싸웠나 보지?”

모노리스 앞에 서 있던 셰스카가 내 말을 듣고 고개를 돌렸다.

“아니요, 싸우고 있었어요. 전황도 꽤 나빴고요. 그래서 박사님도 프레이즈용 결전 병기를 개발했는데, 완성했을 때는 이미 프레이즈가 한 마리도 남아 있지 않았어요.”

“결전 병기?”

“박사님이 만든 인간형 전투 병기로, 탑승형이에요. ‘프레임 기어’ 라고 합니다.”

인간형 전투 병기, 그것도 탑승형?! 거대 로봇이란 말인가?!

그 박사, 그런 것까지 만들었단 말이야?!

셰스카 같은 로봇 소녀를 만들었으니, 거대 로봇을 만들었어도 이상할 게 없긴 한데…….

"그거, 나중에 어쨌어?"

"아마 바빌론의 '격납고'에 보관되어 있을 거예요."

에르제의 질문에 셰스카가 그렇게 대답했다. 그럼, 이제 곧 도착할 유적의 전송처가 '격납고'이면 그걸 손에 넣을 수 있다는 말인가?!

흐억. 조금, 아니, 꽤 가슴이 두근거리는걸? 그도 그럴 게, 로봇이잖아! 그것도 탑승형 로봇!! 남자라면 이 마음 잘 알지?! 이곳에는 여자아이들밖에 없지만.

〈주인님. 목적지에 도착한 듯합니다.〉

〈아무것도 없는 것 같은데?〉

〈아무래도 모래 아래에 묻혀 있나 봐.〉

모노리스 화면을 보면서 코하쿠, 산고, 코쿠요가 대화를 나누었다. 좌표는 딱 맞는데, 보이는 것은 사막뿐, 그 외에는 아무것도 보이지 않았다.

"일단 내려가 볼까?"

무슨 일이 있었을 때를 대비해 코쿠요와 산고를 '정원'에 남기고, 【게이트】를 사용해 지상으로 이동했다. 눈에 보이는 곳에는 모두 사막이 펼쳐져 있을 뿐, 그 외에는 아무것도 없었다. 스마트폰을 꺼내 '유적'이라고 검색해 보니, 이곳에 핀이 꽂혔다.
“역시 여기야. 이 아래인가…….”
자, 어떻게 하면 좋을까. 모래를 파낸다고 하더라도, 삽으로 파냈다가는 얼마나 시간이 걸릴지 알 수 없다.
“바람 마법으로 모래를 날려 버릴게. 조금 떨어져 있어.”
어떻게 땅을 파낼까 고민하고 있는데, 린이 내 앞으로 나서며 말했다. 나는 순순히 그 말대로, 그 장소에서 조금 떨어졌다.
“【바람이여 소용돌이쳐라, 거친 바람의 선풍(旋風), 사이클론 스톰】.”
휘도는 회오리바람에 모래가 점점 빨려들어 하늘 위로 날아갔다. 우리가 있는 곳에서 바람 아래로 모래가 날아 올라가면서, 점점 눈앞의 사막 일부가 그릇 모양으로 변했다.
그리고 반구형 유적이 나타나기 시작했다. 집 한 채쯤 되는 사이즈에 돔 모양을 한 ‘그것’의 재질은 돌인지 콘크리트인지 잘 알 수 없었다. 일부에 입구 같은 문이 있었는데, 양쪽으로 여는 문이 아니라 한 장짜리 문이었다.
회오리바람이 그친 뒤, 우리는 뒤집은 사발 모양의 유적으로 내려갔다. 문에는 문손잡이 비슷한 것도 없었다.
자동문인가? 일단 문 앞에 서 보았다. 아무 반응이 없었다. 센서도 없는 것 같고, 어떻게 여는 거야, 이거?
그냥 문을 만져 보았는데, 아무런 촉감도 없이 문 저편으로 그냥 쑥 들어갔다.

"으악?!"

"토야 오빠?!"

하마터면 넘어질 뻔하면서 발을 앞으로 내디뎠다가, 그대로 유적 내부로 들어가고 말았다. 흐릿한 불빛 속에서 돌기둥 여섯 개로 이루어진 전송진이 보였다.

다시 문을 만져 보니, 이번엔 차갑고 단단한 감촉이 느껴졌다. 【게이트】를 이용해 밖으로 나가려고 해 봤지만, 마법이 발동되지 않았다. 어? 갇힌 건가?

〈주인님?! 괜찮으십니까?!〉

〈코하쿠야? 응, 괜찮아. 아무렇지도 않아. 안에는 전송진이 있어. 잠깐 갔다 올 테니까 걱정 말라고 좀 전해 줘.〉

〈알겠습니다. 조심하십시오.〉

코하쿠에게 텔레파시로 무사하다고 알려 주었다.

아마도 전송진이 파괴되지 않도록 문에 무언가 장치를 해 놓은 모양이다. 모든 속성을 지니고 있는 사람만 통과할 수 있게 해 놓았든가, 한 사람만 통과할 수 있게 해 놓았든가 말이지. 왜 밖으로 못 나가게 막았는지는 모르겠지만.

마치 그 박사가 '절대로 놓치지 않겠어.' 라고 은근히 말하고 있는 것 같아서 몸에서 조금 힘이 빠졌다.

어쩔 수 없다. 어쨌든 간에 전송진으로 이동해야 하니까, 얼른 가동시켜 볼까.

순서대로 각각의 속성 마력을 흘렸다. 여섯 마력을 모두 흘린 뒤, 반짝이는 전송진 중앙에 섰다. '격납고' 였으면 좋겠다. 그런 생각을 하면서 무속성 마력을 흘린 순간, 나는 단숨에 어디론가 전송됐다.

마구 휘도는 광채의 소용돌이가 진장되자 눈앞에 '정원' 과 똑같은 풍경이 펼쳐졌다. 한 가지 다른 점이라면, 정면에 커다란 건물이 보인다는 것. 새하얀 주사위 같은 정육면체 건축물이었다.

그 건물 쪽으로 이어진 길로 걸으려 했는데, 갑자기 그 앞을 가로막듯이 여자아이가 뛰쳐나왔다.

"거기서 멈추십시오!"

오른손을 내밀며 나를 그 자리에 멈추게 하려고 한 소녀는 오렌지색 머리카락을 양쪽으로 동그랗게 만든 뒤, 리본이 달린 시뇽 커버로 묶은 모습이었다. 흰 피부와 금색 눈동자는 셰스카와 같은 종류라는 사실을 말해 주는 듯했다.

옷은 셰스카와 처음 만났을 때와 똑같은 디자인이었지만, 긴 소매에 검은 니삭스였다. 옷의 소매에는 '27' 이란 번호가 적혀 있었다.

아마 이 소녀가 이곳의 관리인이겠지. 나이는 셰스카보다도 어려 보였다. 키가 작기 때문일까.

"어서 오세요. 바빌론의 '공방' 입니다. 소생은 이곳을 관리하는 단말, 하이로제타라고 합니다. 로제타라고 불러 주시면 감사하겠습니다."

역시나. 근데 '소생' 이라니, 보통 남자아이의 일인칭 아니었던가? 여자아이 맞지? 스커트를 입고 있기도 하고. 여자…… 맞지?!

아니지. 그 박사잖아! 믿을 수가 있어야지! 겉만 여자고 사실은 남자였습니다, 그런 거 아냐?!

"저어~ 로제타? 너, 여자아이…… 맞아?"

"응? 무슨 의도로 하신 질문인지는 모르겠지만, 맞는데요?"

그렇지?! 이제 좀 마음이 놓인다. 그러고 보니 셰스카도 '남자 타입은 만든 적이 없다.' 고 했었던가?

그건 그렇고, '공방' 이라. 린이 원하던 '도서관' 도 아니고, 내가 원하던 '격납고' 도 아니었다.

"여기서부터는 '공방' 의 중추입니다. 현재 '적합자' 이외에는 접근이 금지되어 있습니다!"

"일단 셰스카한테는 '적합자' 라고 인정을 받았는데……."

아마도 자매일 우리 로봇 소녀의 이름을 말해 보았다.

"셰스카…… 프란셰스카 말씀인가요? 흐음, 이미 '정원' 을 손에 넣으셨군요. 그럼 이야기가 빠르겠네요. '적합자' 자격이 있나 없나, 소생도 시험해 보겠습니다."

시험해 봐……? 대체 나한테서 뭘 시험해 본다는 거지?

"그곳에서 한 발자국도 움직이지 말고 소생의 팬티 색깔을 맞춰야 합니다!"

"그건 또 뭐야————!!"

이 자식들, 역시 안 되겠어! 그 박사가 만든 애들이니, 당연히 글러먹었을 수밖에 없는지도 모르지만.

스커트를 뒤집어 보라고?! 보자보자 하니까 정말!

"대답할 기회는 딱 한 번뿐입니다. 제한 시간은 5분. 자, 무슨 색일까요?!"

큭! 얘는 또 왜 이렇게 좋아해?! 어쩌면 좋을까 고민하는 사이에도 시간은 계속 흘렀다. 에에잇, 의도대로 놀아나고 싶진 않지만, 어쩔 수 없다!

"【바람이여 불어라, 날아오르는 선풍(旋風), 윌윈드】!"

로제타의 발밑에서 바람이 불어올라 가슴의 리본과 앞머리를 공중에서 춤추게 만들었다. 하지만 스커트는 꿈쩍도 하지 않았다. 이럴 수가?!

"이 스커트는 바람 마법이 통하지 않습니다."

씨익 웃는 로제타. 으으. 역시 쉽게는 안 되는구나. 그럼 스커트 자체를 없애겠어!

"【불꽃이여 태워라, 소각의 숨결, 파이어브레스】!"

스커트만 불태워 버리려고 불 속성 마법을 사용했는데, 스커트에는 불이 붙지 않았다. 뭣이라?!

"바람과 마찬가지로, 불 마법도 통하지 않습니다."

완전 최강의 스커트잖아?! 쓸데없이 고기능이야!

크, 잘난 척하지 마라. 내가 마음만 먹으면 팬티쯤은 얼마든지 볼 수 있거든?! ……잠깐, 뭔가 이상하네. 왜 내가 이렇게 필사적인 거지?

됐고, 그냥 직접 보자. 시각을 스커트 안으로 확장해 슬쩍 보기만 하는 거니까, 그 정도는 상관없겠지.

아니, 이건 정말 방법이 없어서야. 진짜 어쩔 수 없어서.

……난 왜 변명을 하는 걸까…….

"【롱센스】."

시각만을 스커트 안으로 확장해 눈을 떴다. 어둑어둑하지만 확실히 보인다…… 보이긴 보이는데…….

……………………………………………퓹.

나는 그 자리에 주저앉아 코에서 흐르는 쇠 냄새가 나는 붉은 액체를 손으로 누르며 몸을 떨었다. 진짜 이러기야?! 이래도 돼?!

"자, 무슨 색인가요?!"

"…………….무색…………투명…………."

"정답입니다! 당신을 적합자로 인정합니다. 지금, 기체 넘버 27, 기체명 '하이로제타'는 당신에게 양도됐습니다. 앞으로 잘 부탁드립니다!"

로제타가 그렇게 말하며 처억 경례 포즈를 취했지만, 솔직히 그런 거야 어찌되든 상관없었다. 시스루니 뭐니, 그런 수준이 아니었다. 식품용 랩으로 만든 것 같은 팬티가…… 눈앞에……. 이 녀석들에게 수치심이란 단어는 없는 건가?! 이렇게 투명한…….

뚜뚝뚝뚝……….

어? 코피가 안 멈추는데요……?

"멎었나요?"

"간신히……."

겨우 코피가 멎었다. 코피 때문에 과다출혈로 죽는 어처구니없는 사태만은 아무래도 면한 듯했다.

참고로, 로제타에게 말해 평범한 팬티로 갈아입게 했다. 그대로 둬서 정신적으로 좋을 리가 없다. 미리 말해 두지만, 갈아입는 모습은 안 봤어, 안 봤다고!!

아니, 조금 전부터 얼굴도 똑바로 못 보는 상태다!

"그럼 '공방' 을 안내하겠습니다."

그렇게 말한 뒤, 로제타가 타박타박 걸어가려고 하다가 힐끔 이쪽을 쳐다보았다. ……왜 그래?

"갈아입는 모습도 보고 싶은가요?"

스르륵. 스커트 자락을 집어 올리는 로제타.

"보고 싶어서 본 게 아니잖아! 됐으니까, 얼른 안내나 해!"

"알겠습니다. ……그런데 마스터는 큰 가슴을 더 선호하시나요, 아니면 작은 가슴을 더 선호하시나요?"

"얼른 안내나 해!"

"예스, 마스터."

이 녀석은 왜 자꾸 그런 쪽으로 이야기를 돌리는 거지?! 역시 그 엄마에 그 자식인가? 참 나, 제발 좀 봐 줘.

타박타박 걸어가는 로제타를 따라가자 주사위 건물이 점점 더 가까이 다가왔다. '공방' 이라고 하니까, 무언가를 만드는 장소일 것 같은데…….

흰 건물은 크기가 한 변에 50미터 정도인 듯했다. 프랑스의 에투알 개선문의 높이가 분명히 50미터였는데. 그걸 주사위 모양으로 만든 느낌이다. 네모반듯한 정육면체.

근데 창문 비슷한 게 하나도 없네? 아니, 문도 없어!

건물 앞에 도착하자, 로제타가 천천히 벽에 손을 댔다.

다음 순간, 눈앞의 흰 벽에 몇 줄기의 선이 뻗어 나가더니, 작은 정육면체가 되어 순식간에 재조합됐고, 마지막에는 빼끔하게 문이 열린 입구로 재구축됐다.

혹시 이 건물, 작은 정육면체의 집합으로 만들어진 건가?!

작은 정육면체가 모여 만들어진 건물로, 로제타의 명령에 따라 어떤 형태로든 변화한다든가, 그런 건가? 그렇다면 정말 엄청난 기술이다…….

재구축이 다 된 입구로 들어가 보니, 위로 올라가는 계단이 있었고, 몇 계단 올라가 보니, 바로 넓은 공간이 나타났다. 이게 뭐야…….

그곳은 새하얀 공간이었다. 아무것도 없었다. 정말로 아무것도 없었다. 그냥 새하얀 벽, 새하얀 바닥, 새하얀 천장이 있을 뿐이었다. 그런데 꽤 넓었다. 넓어도 너무 넓었다. 겉보기와 달라도 너무 다른 거 아닌가? 설마 공간을 마법으로 넓혀 놨다든가?

"대체 여긴 뭐 하는 곳이야?"

"이곳이 '공방' 입니다. 머릿속에 떠올린 모든 공작 도구를 생성하고, 공작대를 만들고, 제작을 지원하는, 만능 공장이죠."

그렇게 말하면서 로제타가 바닥에 손을 대자, 눈앞에 곧장 흰 테이블이 나타났다. 그 테이블에는 다양한 공구가 달린 암(arm)이 설치되어 있었다.

아하. 이 건물 자체를 형성하는 극소 블록을 조작해서 수많은 공구와 도구를 생성할 수 있는 거구나.

" '공방' 을 조작할 수 있는 사람은 소생과 마스터뿐입니다. 또 오리지널이 제품이 있으면, 복제를 만드는 것도 가능합니다. 단, 재구축할 수 있는 소재가 모여 있을 때의 이야기이지만요."

그렇구나. 솔직히 물건을 만드는 기술 자체는 【모델링】이 있으니 별로 필요 없지만, 물건을 '양산' 할 수 있다면 또 이야기가 달라진다. 예를 들면, 자전거를 양산해서 판매할 수도 있다는 말인가……. 돈을 꽤 벌 수 있겠는데?

스마트폰같이 복잡한 물건은 솔직히 소재를 모르기 때문에 복제할 수 없겠지만.

형태만이라면 알맹이를 포함해 똑같은 물건을 만들 수 있겠지. 하지만 그렇다고 해서 모든 게 '철' 로 만든 스마트폰이 제 기능을 할 리가 없다.

하지만 그래서야 '공방' 이 아니라 '생산 공장' 이네…….

시험 삼아 복제하기로 하고 브륀힐드를 허리에서 빼낸 뒤, 소재로 삼기 위해 【스토리지】에서 꺼낸 미스릴 덩어리와 함께 로제타에게 건넸다.

로제타는 흰 테이블 위에 브륀힐드를 놓고, 손을 올린 뒤 말했다.

"스캔."

그러자 테이블 아래에서 순간적으로 녹색 불이 들어왔다. 그 과정이 끝난 뒤, 이번엔 브륀힐드를 치우고 미스릴 덩어리를 테이블 위에 올려놓았다.

"카피."

덜컹. 미스릴 덩어리가 테이블에 뚫린 구멍으로 떨어지고 뚜껑이 닫혔다. 안에서는 또 녹색 불이 들어와 반짝였다. 이어서 뚜껑이 열리고 완성된 브륀힐드가 올라왔다. 엄청 빠르네!

남은 미스릴의 파편이 주변으로 튀었지만, 눈앞에 있는 브륀힐드는 완전히 오리지널과 똑같았다. 물론 이쪽은 은색으로 빛났지만.

"또한 이렇게."

덜컹. 은색 브륀힐드가 테이블 아래로 떨어지더니, 로제타 손앞에 있는 작은 상자에 그 영상이 떠올랐다. 로제타는 그것을 살짝살짝 손가락으로 쓰다듬어 변형시켰다.

그 뒤에 떠오른 브륀힐드는 대략적인 형태는 비슷했지만, 세세한 부분이 이전과는 형태가 달랐다. 화면상에서 로제타가 변형한 형태 그대로였다.

"디자인 등도 자유롭게 변경할 수 있습니다."

집어 들고 방아쇠를 당긴 뒤, 도신을 길게 늘어뜨리려고 했는데, 뻗지 않았다. 흐음. 【프로그램】까지 카피해 주는 건 아니구나.

다시 처음부터 리로드 등, 모든 【프로그램】을 부여한 뒤, 지금까지 쓰던 녀석은 【스토리지】에 넣어 두었다. 미스릴로 만든 게 역시 사용하기 편하니까.

"카피할 때 수량을 생각해 두면, 자동으로 계속 생산합니다."

"와아, 편리하네."

현재로서는 특별히 양산하고 싶은 물건이 없지만, 나중에 필요해질지도 모른다. 앗, 그렇지.

"로제타. 셰스카가 그러는데, 프레이즈를 상대하기 위해 만든 물건이 있다며?"

" '프레임 기어' 말이군요. 네, 여기서 만든 물건 맞아요. 소생도 박사님을 도와 드렸습니다."

역시나. '공방' 에서 개발한 뒤, 완성된 물건을 '격납고' 에 넣어 둔 거구나. 그냥 여기에 놔뒀으면 좋았을걸…….

"로제타. 그 '프레임 기어' 라는 거, 만들 수 있어?"

"소생은 못 만듭니다. 현재 만들 수 있는 거라고는 기껏해야 장비류밖에 없습니다. 설계도도 없으니까요. 설계도는 '창고' 에 있을지도 모르지만요."

으으음. '격납고' 를 찾을까, '창고' 를 찾아 로제타한테 만들어 달라고 할까. 어느 쪽이든 간에 현재로서는 하나 마나 한 생각이지만.

"일단 다들 불러 볼까. 세스카도 로제타를 만나고 싶어 할 테니까."

"기대되네요."

잘 생각해 보니 사막에 그대로 방치를 해 두고 왔다. 나는 서둘러 일행이 있는 곳과 연결하는【게이트】를 열었다.

" '공방' 이라~……."

"……뭔진 모르지만 짜증이 밀려오네요."

아쉬움을 숨기지 못하는 린을, 로제타가 흘깃 째려보았다.
“단독으로는 아무런 역할도 못 하는 ‘정원’ 보다는 훨씬 도움이 될 거예요.”
“앗, 무슨 소릴. 마음의 안식처, 치유의 공간, 힐링 가든인 우리 ‘정원’ 이야말로 마스터의 보금자리. 착각도 유분수지.”
째려보지 마, 째려보지 말라니까. 내가 가운데에 서서 두 사람을 떼어 놓았다.
“그건 그렇다 치고 ‘정원’ 과 ‘공방’ 을 합칠 거야?”
“네. 소유권이 마스터에게 양도된 이상, 그러는 편이 더 좋지 않을까요?”
“장벽 레벨을 낮췄기 때문에 ‘정원’ 과 링크할 수 있게 됐습니다. 여기서도 ‘정원’ 을 조작할 수 있어요.”
‘공방’ 의 한 구석에 설치돼 있는 ‘정원’ 과 똑같은 모노리스를 조작하면서 로제타가 그 옆을 셰스카에게 내주었다.
“어떻게 할까요, 마스터?”
“ ‘정원’ 은 벨파스트로 귀환시켜 줘. ‘공방’ 도 벨파스트를 향해 출발. 그쪽에서 도킹하자.”
““도킹…….””
음? 두 사람 모두 이쪽을 가만히 바라보았다. 내가 뭐 이상한 소리라도 했나?
““왠지 야해…….””
“됐으니까 얼른 하라는 대로 해!”

이거 봐. 귀찮은 녀석이 한 명 더 늘었다! 그래서 내가 바빌론을 찾고 싶지 않았던 거야! 이 녀석들은 그 박사의 사고 패턴을 모델로 만들어졌을 게 틀림없으니까…….

〈주인님~? '정원' 이 갑자기 움직이는데요~?〉

코쿠요가 텔레파시를 보냈다. 앗, 깜빡할 뻔했네. 나중에 데리러 가자.

〈걱정할 거 없어. 벨파스트로 가도록 이곳에서 조작하는 중이니까. '공방' 을 찾았거든.〉

【게이트】를 열어 모두 다 함께 '정원' 으로 이동했다. '공방' 과 '정원' 은 자동 조종으로 알아서 벨파스트로 간다고 해서, 우리는 코쿠요와 산고를 데리고 한 발 먼저 우리 집 정원으로 이동했다.

테라스를 지나 거실로 들어가자, 우리가 왔다는 사실을 눈치챈 레베카 씨, 로건 씨, 윌 소년이 의자에서 벌떡 일어서 바닥에 무릎을 꿇기 시작했다.

"앗, 그그그그, 그만하세요! 그럴 필요 없어요!"

"아니요! 세실 님에게 들었습니다! 차기 국왕 폐하에게 그런 무례를 저지르다니, 아무쪼록 용서해 주십시오……!"

아…… 쓸데없는 소릴 다 하다니. 우리 집 메이드들은 정말. 흘끔 벽 쪽에 있던 세실 씨를 노려보니, 데헤헷! 하는 표정을 지었다. 그렇게 하면 뭐든 용서해 줄 거라고 생각하지 마세요!

"아무튼 너무 신경 쓰지 마세요. 이쪽도 너무 격식을 차린 걸 좋아하지 않으니까요."

"네에……."

마지못해 세 사람 모두 자리에서 일어섰다. 그리고 나는 세 사람을 의자에 앉히고, 간신히 진정시켰다.

"우리는 목욕 좀 하고 올게."

에르제와 여자아이들은 우르르 자신의 방으로 돌아갔다. 린도 프레이즈에 관해 보고하기 위해 폴라와 함께 왕궁으로 돌아간 듯했다. 일단, '바빌론' 에 대해서는 말하지 말라고 신신당부를 해 두었지만…….

셰스카는 로제타를 데리고 자신의 방으로 돌아갔다. 어? 그러면 로제타도 우리 집 메이드가 되는 건가……?

"그런데 다른 분들은요?"

"많이 지쳤겠……죠. 죽은 듯이 자고 있다……습니다."

"억지로 경어를 쓰실 필요는 없어요. 전 귀족도 뭐도 아니니까요."

익숙지 않은 말을 사용하느라 고생하는 레베카 씨를 보고 쓴웃음을 지으면서, 나는 레네가 가져다 준 물을 마셨다.

"그런가? 그럼 그렇게 하지."

"이봐, 정말 괜찮겠어?"

"본인이 괜찮다고 하니, 뭐 어떤가."

당황해 하는 로건 씨의 말을 무시한 채, 레베카 씨가 씨익 웃었다. 허물없는 느낌이 이 사람한테는 더 어울리기도 하니까.

"그런데 다들 앞으로 어떻게 하죠? 세 사람은 길드에서 일하면 먹고 사는 데는 지장이 없을 것 같은데, 자고 있는 여자들이요."

"그거 말인데, 여자들은 원래 평범하게 살던 사람들이라 특별한 기술도 없고, 전투도 못 해. 이 도시에서 일을 찾을 때까지 잠시 맡아 주면 안 될까……?"

"음, 그거야 상관없지만요……."

일이라. '공방'에서 자전거를 양산해 여자아이들이 장사를 하도록 도와주는 것도 생각해 봤지만, 그건 좀 어렵겠지……?

'공방'은 비밀로 해 두고 싶기도 하고, 그걸 팔고 싶으면 개인 사업보다는 그쪽 방면의 프로에게 맡기는 편이 낫다. 미스미드의 교역 상인인 오르바 씨가 적임일까? 여우 수인, 오리가 씨의 아버지.

그 외의 일이라고 하면…… 포장마차? 포장마차 자체야 만들어 줄 수 있지만, 재료비도 필요하고, 그걸로 일곱 명이나 생활을 할 수 있을지 어떨지…….

으으음. 좋은 아이디어가 떠오를 것 같으면서도 안 떠오르네. 장사라는 건 참 어려운 거구나.

흐음, 어떡할까?

제2장 독서 카페 『월독(月讀)』

머릿속에 떠오른 장사를 시작해 볼까 한다. 그러려면 일단은 밑천이 필요하다. 미스릴을 팔아서 충당할까도 생각했지만, 그건 소재로서 꽤 도움이 많이 되기 때문에 남겨 두기로 했다.

그래서 일단 '공방' 에서 자전거를 100대 정도 만들었다. 그 자전거를 가지고 미스미드의 교역 상인인 오르바 씨를 방문해 판매 협상을 했는데, 꽤 비싼 값에 매입해 주었다.

으음, 얼마 안 되는 철과 고무로 만든 건데, 이렇게 돈을 많이 받아도 되는 걸까. 물론 상대도 상인이니까 손해 보는 장사는 하지 않겠지만. 아마 그걸 팔면 분명히 더 많이 벌 수 있을 테니, 굳이 사양은 하지 말자.

일단 자금은 확보했다. 나는 바로 미스미드의 서점을 방문해 이 나라에서 가장 잘 팔리는 소설을 잔뜩 샀다. 시리즈물은 전권을 다 샀다.

단, 완결된 것만. 아직 다 끝나지 않은 책은 필요 없다. 이쪽 세계에는 '발매 예정일' 이란 개념이 없으니까. 속간이 나올지 안 나올지는 작가 마음이다. 그런 걸 언제까지고 기다릴 수는 없었다. 결국 약 500권을 샀다.

이번엔 이셴의 오에도에 가서 책을 샀다. 나라가 나라니, 일본풍의 두루마리가 아닐까 했는데, 그냥 평범한 책이었다. 이쪽도 소설을 중심으로 마구 사들였다. 이셴에는 옛날이야기 같은 책이 많네. 그리고 괴물 이야기? 또 300권 정도를 사서 【스토리지】에 넣어 두었다.

유미나의 기억을 건네받아 리프리스 황국의 황도 베른으로 이동했다. 그곳에서도 마찬가지로 서점에 들러 400권 정도를 샀다. 황도에 오긴 처음이지만, 관광은 다음에 하자.

마찬가지 방법으로 라피스 씨에게는 레굴루스 제국의 제도 갈라리아, 레베카 씨에게는 산드라 왕국의 왕도 큐레이의 기억을 건네받은 뒤, 각각의 나라로 이동해 그 나라의 소설을 수집했다.

마지막으로 벨파스트의 서점에서 책을 잔뜩 샀더니, 장서량이 상당히 많아졌다.

"이렇게 책을 많이 모아서, 뭘 하시려고, 요?"

린제가 테이블 위에 산처럼 쌓인 책을 보고 물었다. 흥미 있는 책이 있는지, 팔락팔락 넘기며 책을 읽었다. 잠깐만, 이거 일단 상품이야.

일단 사 온 책 전부에 【프로텍션】을 【인챈트】해 두었다. 이걸로 이 책은 쉽게 찢어지거나 더러워지지 않고, 물에 젖어도 아무런 문제도 없어졌다. 평범한 불에는 타지도 않는다. 마법으로 만든 불에는 탈지도 모르지만.

그때 문을 열고 에르제가 들어왔다.

"네 말대로 부동산을 알아봤어. 마침 좋은 곳이 하나 있더라. 남구(南區) 중앙로 구석인데, 꽤 넓고, 입지 조건도 나쁘지 않아."

"좋아. 그럼 한번 보고 괜찮을 것 같으면 그곳을 구입하자."

"서점을 여실 생각, 이신가요?"

아깝다. '서점'은 아니니까.

"아니, 서점은 아니고, 형식적으로는 카페라고 해야 할까. 가게를 이용하려면 돈을 내야 하지만, 제한된 시간 동안은 카페 내의 책을 자유롭게 마음껏 읽을 수 있는 곳을 만들 거야."

내가 원래 살던 세계로 말할 것 같으면 '만화 카페'다. 이쪽 세계에서는 소설이 꽤 비싸다. 못 살 정도는 아니지만, 많이 소장하고 있는 일반 시민은 별로 없겠지. 글을 배울 수 있는 그림책은 싸게 팔리고 있지만.

이 나라에는 공공 도서관이 없다. 그야 왕궁에는 도서실이, 모험자 길드에는 마수 등을 알아볼 수 있는 자료실이 있기는 하지만.

그러니까 이런 책을 가볍게 읽을 수 있는 곳이 있으면 좋을 거라는 생각이 들었다. 이 나라뿐만 아니라, 다른 나라의 책도 읽을 수 있는 곳. 게다가 살 필요가 없다. '독서 카페'라고 하면 될까.

"아~. 많은 책을 자유롭게 읽고, 식사도 할 수 있는 곳…….
저라면 틀어박혀 지낼지도, 몰라요."

린제가 쌓인 책을 보면서 그렇게 중얼거렸다.

"그래서, 그 카페를 그 여자애들한테 맡길 생각이야?"

"처음에만. 따로 하고 싶은 일을 발견하면 그만둬도 상관없어. 다른 사람을 고용하면 그만이니까."

산드라 사막에서 구한 여자들은 나름 요리도 할 줄 아는 듯하니, 그 점은 문제가 없을 듯했다. 메인은 요리가 아니니, 심각하게 맛없지 않는 한 문제는 없으리라 생각한다. 매출이 나면 거기서 월급을 줄 텐데, 생활비 정도는 벌 수 있겠지.

"일단 한번 어떤 곳인지 보러 가 볼까?"

나는 에르제와 린제를 데리고 남구 쪽으로 이동했다.

부동산 매물 자체는 나쁘지 않았다. 원래는 여관이었던 듯 꽤 넓은 곳이었다. 1층은 술집 같은 공간인데, 이곳을 개조해서 책장을 가득 채우고 책을 골라 읽게 하면 될 듯했다. 2층과 3층에는 개인실을 만들어 느긋하게 책을 읽고 싶은 사람 전용으로 만들면 되겠지. 개인실 사용 요금은 조금 비싸게 해서.

"문제없을 것 같네. 여기로 정하자."

같이 온 부동산 업자에게 사인을 하고 권리를 넘겨받았다. 결코 싼 가격은 아니었지만, 이 정도면 괜찮겠지.

자, 새로 단장해 볼까. 해 보는 거야~!

웬디와 여자아이들을 가게 예정지로 불러서(부르지도 않았는데 윌도 왔다), 웬디와 윌 이외의 여섯 명에게는 위층 청소를 부탁했다.

나는【모델링】으로 잇달아 가구를 변형시키고, 폭신폭신한 소파를 만들었다.

접수 카운터는 이쪽에 설치하고, 이곳에는 음료를 둘까? 1층 손님은 셀프 서비스가 좋겠지? 물이랑 간단한 차 정도라면 무료로 하고. 어차피 입점료를 받으니까. 관엽식물……은 역시 만들 수 없으니, 나중에 '정원' 에서 몇 개 가져올까? 책장은 이곳에 서로 다른 사이즈로 쭉 늘어놓자.

리클라이닝 시트 같은 것도 몇 개인가 만들어 둘까? 작은 테이블도 같이. 흐응~ 이 일도 나름 즐거운데?

【스토리지】에서 책을 수북하게 꺼내 윌과 웬디에게 책장에 꼽아 달라고 부탁했다.

"주인어른, 한 가지 질문이 있는데요."

웬디가 책장에 책을 꽂으면서 나에게 물었다. 제발 주인어른이라고 부르지 말았으면 했지만, 웬디는 계속 주인어른이라고 불렀다.

"손님 중에 여기 책을 그냥 가져가는 사람도 있지 않을까요?"

"아, 나도 똑같은 생각을 했어. 예를 들어 개인실에 입점한 뒤, 가방에 책을 넣고 태연하게 나가는 녀석이 나오면 어떻게 하죠?"

즉, 좀도둑 걱정을 하는 거구나. 이쪽 세계에서는 책이 귀중하니까. 그 마음은 충분히 이해된다. 하지만 그 점도 이미 대비책을 마련해 뒀어.

"그럼 시험 삼아 윌이 한번 훔쳐 봐. 옷 안에 숨기든지 해서."

"제가요?"

윌은 의아한 표정을 지었지만, 하라는 대로 옷 안쪽에 책을 숨겨서 밖으로 나가려고 했다. 하지만.

"흐갸악?!"

"윌?!"

윌이 나가려다가 이상한 소리를 내며 쓰러졌다. 음, 성공이야. 실은 이 건물에서 책을 가지고 나가려고 하면, 책에 부여된【패럴라이즈】가 발동되도록 해 두었다.

그에 더해 건물에서 10미터 정도 떨어지면, 자동적으로 책이 카운터로 이동된다. 즉, 마비를 부적으로 막는다 해도 책은 돌아온다.

쓰러진 윌을【리커버리】로 회복시켜 주었다.

"아야야……. 이러면 확실히 책을 못 훔칠 것 같아요."

"훔친 녀석은 경비병에게 넘겨야 해. 물론 영구 출입금지고. 그래도 무슨 문제가 있을 때를 대비해서 레베카 씨나 로건 씨,

윌에게 경비를 부탁하고 싶어. 가능하다면 아는 사람이 좋잖아. 혹시 일이 있어서 경비를 못 맡으면 길드에 공고를 내서 하루 동안 고용할 사람을 찾으면 돼."

"저는 상관없어요. 일주일에 사흘은 길드에서 다른 의뢰를 하고, 나머지 사흘은 이곳의 경비를 설게요."

그렇구나. 응? 남은 하루는? 휴일인가? 그런 점을 물어보니, 윌이 얼굴을 새빨갛게 물들인 채 눈을 이리저리 움직였다. 옆에 있는 웬디도 어딘가 모르게 얼굴이 붉게 물든 것 같다.

고개를 갸웃하는데, 누군가가 뒤통수를 딱 쳤다. 돌아보니 에르제가 어처구니없다는 듯한 표정을 짓고 있었다.

"여전히 둔하구나. 눈치 좀 채라. 데이트야, 데이트. 같이 놀러 가는 날 정도는 있어야 하잖아?"

"어, 언니. 그런 이야기는 너무 대놓고 하지 않는 게……!"

린제가 당황해서 그렇게 타일렀지만, 윌과 웬디의 얼굴은 점점 더 빨개졌다. 아무래도 정곡을 찔린 모양이다. 아~ 그런 이야기였구나…….

음, 그 마음은 충분히 이해한다. 너무 추궁하지는 말자.

묵묵히 책장에 책을 꼽기 시작한 두 사람은 가만히 놔두고, 나는【모델링】으로 의자를 변형시켜 리클라이닝 시트를 만들었다. 에르제를 자리에 앉혀 의견을 물어보면서, 최대한 쾌적한 형태로 마무리했다.

"주인어른은 무속성 마법을 사용할 수 있어서 좋겠다~. 나는 아무런 적성도 없어서 너무 부러워…….”

월이 손을 멈추고 이쪽을 보며 말했다. 그보다 너까지 주인 어른이라니, 제발 좀 그만해.

“돌아가신 할아버지는 무속성 마법을 사용할 수 있었는데. 역시 마법 자질은 유전되지 않나 봐요.”

월이 한숨을 내쉬더니, 다시 책을 꽂기 시작했다. 맞다. 마법 자질은 아무래도 유전되지 않는 모양이었다. 에르제와 린제는 일란성 쌍둥이니까 유전자가 똑같을 텐데도, 린제는 세 가지 속성을 지니고 있는 반면, 에르제는 무속성 마법을 딱 하나 쓸 수 있을 뿐이었다.

“할아버지의 무속성 마법은 어떤 거였는데?”

무속성 마법은 개인 마법. 완벽하게 똑같은 마법을 쓰는 사람은 거의 없다. 그만큼 별로 도움이 안 되는 마법의 보고이기도 하다. 물을 살짝 짜게 하는 마법도 있었지? 보통은 그냥 소금을 사용하면 그만이지만.

그래도 역시 흥미가 있었다. 쓸모없어 보이는 마법이라도, 생각하기에 따라서는 사용할 만한 것도 있으니까.

“할아버지의 무속성 마법은 별로 대단하지 않았어요. 만진 물건을 조금 무겁게 만드는 마법이니까요.”

“무겁게……?”

“정말 아주 조금이에요. 솔직히 활용할 데가 없는 마법이었죠. 【그라비티】라고 해요.”

……잠깐만. 그건.

"윌, 나중에 그 마법 좀 자세히 가르쳐 줄 수 없을까?"

"네? 그거야 괜찮은데, 왜요?"

내 생각이 맞다면, 그 마법은 엄청난 가능성을 품고 있다. 그 이름대로 '중력' 을 조절할 수 있는 마법이라면…….

아무튼, 그건 나중에 생각하고. 나는 눈앞의 리클라이닝 시트를 완성키시고, 또 하나 더 만들기 시작했다.

요리 메뉴도 생각해야겠네. 가볍게 배를 채울 수 있는 게 좋겠지? 케이크라든가 달콤한 음식이 좋을 것도 같다. 파르페 같은 것도 생각해 볼까?

◇ ◇ ◇

준비는 완벽했다. 이제는 가게를 열기 전까지 일을 연습하고 확인만 하면 끝이었다.

일을 나눴는데, 접수 카운터 담당은 두 명이었다. 스라스 씨와 베르에 씨.

둘 다 갈색 머리였지만, 스라스 씨는 쇼트, 베르에 씨는 둥실둥실한 웨이브 롱 헤어였다. 이 두 사람은 밝고 친근한 성격이라서 접수를 맡겼다.

주방에는 시아 씨와 미아. 똑같이 검은 머리카락인 자매.

이 두 사람은 원래 어느 정도는 요리를 할 줄 알았기 때문에,

클레아 씨에게 요리를 더 배워 익히도록 했다.

그리고 접객 등을 담당하는 웨이트리스는 실비 씨와 마리카, 그리고 웬디였다.

실비 씨는 일곱 명 중 가장 언니로(그래 봐야 스물하나이지만), 나머지 사람을 통솔하는 리더 역할이었다. 본인이 말하길, 리더가 되고 싶어서 된 건 아니라지만, 척척 일하는 모습을 보면 역시 의지가 되는 사람이다.

마리카는 웬디 다음으로 어리지만, 아무튼 활기가 넘치는 여자아이였다. 때때로 너무 활기가 넘쳐 실수를 하기도 하지만, 그걸 메우고도 남을 만큼 열심히 일했다.

웬디는 이 가운데에서는 가장 어리지만 무슨 일이든 실수 없이 잘한다. 얌전한 성격이라 조금 신경 쓰이지만, 큰 문제는 없겠지. 이 세 사람은 라피스 씨에게 접객의 ABC를 철저하게 배웠으니 걱정할 거 없다.

유니폼은 자낙 씨에게 부탁했다. 여러 가지 의상을 인터넷에서 검색해서 보였는데, 의외로 다이쇼 시대(1912~1926)의 만다린 칼라와 비슷한 의상을 골랐다. 다들 말하길, 다른 의상은 가슴이나 스커트의 노출이 아슬아슬해서 좀……이라고 한다. 그런가? 나야 반대할 이유는 없지만.

일단 이 멤버로 운영을 시작했다. 쉬는 날은 수요일과 일요일. 영업시간은 오전 9시에서 오후 7시. 입점할 때에는 회원카드를 만들어 입점 시간을 기록했다. 그리고 이용 요금은 일단 선불제로 하고, 연장한 시간은 돌아가는 길에 추가로 받기로 했다. 개인실 이용은 추가 요금이 더 비싸다. 음식과 음료 요금도 돌아갈 때 일괄적으로 내게 했다.

나머진 '공방' 에서 복사한 광고지를 뿌리고, 선전을 하는 일이었다. 개점은 내일모레다.

대충 확인은 끝냈기 때문에, 나는 오늘 저택에서 새로운 일과를 시작했다.

테이블 위에 스마트폰을 놓고 먼 의자에 앉았다.

"기동."

내가 그렇게 중얼거리자, 스마트폰의 전원이 '자동적으로' 켜졌다.

"검색. 이 저택 내에 사람이 몇 명 있지?"

〈……검색 종료. 열 명, 입니다. 남자가 둘, 여자가 여덟 명 입니다.〉

남자는 나와 라임 씨일 테니, 훌리오 씨는 정원에 있는 건가. 사람으로 검색해서 셰스카나 로제타는 빠진 거구나.

"검색. 이 저택의 정원에는 사람이 몇 명 있어?"

〈……검색 종료. 정원에는 한 명. 남자입니다.〉

"톰 씨와 해크 씨는 문 밖에 있어서 빠진 건가? 정원에 있는 사람의 영상을 비춰 줘."

〈알겠습니다.〉

스마트폰 화면 밖으로 입체 영상처럼 훌리오 씨의 모습이 투영됐다. 【롱센스】와 【미라주】를 조합한 기술이다. 화단에서 작업을 마친 훌리오 씨가 일어서서 허리를 폈다. 조금 지친 건가?

"훌리오 씨를 타깃으로 지정. 【큐어힐】과 【리커버리】를 발동."

〈알겠습니다. 【큐어힐】과 【리커버리】를 발동합니다.〉

영상을 보니, 훌리오 씨의 머리 위에 마법진이 나타나, 부드러운 빛을 아래로 쏟아 냈다. 훌리오 씨는 순간 깜짝 놀란 표정을 지었지만, 피로가 풀린 몸을 움직여 내 방이 있는 곳을 바라보았다. 창문을 열어 내가 손을 흔들자, 훌리오 씨도 마찬가지로 손을 흔들어 주었다.

응, 아주 원활하게 잘 작동되네.

【프로그램】을 하나하나 입력해서 이렇게까지 진화를 시켰다. 음성 출력은 녹음한 셰스카의 목소리를 사용했다. 처음에는 자신의 목소리를 사용할까도 생각했지만, 엄청 기분 나빠서 중간에 포기했다. 내가 그런 목소리였나?

폴라와는 달리 스마트폰에는 녹음 기능이 있어서 별로 어렵지는 않았다. 정말로 일일이 지정해야 해서 힘들었지만, 나름 쓸만해지긴 했다. 전투 중에는 스마트폰을 조작하기 어렵기 때문에, 음성 입력을 할 수 있으면 많은 도움이 된다.

"인터넷 검색. 오늘의 사건."

훌리오 씨의 입체 영상이 꺼지고, 원래 세계의 인터넷 뉴스가 표시됐다. 선거라. 한번쯤은 투표권을 행사하고 싶었는데.

"종료. 전원 오프."

스마트폰의 화면이 꺼지고, 전원까지 꺼졌다. 좋아, 쓸만해. 품에 스마트폰을 넣고 방 밖으로 나갔다.

1층에 내려가 보니 딱 타이밍 좋게 윌이 돌아왔다.

"마침 잘됐어. 이제부터 네 할아버지의 마법을 실험해 보려고 하는데, 한번 볼래?"

"할아버지의 마법이요? 근데 그건 정말로 살짝 무거워지기만 하는 마법이에요. 도움이 안 될 것 같은데……."

"도움이 안 되긴. 내 생각이 정확하다면, 사용하는 사람에 따라 최강의 마법이 될 수도 있어."

"네?!"

내 말을 못 믿겠는지 윌은 묘한 표정을 지었지만, 그래도 역시 신경이 쓰였는지 뒤를 따라왔다.

테라스를 지나 정원으로 나갔다. 훌리오 씨는 여전히 정원을 손질하는 중이었다. 나는 정원 한가운데로 걸어갔다.

"윌, 검을 좀 빌려줄 수 있어?"

"네? 빌려 드릴 수야 있지만……."

윌이 허리에 찬 검을 칼집에서 빼내 나한테 건네주었다. 음, 평범한 검이네. 질이 나쁘진 않지만 역시 윌이 휘두르기엔 너무 커.

"전부터 생각한 건데, 이 검은 윌한테 안 어울리지 않아? 너무 커. 왜 이런 걸 들고 다녀?"

"아, 이건, 주운 거예요. 사막에 떨어져 있었어요. 아마 샌드 크롤러한테 먹힌 모험자의 물건이 아닐까 해요."

우와. 그런 걸 어떻게 쓸 생각을 다 했는지……. 물론 신출내기 모험자가 무기와 방어구를 갖추려면 힘이 드니, 어쩔 수 없는 건가.

정원 바닥에 검을 꽂았다.

"빼 봐."

"네? 네……."

윌이 쉽게 꽂힌 검을 빼냈다. 아주 쉽게 빠지네. 확인을 한 뒤, 다시 검을 바닥에 꽂아 넣게 했다. 윌은 뭘 하는지 모르겠다는 듯이 고개를 갸웃했다.

자, 이제부터가 실험이다. 나는 지면에 꽂힌 검의 칼자루 머리에 손바닥을 올리고, 마력을 모았다.

"【그라비티】."

푸욱, 하고 검이 조금 더 아래로 들어갔다. 아무래도 제대로 마법이 걸린 모양이었다.

"빼 봐."

"?"

윌이 손잡이를 잡고 검을 빼려고 했지만 꿈쩍도 하지 않았다.

"아니……! 큭, 무거워……!"

옆으로 힘을 주자, 투욱 하고 소리를 내며 검이 넘어졌다. 윌이 그걸 들어 올리려 했지만 전혀 움직일 생각도 하지 않았다.

"이 마법으로는 만진 물건의 '무게'를 변화시킬 수 있는 모양이야. 윌의 할아버지가 무게를 조금밖에 조절하지 못했던 이유는 아마 마력량이 적어서겠지."

정확하게 말하면 '중력 변화'일지도 모르지만, 범위를 지정하는 마법이기 때문에 '무게'를 변화시킨다고 생각하는 게 훨씬 이해하기 좋다. 그렇다면 【그라비티】가 아니라 【웨이트】라고 불러야 할 것 같았지만, 그런 거야 신경 써 봐야 어쩔 수가 없는 일이다.

접촉을 하지 않으면 발동되지 않는 게 문제지만, 주입하는 마력으로 무게를 늘릴 수도 있고, 해제도 자유롭게 가능하다. 물건이 아니라 자신의 무게도 정확하게 바꿀 수 있다.

즉, 때리는 순간에 마력을 주입하면, 핵펀치를 날릴 수 있다는 말이다. 근데 그러면 내 주먹에도 대미지가 오니 맨손일 때는 아무래도 위험하다.

무기의 무게를 변화시켜 싸워야 가장 효율이 좋을 듯했다. 이걸 같이 사용하면, 그 프레이즈도 부술 수 있을지 모른다.

또 자신의 몸무게를 가볍게 만들어 【부스트】나 【액셀】의 속도를 더 높일 수도 있겠지.

어? 무기에 【인챈트】하면, 엄청나게 가벼운 무기도 만들 수 있지 않을까. 근데 배틀 액스나 메이스는 가볍게 만들어도 의미가 없겠는데? 그건 무게가 곧 위력이니까.

아무튼 꽤 편리한 마법이다.

“할아버지는 엄청난 마법을 사용하실 수 있었던 거야. 단, 마력이 별로 많지 않아서 효과를 크게 보지 못했지만 말이지.”

“할아버지의 마법이 그렇게 대단했다니…….”

윌 덕분에 프레이즈에 대항할 수단을 손에 넣었다. 뭔가 답례를 해야겠지? 나는 【스토리지】에서 미스릴 덩어리를 꺼낸 뒤, 【모델링】으로 변형시켜 윌에게 딱 맞는 흉갑과 팔 보호구를 만들었다.

“이거…… 받아도 돼요?”

“할아버지의 마법을 가르쳐 준 답례니까 사양 말고 받아. 그리고 검도 어떻게든 해야겠네.”

【그라비티】를 해제하고 윌의 검을 손에 쥐었다. 【인챈트】로 【그라비티】를 부여해, 이번엔 반대로 조금 가볍게 만들었다. 무게에 따른 위력은 조금 떨어질지도 모르지만, 휘두르기 쉬워졌으리라 생각한다.

검을 건네자 윌은 가벼워진 검을 두세 번 휘두르더니, 깜짝 놀란 듯 눈을 휘둥그렇게 떴다.

“다루기 쉬워졌어요. 이 갑옷이랑 검이라면, 전보다 쉽게 마수를 쓰러뜨릴 수 있겠는걸요?”

“그렇다고 방심하면 안 돼. ……아, 그렇지. 강해지기 위한 특훈을 하면 되는 건가?”

“네?”

"여차여차 해서, 이 아이를 단련시켜 주실 수 없을까요?"

"그렇군."

나는 윌을 데리고 기사단의 연습장을 찾았다. 눈앞에는 닐 부단장, 옆에는 극한의 긴장 때문에 덜덜 떨고 있는 윌 소년.

"마침 잘됐어. 실은 우리 기사단도 그 사건 이후로 귀족만 기사단에 입단시켜서는 문제가 있다고 생각해, 널리 사람을 모을 생각이었거든."

"호오오. 그럼 윌을 단련시켜 주고, 괜찮으면 기사단 입단을 허락해 줄 수도 있나요?"

"본인 하기에 달렸지."

그렇게 말한 뒤, 닐 부단장이 윌을 살짝 노려보듯이 봤다.

"윌이라고 했나? 기사단에 들어올지 어떨지는 모르겠지만, 강해지고 싶은가?"

"네…… 강해지고 싶어요. 지키고 싶은 사람이 있거든요. 전, 그러기 위해서라도 강해질 거예요. 힘만 키우는 게 아니라, 많은 것을 지킬 수 있는 남자가 되고 싶어요."

다리를 덜덜 떨었지만, 윌은 부단장에게 똑똑한 목소리로 그렇게 말했다. 지키고 싶은 사람은 여자 친구겠지? 역시나. 그 말을 듣고 닐 부단장은 기쁘다는 듯이 씨익 웃었다.

"좋아! 무언가를 지키기 위해 싸우는 사람이야말로 기사! 소질은 있는 듯하군. 아침이든 저녁이든, 시간이 나면 이곳으로 와라. 훈련에 참가하게 해 주지. 열심히 노력해 꼭 강해져라."

"네!"

월이 힘차게 대답했다. 소년이여, 강해져라.

◇ ◇ ◇

예상외로 오픈한 독서 카페 '월독'은 평판이 좋았다. 독특한 시스템이라 사람들의 입소문을 듣고 찾아온 사람도 많았지만, 마음이 편해서 무심코 오래 머무는 사람들이 속출했다는 모양이다.

그래서 사흘 후에는 1일 프리패스 코스라는 것도 만들었다. 이건, 일정 이상의 돈을 내면 하루 종일 자유롭게 출입할 수 있는 코스다. 요금은 조금 비싼 편이지만, 보통 코스로 하루 종일 있는 것보다는 싸다.

의자와 개인실이 부족했기 때문에, 정원을 개방해 벤치에서 책을 읽을 수 있게 했다. 단, 이 코스는 모두 셀프 서비스로, 책을 읽는 데 관심 있는 사람들을 위한 코스였다. 비가 오는 날에는 사용이 불가능하지만.

무엇보다도 예상외였던 것은 손님의 남녀 비율이었다. 만화카페를 생각하고 남성이 더 많지 않을까 했는데, 여성이 훨씬 많았다.

80퍼센트 가까이가 여성이었다. 추측일 뿐이지만, 비치한 책이 대부분 소설이라 그런 게 아닐까 한다.

이쪽 세계의 남자들은 학문서, 도감, 마법서, 검술서 같은 실용적인 것을 선호하고, 소설에는 별로 흥미가 없는 듯했다. 그래도 기사에 관한 소설이나 모험자에 관한 소설, 전기물 등을 읽으러 오는 남성도 있었다.

여성이 많다는 사실을 확인한 뒤에는, 될 수 있는 한 여성이 좋아하도록 책장을 새로 배치했다. 그중에서도 린제가 사 온 책을 책장에 꽂자, 여성 손님이 단번에 확 늘었다.

린제가 사 온 책을 읽고 싶어 하는 사람이 워낙 많아서 다시 【게이트】를 통해 책을 사러 가야만 했을 정도였다.

무슨 책인지는 내가 직접 말할 수 없다. 적어도 그런 책을 즐겨 읽는 남성과는 조금 거리를 두고 싶다. 몸이 위험할 것 같으니까.

아무튼, 대성황이라 이익이 꽤 짭짤했다. 일곱 명의 월급도 여유를 가지고 넉넉하게 줄 수 있었기 때문에, 다들 저택에서 나가 각자 살 곳을 찾았다.

레베카 씨나 로건 씨는 벌써 나갔고, 윌도 웬디와 같은 시기에 저택을 떠났다. 물론 같은 곳에 산다. 같은 방은 아니지만. 근데 웬디는 실비 씨와 같은 방이었다. 힘내라 소년.

"자, 그럼, 오랜만에 길드에 가서 본업에 힘써 볼까."

새로 【프로그램】을 해 둔 스마트폰이나, 무속성 마법 【그라비티】도 시험해 보고 싶으니까. 그런데 다른 사람들은 모두 할 일이 있었다. 시간이 비어 있는 사람은 유미나뿐이었다.

길드 카드의 랭킹이 유미나만 파란색이었기 때문에, 빨리 우리와 똑같이 빨간색이 되고 싶은 모양이었다.

"그럼 둘이서 갈까?"

"네. 토벌 데이트네요!"

아니, 토벌을 하면서 데이트라니, 사양하고 싶은데…….

둘이서 같이 길드에 도착해 보니, 평소처럼 모험자들이 한가득 모여 있었다.

우리도 의뢰 보드 앞에 섰는데, 눈앞에 거한이 불쑥 끼어들었다. 이 녀석은 대체 뭐야?

남자는 아래에는 바지, 위에는 호랑이 줄무늬 조끼를 맨몸에 바로 입은 모습이었다. 허리에는 양날 도끼를 찼고, 패션인지 목에는 잘각거리는 쇠사슬을 걸었다. 머리에는 머리카락이 한 올도 없었고, 히죽거리며 웃었다.

"이봐. 꼬마가 꼬마를 데리고 왜 이런 델 다 오고 난리야? 여기가 무슨 애들 놀이터인 줄 알아?"

처음 보는 사람인데. 왕도에 온 지 얼마 안 된 녀석인가? 이렇게 센스 없는 녀석을 보고 내가 잊어버렸을 리가 없다.

잘 보니 주변에도 히죽거리는 모험자가 있었다. 하지만 나를 보고 히죽대는 게 아니었다. 눈앞의 이 남자를 보고 히죽댔다.

흠, 어떻게 하면 될까.

"이 자식, 안 들리냐?! 따끔한 맛을 보기 전에, 호갹?!"

남자가 유미나에게 팔을 뻗어서 나는 아무런 주저 없이 총을 쐈다. 아, 물론 마비탄으로. 그런데도 보디블로를 한 방 먹은 것 같은 통증은 느꼈겠지만.

의식은 있는 듯해서, 눈앞에 내 길드 카드를 내밀었다.

"겉모습만 보고 판단하면 따끔한 맛을 볼 거예요!"

빨간색 랭크 카드를 보고 눈을 휘둥그렇게 뜬 그 녀석을 질질 끌고 길드 밖에다 내던졌다. 【그라비티】로 남자의 무게를 가볍게 했는데, 참 편리하네. 덕분에 힘들이지 않고 옮길 수 있었다.

길드 안으로 돌아오자 조금 전에 히죽거리던 녀석들이 크게 웃고 있었다. 역시 이렇게 되길 기대하면서 히죽거린 거구나.

" '용을 죽인 남자' 에게 시비를 걸다니, 배짱 한 번 두둑한 녀석이군!"

"누가 좀 가르쳐 줘. 입 다물고 있지 말고!"

"바보 자식아! 그래선 재미가 없잖아!"

그건 그렇지. 그렇게 말하며 모두 웃었다. 저기요…….

사실 그런 식으로 시비를 거는 사람은 항상 있었다. 나는 강해 보이지 않으니(생각해 보니 좀 한심하지만), 저런 녀석들이 자주 시비를 건다. 그때마다 때려눕히는 처지가 되지만.

아무렴 어때. 아무튼 보드 앞에 가서 붙어 있는 의뢰를 살폈다. 이번엔 단둘이서 가는 거니, 수가 많은 토벌은 안 하는 게 무난하겠지?

빨간색 의뢰서 중에서 토벌 의뢰 하나를 바라보았다.
"블러디 크랩? 게인가?"
"거대한 붉은 게 마수네요. 커다란 집게를 네 개 지니고 있고, 등딱지도 아주 단단한 게 특징이에요. 등딱지는 방어구의 소재가 되어 팔리고, 고기도 비싼 값에 팔린다나 봐요."
호오. 게라서 그런지, 꽤 구미가 당기는 이야기인데? 일단 이 일을 해 볼까.
토벌 대상도 한 마리이고, 목적지도 전에 미스릴 골렘을 쓰러뜨린 광산에서 그다지 멀지 않아 쉽게 갈 수 있다.
의뢰서를 떼서 카운터 누나에게 가지고 갔다. 유미나는 파란색 랭크이지만, 나는 빨간색 랭크라 아무런 문제도 없다. 만약 낮은 랭크가 한 사람 더 있었으면, 하위 랭크가 더 많아 접수가 안 됐을 테지만.
"저어…… 모치즈키 씨라면 독서 카페 '월독'의 사장님이시죠?"
의뢰서를 받은 접수처 누나가 머뭇거리며 말을 걸었다.
"네, 그런데요……."
"저어, 리프리스 황국의 책 중에 『장미의 기사단』 시리즈라는 게 있는데요, 혹시 입고 예정은 없나요?"
누나는 뺨을 붉게 물들인 채, 흥분한 모습으로 몸을 앞으로 내밀었다. 그 책을 정말로 읽고 싶은 모양이었다.
"저어~ 그 책은 완결됐나요?"

"넷! 총 15권으로 완결됐을 거예요!"

완결됐다면 들여놔도 된다. 가끔 새 책을 들여놓지 않으면 사람들이 금방 질리니까. 토벌을 끝내고 돌아오다가 사 가지고 올까?

"그럼 들여놓겠습니다. 아마 내일이면 읽으실 수 있을 거예요."

"그렇게 빨리요?! 우와! 정말 기대돼요! 내일은 제가 쉬는 날이니 하루 종일 즐길 수 있겠어요!"

잔뜩 들떠 기뻐하는 누나의 배웅을 받으며, 우리는 길드 밖으로 나갔다. 옆에서 계속 아무 말 없이 있던 유미나가 힐끔힐끔 나를 보며 말했다.

"저어…… 토야 오빠. 『장미의 기사단』이 무슨 이야기인지 아세요……?"

"아니, 모르는데. 알아?"

"네, 알아요. 어떤 나라의 기사단 이야기로, 남자만 있는 '장미 기사단' 과 여자만 있는 '백합 친위대' 의 갈등, 그리고 그런 상황에서 펼쳐지는 기사단 내의 연애를 그린 시리즈로……."

……………잠깐만. '기사단 내' ? 어? 남자만 있는 기사단이라고…….

내 눈길을 보내자, 유미나가 슬쩍 눈을 피했다. 어? 그런 거였어?

"……약속했으니, 안 살 수는 없겠지……?"

"그러게요……. 근데, 그래 봐야 서점 직원이 조금 이상한 눈으로 보는 정도로 끝날 것 같은데요……."

으으으. 유미나한테 대신 사 달라고 할 수도 없으니.

"……그런데, 어떻게 그렇게 잘 알아?"

"아~ 저어, 이건 말이죠, 오해할까 봐 이야기해 두는데요, 전 그런 취미 없어요. 그런 쪽의 책은 읽어 본 적도 없으니, 오해 마세요, 제발!"

정말인가? 나는 어린 소녀에게 의심의 눈초리를 보냈다. 린제 같은 예도 있으니, 마찬가지로 영향을 받은 거 아닐까? 아니, 꼭 나쁘다고는 생각하지 않는다. 취미는 사람마다 다른 법이니까. 나는 그런 일에 참견하고 그런 사람 아니야!

"……실은 그 작품을 쓴 사람을 알아요. 그래서 그 작품도 아는 거죠……. 유명한 분이니, 실명으로 출판할 수는 없어서 가명을 쓰고 있지만요."

"어? 누군데? 나도 아는 사람이야?"

"아니요. 토야 오빠는 아마 모르는 사람일 거예요. ……아무한테도 이야기하면 안 돼요? 리리엘 림 리프리스 님…… 리프리스 황국의 첫째 황녀님이에요."

……………………응?

자자자자자자, 자, 잠깐만. 한 나라의 공주님이 그러니까…… 그런 책을 쓰고 있다는 말이야?

"리프리스 황국과 벨파스트 왕국은 옛날부터 왕가끼리, 가족 전체가 교류했거든요……. 리리 언니에 대해서도 옛날부터 잘 알고 있어요. 어느새 '그런 취미'를 갖게 됐는데, 결국에는 직접 글을 쓰기까지……."

머리가 아프다……. 리프리스에는 되도록 접근하지 말자. 자칫 만났다가 소재나 모델이 되면 그야말로 재난이다. 앗, 근데 책을 사러 가야 했지?! 크으.

음, 근데 황녀님이 마을 서점에 나타날 리가 없으니 괜찮으려나?

그건 그렇고, 접수처의 누나도 그렇고, 카페의 손님들도 그렇고, 혹시 내가 쓸데없는 문화를 이 나라에 소개한 건 아닐까……. 설마 역사에 이름이 남거나 하진 않겠지?

으으음…… 아, 아무튼. 일단은 블러디 크랩을 토벌하러 가자. 나는 유미나를 데리고【게이트】를 통과해 이동했다.

블러디 크랩의 서식지는 미스릴 골렘을 쓰러뜨린 스테아 광산의 남쪽에 있는 황야라고 한다.

우리는 광산까지【게이트】를 열어 이동했지만 남쪽의 황야까지는 걸어갈 수밖에 없었다.

"'정원'을 타고 갈 정도의 거리는 아니니, 뛰어가자."

"네? 꺅?!"

나는 양손을 이용해 유미나를 옆으로 번쩍 들어 올렸다. 흔히 말하는 공주님 안기였다. 나는 그 상태에서 가볍게 달리기 시작했다.

"【그라비티】."

나와 유미나의 체중을 반으로 줄였다. 0에 가깝게 줄이면, 몸이 너무 가벼워 제어를 못하고 넘어질 것 같았기 때문이다.

"【액셀 부스트】."

그에 더해 가속 마법과 신체 강화 마법을 사용해 폭발적으로 스피드를 냈다. 이렇게 빨리 달리고 있는데도, 아무런 저항도 없었고, 맞바람조차 느껴지지 않았다. 【액셀】의 마법 장벽 효과 덕분이다.

어딘가 모르게 체감 게임 같다는 생각이 들었다. 엄청난 속도로 달리고 있는데, 어딘가 다른 세계에서 벌어지는 일인 것만 같았다.

그런 감각이라 그런지 품에 안긴 유미나도 속도에 떨지 않고, 가만히 지나가는 경치를 바라보았다.

잠시 달리자 황야가 보였다. 나는 일단 달리기를 멈추고 유미나를 내려 주었다.

"검색. 블러디 크랩. 반경 3킬로미터 이내."

〈……검색 완료. 이곳에서 남서쪽 일대. 표시하겠습니다.〉

눈앞에 이 일대의 지도가 영상으로 표시됐다. 현 지점이 이곳이고, 게가 이곳이니, 1킬로미터 정도이려나?

"토야 오빠, 지금 셰스카 씨의 목소리가……."

"응? 아~ 이 녀석의 목소리로 사용하고 있거든. 당연할지도 모르지만, 그 녀석의 목소리는 기계적이고 감정이 부족하니까. 정신이 흐트러지지 않아서 좋다고 해야 할지……."

품에서 스마트폰을 꺼내 유미나에게 설명했다.

나는 다시 유미나를 안고 게가 있는 방향으로 달렸다. 이윽고 붉은 등딱지와 양쪽에 두 개씩 네 개의 커다란 집게, 그리고 양쪽에 네 개씩 여덟 개의 다리를 지닌 커다란 게의 모습이 보였다.

크다. 덤프트럭 정도는 될 것 같다. 바위처럼 울퉁불퉁한 돌기가 눈에 띄는 등딱지가 피처럼 붉었다.

겉보기에는 왕게를 흉악한 모습으로 변형시킨 것 같은 느낌이다. 하지만 집게발 네 개는 왕게와는 달리 비상식적으로 컸다. 저거에 걸리면 단번에 저 세상이다. 아마 상반신과 하반신이 서로 작별을 하겠지.

블러디 크랩이 이쪽을 눈치챘는지, 몸의 방향을 바꾸어 우리를 정면으로 바라보았다. 입에서는 부글거리며 거품을 내고 있는데, 저거, 물에 사는 게가 산소 부족으로 고통스러워하는 모습 아니었나?

저쪽 세계의 상식이 이쪽 세계에서도 통한다고 생각하는 것 자체가 함정이나 마찬가지다. 게가 황야에 있는 것도 생각해 보면 이상한 건데, 이제 와서 무슨 생각인지. 그런 발상을 빨리 전환하지 않으면 자칫 목숨이 위험해진다.

나는 유미나를 내려 주고 무기를 잡았다. 나는 브륀힐드를 블레이드 모드로 변형했고, 유미나는 콜트 M1860 아미를 뽑았다.

게를 향해 마비탄을 잇달아 쏘았지만, 등딱지를 부술 수는 없었고, 【패럴라이즈】의 효과도 거의 없는 듯했다. 저 등딱지는 마법 방어력도 강한가 보네. 아마 마법도 잘 통하지 않겠지. 빨간색 랭크 토벌 대상답다.

"【흙이여 얽혀라, 대지의 주박, 어스 바인드】."

유미나가 주문을 외우자 블러디 크랩의 발밑의 흙이 각각 다리에 얽혀 움직임을 둔하게 만들었다. 직접적으로 영향을 미치는 마법이 아니면 어느 정도는 효과가 있는 모양이었다.

유미나의 총탄이 움직이지 못하게 된 블러디 크랩의 다리 관절 부분에 작렬했다. 그런 부분이라면 확실히 약할 것 같긴 한데, 그 가는 부분을 제대로 노리다니, 대단한데? 스나이퍼가 될 만한 소질이 있는 것 같아.

내가 깜짝 놀라고 있다는 사실을 깨닫지 못한 채, 유미나가 잇달아 관절 부분을 노리고 총을 쏘았다. 블러디 크랩의 움직임이 더욱 둔해졌다.

"【액셀】."

나는 그 틈을 놓치지 않고 가속 마법을 사용해, 단숨에 블러디 크랩의 머리 위를 뛰어넘어 울퉁불퉁한 등딱지 위에 착지했다. 지금 사용할 이 마법도 직접 상대에게 작용하는 마법이긴 하지만, 아마 통하리라 생각한다. 나는 쭈그리고 앉아, 블러디 크랩의 등에 손을 대고 마법을 발동시켰다.

"【그라비티】."

쿠우웅! 게가 다리를 접고 지면에 바짝 엎드렸다. 나는 등에서 뛰어내려, 움직임이 둔해진 블러디 크랩을 보았다.

흐음, 일단 【그라비티】가 발동되면, 해제를 하든 더 무겁게 하든, 이쪽이 마음대로 할 수 있구나.

"뭘 어떻게 하신 거예요?"

"이 녀석의 몸무게를 마법으로 몇 배나 더 무겁게 만들었어. 지금은 몸이 너무 무거워서 못 움직이는 거야."

무거운 몸을 이끌면서도 어떻게 해서든 이쪽을 공격하려고 하는 블러디 크랩에게 마력을 흘려 더 무겁게 만들었다. 그러자 집게를 땅에 떨어뜨리더니, 더 이상 움직이지 않았다.

흐음~ 상당히 무겁게 만들었는데 등딱지에는 금도 하나 안 가네. 이 녀석, 엄청 끈질겨.

"……토야 오빠, 이 게, 이미 죽은 거 아닌가요?"

"응?"

그러고 보니, 부글부글 내뿜던 거품도 사라져 보이지 않았다. 그리고 몸 이곳저곳에서 이상한 체액이 배어 나와 있었다. 아무래도 내장이 무게를 견디지 못한 모양이었다.

【그라비티】를 풀었다. 하지만 블러디 크랩은 꿈쩍도 하지 않았다. 가까이 다가가 브륀힐드로 두드려 보았지만, 아무런 반응도 없었다. 그냥 시체가 된 모양이었다.

"생각보다 쉽게 해치웠네요."

허리의 홀스터에 총을 넣으면서 유미나가 게를 올려다보았다.

"이 마법의 장점은 한 번 발동되면 멀리서도 조종할 수 있다는 거구나."

나는 지면에 있던 작은 돌멩이 몇 개인가를 주워서 【그라비티】를 걸고 눈앞에 던져 보았다. 지면에 떨어지기 전에 돌멩이 하나하나의 무게를 100킬로그램 이상으로 늘렸다. 그러자 푹푹 지면에 구멍이 생기더니, 던진 돌멩이가 산산조각 났다.

"……굉장한 마법이네요."

"이걸 사용하면 프레이즈도 부술 수 있을지도 몰라. 접촉해야만 발동된다는 게 문제지만, 그건 이걸 사용하면 해결할 수 있어."

나는 품에서 스마트폰을 꺼내 보여 주었다. 이전에 접촉해야 발동하는 【패럴라이즈】로 도적을 일망타진한 적이 있다. 아마 【그라비티】도 똑같이 사용할 수 있을 듯했다. 나는 들고 있던 브륀힐드를 땅에 꽂았다.

"검색. 브륀힐드. 타깃 지정. 【그라비티】를 발동. 으음, 무게를 두 배로."

〈……검색 완료. 타깃을 지정했습니다. 【그라비티】 발동.〉

눈앞의 브륀힐드를 집어 들었다. 평소보다 무겁다. 아무래도 효과가 나타난 모양이었다. 실험은 성공. 이건 꽤 엄청난 무기가 될 것 같았다. 이쪽 세계에는 마법 효과를 상쇄하는 마법도 있다고 하니, 만능은 아니겠지만.

【그라비티】를 해제하고 브륀힐드를 허리에 찼다.

"일단 게를 가지고 돌아가야겠지?"

"토벌 부위는 집게이지만, 다른 부위도 길드에서 매입해 준대요. 전부 팔까요?"

"음~ 다리를 하나만 남겨 둘까? 클레아 씨한테 선물로 드리자. 오늘은 게 전골이야."

"그거 좋네요."

일단 【스토리지】에 넣고, 【게이트】를 통해 단숨에 왕도의 길드로 돌아갔다.

접수 누나에게 토벌 부위를 주자 너무 빠른 토벌 속도에 눈을 휘둥그렇게 떴지만, 【게이트】에 대해 설명을 하자, 대충 이해를 한 모양이었다. 일단 길드에서는 직원이 이런 개인적 능력에 대해 발설해서는 안 된다는 비밀 엄수의 의무가 있다. 즉, 다른 사람에게 소문이 퍼질 염려는 없다는 말이다. 수상하게 생각하는 녀석들은 있을지도 모르지만.

길드의 안뜰로 가서 【스토리지】에 넣어 두었던 블러디 크랩을 꺼내 검사를 받았다. 다리 하나는 미리 따로 떼어 놓았다.

등딱지와 살 모두 가치가 상당히 컸다. 토벌 보수와 함께 카운터에서 금액을 정산했다. 카운터에서는 평소처럼 퐁퐁퐁 하고 길드 카드에 도장을 찍어 주었다.

"이번 포인트로 유미나 님의 길드 랭크가 올라갔습니다. 축하드려요."

빨간색이 된 길드 카드를 받자, 유미나가 기쁜 듯 미소를 지었다.

"이제 모두 똑같은 랭크네요."

아, 역시 혼자만 랭크가 낮은 것이 마음에 걸렸구나. 그야 그렇겠지. 혼자만 뒤처졌다는 느낌이었을 테니까.

자, 이제는 리프리스의 서점에 가서 책을 사면 되는 건가. 음~ 돈도 예상보다 많이 들어왔으니, 다른 책도 사 올까? ……그런 쪽의 녀석을.

손님이 있어야 장사를 할 수 있는 법이고. 다행히? 그런 쪽을 잘 아는 것 같은 사람이 눈앞에 있기도 하고.

"저어…… 누나."

"네, 저는 푸림이라고 해요. 무슨 일이시죠?"

이제부터 아까 말한 책을 사러 간다고 말한 뒤, 같은 장르에서 인기가 있을 만한 작품이 있으면 꼽아 달라고 부탁했다.

"네?! 책을 들이실 생각인가요?!"

"그쪽에 재고가 있으면요. 돈은 이번 토벌로 꽤 벌어서 넉넉하거든요."

"자, 잠깐만요?!"

그렇게 말하자마자, 접수 누나는 같은 여성 길드 직원에게 가서 무슨 이야기를 하더니, 메모를 하기 시작했다. 그리고 또 다른 여성 직원과도 이야기를 하고 메모를 했다. 그런 식으로 몇 명에게 똑같이 질문을 하고 메모를 한 것도 모자라, 안면이 있는 여성 모험자 몇 명에게까지 말을 걸고 나서야, 접수 누나는 내가 있는 곳으로 되돌아왔다. 저기요, 일도 안 하고 뭐 하는 건지…….

"이, 이게 입고되면 모두 내일 '월독' 에 가겠다고 말했어요! 부디 고려해 주세요!"

"네에…… 긍정적으로 검토하겠습니다……."

건네받은 메모를 들고 고개를 들어 보니, 길드 내의 거의 모든 여성들이 반짝이는 눈으로 이쪽을 바라보고 있었다. 반짝반짝? 번뜩번뜩인 것 같기도 한데…….

길드 밖으로 나가 일단 저택으로 돌아갔다. 유미나를 데려다 준 다음 서점에 가려고 한 건데, 타이밍 좋게(?) 린제가 테라스에서 식사를 하고 있어서, 푸림 씨가 적어 준 메모를 보여 주었다.

"이거…… 전부 사실, 생각인가요?"

"재고가 있으면."

린제는 품에서 펜을 꺼내더니, 꾹꾹 메모에 제목을 추가로 적었다. 앗, 늘리지 마, 제발.

"……이건 꼭 사야 해요. 이제 막 최종권이 나온 작품이라서 기회를 놓치면 전부 구입할 때까지 시간이 걸리거든요. '월독' 에 입고되면 서로 읽겠다고 쟁탈전이 벌어질 수도 있는 책이에요."

……그래? 잘 모르겠지만, 린제가 그렇다면 그런 거겠지.

일단 고맙다고 말한 뒤, 메모를 들고 제목을 쭉 훑어봤다.

『장미의 기사단』 전 15권.

『집사의 비밀』 전 5권.

『타락한 왕자 종속된 맹세』 전 8권.

『감옥의 소년』 전 6권.

『달콤하고 위험한 포옹』 전 12권.

『작렬하는 야상곡 돌아오지 않는 두 사람』 전 5권.

『달콤한 함정과 마술사』 전 12권.

『배덕한 사위』 전 17권.

『장밋빛 매지컬』 전 9권.

『주인님이 보고 계셔』 전 18권.

……정말 들여도 되는 걸까? 제목만 보고도 질려 버릴 것 같았다. 하지만 이제 와서 못 들이겠다고 할 수도 없으니…….

이쪽 장르는 다른 구역에 격리해 다른 책들과 구별해 놓을까. 가림막을 쳐서 안을 못 보게 한 다음, 미성년자는 볼 수 없다고 경고문을……. 잠깐, 그러면 DVD대여점의 성인 코너하고 똑같잖아. 끄응…… 이런 걸로 고민하기 싫은데…….

일단 무슨 범죄를 조장하는 것도 아니고, 이쪽은 오히려 건전한 편인가? ……건전한 거 맞지?

차라리 사장 자리를 린제에게 양도할까 혼자 고민하면서, 나는 리프리스로 가는 【게이트】를 열었다.

리프리스의 수도, 황도 베른. 이 도시의 특징은 누가 뭐라 해도 '하얗다'는 점이다. 특히 거리가 참 하얗다. 건물 벽부터 돌바닥, 계단에 이르기까지 모두. 그러니까, 그리스의 미코노스 섬이나 산토리니 섬 같은 느낌이라고 해야 하나?

항구 마을처럼 강에 접한 거리의 중앙에는 유난히 더 희어 보이는 리프리스 성이 있었다. 물과 푸른색이 조합된 하얀 거리가 아주 아름다운 곳이었다. 반사된 태양빛이 너무 눈부셔서 선글라스를 쓰고 싶을 정도다.

하지만 오늘은 관광하러 온 것이 아니기 때문에 곧장 서점으로 직행했다. '월독' 오픈 전에 한 번 온 적이 있었기 때문에 헤매지 않고 바로 서점에 도착했다.

나는 육중한 문을 열고 안으로 들어갔다. 중고 책부터 새 책까지 갖춘 이곳은 제법 큰 서점이다. 카운터에는 검은 머리 여자아이가 혼자 앉아 있었다. 윽, 여자가 카운터를~. 아니지, 남자라도 이런 책을 살 때는 민망하지만.

차라리 잘됐다. 그냥 점원에게 이 리스트에 있는 책을 한꺼번에 달라고 하자.

"죄송합니다. 책을 찾고 있는데요."

"네. 제목을 말씀해 주시면 찾아 드릴게요."

"이거예요."

품에서 메모를 꺼내 카운터에 있는 점원에게 건네주었다.

"으음, 『장미의 기사단』에 『집사의 비밀』……."

점점 점원의 목소리가 잦아들더니, 힐끔힐끔 내 얼굴을 보기 시작했다. 불쾌한 표정은 아니었지만, '월독' 에서 이 리스트를 맡겼던 여성들과 똑같은 눈빛이었다. 반짝반짝. 아니, 번뜩번뜩.

어? 혹시 '그쪽 계열의 사람' 이라고 생각하는 건가?

"저, 사실은요. 이건 주문을 받아서 찾고 있는 책으로……."

"……아하. 네, 알겠습니다."

잠깐만. 뭘 알겠다는 거지? 맘대로 해석하지 마. 지금은 변명을 한 게 아니라, 사실을 말한 거라고!!

"찾아올 테니, 잠시 기다려 주세요."

아주 다정한 미소를 짓고 점원은 안쪽 서고로 사라졌다. 절대로 내 말을 믿는 표정이 아니었다.

카운터 앞에서 계속 기다리는 것도 뭐해서, 바구니를 들고 책을 둘러보았다. 평범한 장르도 구입해야 한다. 이대로 가면 저쪽 장르에 완전히 침식당해 버린다.

소설 코너에 가서 모험물, 전기물, 그리고 '평범한' 연애물이나 괴물 이야기 등을 바구니에 넣었다.

쭉 둘러보고 카운터에 돌아와 보니, 책이 산더미처럼 쌓여 있었다. 다 구해 줬을까. 그런 생각을 했는데, 점원과 여자 손님이 뭔가 다투고 있는 듯했다.

"죄송합니다. 이쪽이 마지막 재고이고, 다음 입고는 아직 미정입니다."

"그럴 수가~……."

당장에라도 쓰러질 것처럼 카운터에 몸을 기댄 여성. 나이는 스무 살이 좀 안 돼 보이는데, 밝은 밤색 머리카락을 비싸 보이는 헤어클립으로 묶고 있었다. 수수하지만 비싸 보이는 카디건과 스커트. 귀족일까. 점원이 나를 보더니 미소를 지으며 말했다.

"아, 손님. 주문하신 상품을 모두 찾았습니다. 이쪽도 같이 계산해 드릴까요?"

"네. 부탁합니다."

나는 카운터에 가지고 온 책을 올려놓았다.

"어? 『장미매직』을 산 게, 이 사람?"

카운터에 기대고 있던 여자가 벌떡 일어나 나를 빤히 봤다. '장미매직'? 아, 메모에 있던 『장밋빛 매지컬』 말이구나.

“대체 무슨 일이죠?”

“네에……. 손님이 주문하신 『장밋빛 매지컬』의 최종권이 이게 마지막 재고였거든요. 이쪽 분도 이 책을 구입하시려고 오셨다고…….”

아하. 간발의 차이로 구입을 못 했구나.

하아. 아쉽지만 어쩔 수 없는 일이다. 이쪽도 마지막 권만 빠진 채로 구입할 수는 없는 노릇이니까.

“죄송합니다. 『장미매직』의 최종권, 저한테 양보해 주시면 안 될까요?!”

“죄송하지만, 저도 이걸 사러 온 거라서요.”

아직 포기를 못 한 여자 손님이 나에게 머리를 숙였지만, 물론 거절했다.

“이게 마지막이에요. 다른 서점에서도 다 팔려서…….”

“아무리 그래도요…….”

문득 눈앞의 여자 손님이 내가 산 산더미 같은 책을 가만히 바라보았다.

“……『장미의 기사단』도 구입하셨네요?”

“네? 아아, 그렇죠, 뭐.”

여자 손님은 산더미 같은 다른 책의 제목도 확인해 보았다. 그리고 여자 손님은 조금 전 점원과 똑같이 반짝이는 눈빛으로 나를 바라보았다. 이 사람도 뭔가 착각을 하나 보네?

“보는 눈이 있으시군요.”

"아니요. 뭔가 착각하셨나 본데, 이건 부탁을 받고 사러 온 거지, 내 취미가 아니에요."

"네, 알아요. 알고말고요."

알긴 뭘 알아?! 히죽거리지 마. 여자 손님은 잠시 생각을 하더니, 이윽고 카운터 구석으로 가서 까딱까딱 손짓하며 나를 불렀다.

"뭐죠?"

"거래를 하죠. 만약 『장미매직』의 마지막 권을 양보해 준다면 『장미의 기사단』 전권에 사인을 해 드릴게요. 어떤가요?"

"네?"

그게 뭐야? 어떻게 그게 거래가 될 수 있지?

"사인을 받아서 저한테 좋을 게 뭐가 있죠?"

"그야 제가 『장미의 기사단』의 작가, 릴 리프리스이기 때문이죠!"

에헴. 여자 손님은 가슴을 당당하게 펴고 말했다. ……꽤 크네……. 거의 야에와 비슷한 정도……가 아니라.

"와~ 그러시군요."

"어머, 못 믿으시겠나요?"

당연하다. 서점에서 만난 사람이 구입한 책의 저자라니, 대체 확률이 얼마나 될까? 게다가 나는 그 저자를 유미나에게 들어서 알고 있다. 흐음, 넌지시 한번 떠볼까?

"그럼 리리엘 황녀님이시겠네요?"

"네?"

자칭 『장미의 기사단』의 저자가 어안이 벙벙한 표정을 지었다. 역시 거짓말인가.

그렇게 생각했는데, 얼굴에 땀을 뻘뻘 흘리면서, 여자 손님이 입을 금붕어처럼 뻐끔뻐금 열었다, 닫았다 하기 시작했다. 어?

"어, 어, 어어어, 어떻게 그걸……! 아버님조차 모르고 계신데……!"

어? 진짜로……? 진짜 본인?

"내, 내 정체를 밝혀서 대체 무슨 짓을……. 설마?! 나를 협박해서 차기 국왕인 어린 남동생에게 접근, 순결을 빼앗아 이 나라를 손아귀에 넣을 심산인 건……?!"

"말도 안 되는 소릴!"

"아야?!"

망상을 펼치는 썩은 머리에, 나는 힘껏 촙을 날렸다. 황녀라고 해서 봐줄 수 있는 문제가 아니다!! 한 번 더 때려 주겠어!

"아얏! 이, 이런 짓을 하다니?!"

"시끄러워! 유미나한테 이야기를 듣지 않았으면 완전히 무시했을 거야! 이런 사람이 이 나라의 황녀라니, 이 나라, 정말 괜찮은 건가?"

"유미나? 유미나라면 벨파스트의?! 당신은 대체……?"

눈물을 글썽이면서 머리를 누르고 신기한 듯이 이쪽을 바라보는 리리엘 황녀. 분명히 나보다 나이가 많겠지만, 경어를 쓰고 싶은 생각이 확 달아나 버렸다. 어차피 많아 봐야 한두 살일 테니, 뭐 어때.

나는 일단 심호흡을 해서 마음을 가라앉혔다.

"나는 모치즈키 토야. 벨파스트의 왕녀, 유미나 공주의 약혼자야. 아직 비공식이지만."

"아니?! 야, 약혼자, 약혼자라니, 그 아이, 결혼해?!"

진심으로 깜짝 놀란 표정으로 이쪽을 바라보던 리리엘 황녀가 이윽고 눈을 이리저리 굴리더니, 무언가 생각을 하기 시작했다.

"어? 하지만 유미나는 여자아이인데……. 어? 설마 위장 결혼……? 사실은 국왕 폐하가 목적이라든가?"

"아니거든!"

"아얏?!"

이제 제발 그 생각 좀 버려라! 아~ 정말 귀찮네!

나는 카운터에 가서 책값을 냈다. 꽤 많이 들었지만, 블러디 크랩을 토벌하고 받은 보수와 소재를 팔아 받은 돈에 비하면 얼마 안 되기 때문에 아무런 문제가 없었다.

책을 【스토리지】에 수납한 뒤, 리리엘 황녀를 데리고 밖으로 나갔다. 나가 보니, 꽤 호화로운 마차가 있었는데, 아마 수행원이나 호위이겠지.

나는 가게 구석에 【게이트】를 열고, 유미나와 코하쿠를 데리고 왔다.

"오랜만이에요, 리리 언니."

"유미나?! 어? 언제 리프리스에 왔어?!"

"미안. 유미나, 설명 좀 부탁해. 코하쿠는 호위 좀 해 줘. 무슨 일 있으면 연락하고."

〈알겠습니다.〉

유미나와 코하쿠를 남겨 두고, 이번엔 '공방' 으로 이동했다. 그리고 【스토리지】에서 '장밋빛 매지컬' 의 마지막 권을 복사한 뒤, 그걸 가지고 다시 유미나가 있는 곳으로 돌아갔다.

나는 갑자기 나타난 나를 보고 깜짝 놀란 리리엘에게 책을 건네주었다.

"자, 이러면 문제없지?"

"어? 괜찮아? 가지고 싶었던 게……."

"아니라니까! 이건 가게에 들여놓으려고 산 거야! 난 이런 거에 흥미 없어!"

"그건 좀 아쉽다……. 아니, 아무것도 아냐."

손날을 위로 치켜들자 리리엘이 입을 꾹 다물었다.

이제 몰라. 돌아가자. 나는 집으로 통하는 【게이트】를 열었다. 가장 먼저 코하쿠가 뛰어들어, 건너편으로 이동했다.

"리리 언니, 그럼 잘 계세요. 다음에 또 봐요."

"유미나도. 결혼식 때는 꼭 불러."

될 수 있으면 안 왔으면 좋겠지만, 나는 전혀 내색을 하지 않고 계속 표정 없는 상태를 유지했다.

우리는【게이트】를 통해 집으로 돌아갔다. 나는 힘이 빠져 거실 소파에 털썩 주저앉았다.

"우와~ 피곤해~……."

피곤한 이유가 게 토벌이 아니라는 점이 또……. 린제가 그런 내 모습을 보고 얼음물을 가져와 주었다.

"고마워~."

"아니요. 수고하셨습니다."

나는 린제가 준 물을 단숨에 들이켰다. 크아~ 맛있다. 차가운 물을 한껏 맛보고 있는데, 린제가 꼼지락거리며 그 자리에서 움직일 생각을 하지 않았다. 뭐지?

"저어, 그래서…… 책은 다 구하셨나, 요?"

아, 그거 말이구나. 읽고 싶은가 보네. 나는【스토리지】에서 오늘 구입한 책을 꺼내 테이블 위에 쌓아 두었다.

"린제가 원하는 책이 있으면 로제타한테 말해서 더 만들어 달라고 하면 돼."

"네!"

힘차게 대답한 린제가 로제타를 부르러 거실 밖으로 나갔다. 로제타는 '공방' 으로 이동하는 능력이 있고, '바빌론' 은 이 집과【게이트】로 연결되어 있으니, 내 마법이 따로 필요하지는 않다.

주방으로 가서 쓰러뜨린 블러디 크랩의 다리를 클레어 씨에게 주었더니, 매우 기뻐했다. 오늘은 게 전골이구나!

그때까지 좀 쉬고 싶었다. 방으로 돌아가 침대에 쓰러지듯이 누운 뒤 눈을 감자, 기분 좋은 수마가 곧장 나를 습격했다.

쿠울.

다음 날. '월독'은 일찍이 없었을 정도로 엄청난 성황이었다. 소문을 들었는지, 개점 전에 줄을 서는 사람들이 있었을 정도였다. 새로 들인 책은 모두 인기가 있어서 쟁탈전이 벌어질 것 같았기 때문에, 급히 몇 권인가를 더 사러 이동을 해야 할 정도였다.

가게의 인기가 많아지는 건 좋은데, 뭔가 석연치 않았다.

으음~ 역시 이 가게는 린제에게 맡기고 나는 2호점을 오픈하는 편이 나을까?

참고로 몇 개월 후, 『장미의 기사단』의 저자가 새로운 시리즈를 발매한다는 모양이었다.

만능 능력을 지닌 남자가 어떤 나라를 빼앗기 위해, 그 나라의 기사, 아름다운 공주, 그 남동생인 왕자에게 잇달아 마수를 뻗치고, 결국엔 정점에 서는 이야기라는 듯하다. 린제가 보여 주었는데, 삽화가 은근히 나를 닮았다. 나를 괴롭히려고 이러는 게 분명하다. 다음에 만나면 그 썩은 머리에 【그라비티】를 건 손날을 날려 줘야지. 각오하라고!

◇ ◇ ◇

아침. 눈을 떠 보니, 입이 막혀 있었다. 눈앞에는 눈을 감은 로제타의 얼굴.

"으아아?!"

"오요? 일어나셨나요?"

뭐, 뭐지?! 왜 로제타가 내 방에?! 그보다, 왜 굿모닝 키스를 당하고 있는 거지?!

"등록 완료. 마스터의 유전자를 기억했습니다. 이것으로 '공방' 의 소유자가 소생의 마스터인 모치즈키 토야에게 이양됐습니다."

어? 아, '공방' 에 유전자를 등록하려고 그런 거구나. 그러고 보니 아직 하지 않았지. 한참 바빴으니……. 완전히 잊고 있었다. 그건 그렇고, 어떻게 좀 안 되나? 그 등록 방법. 심장에 안 좋다.

로제타는 그대로 우리 집 메이드가 될 줄 알았는데, 입은 옷은 메이드복이 아니라 작업복이었다. 대체 어느 회사 공장장이야?! 그런 생각도 했지만, 그건 그거대로 잘 어울렸다.

요즘엔 '공방' 에서 뭔가를 제작하는 것 같던데, 로제타가 말하길, 물건을 만드는 것이 자신의 존재 가치라고.

그건 자유롭게 알아서 하도록 내버려 두고 있는데.

"마스터, 실은 철과 은이 필요한데요……."

"또? 대체 뭘 만드는데?"

"그건 완성될 때까지 비밀입니다."

이게 문제다. 나야 뭐든 좋지만 말이지. 나는 철과 은을 살 돈을 로제타에게 건네주었다. 기뻐하면서도 돈을 받는 로제타를 보니, 꼭 아이한테 용돈을 주는 듯한 느낌이었다.

"아, 그리고 손님이 와 계세요."

"손님?"

재빨리 옷을 갈아입고 거실로 가 보았다. 문을 열고 안으로 들어가니, 라임 씨와 의자에 걸터앉아 있는 레온 장군이 있었다.

"여어, 토야. 아침부터 미안하군."

"손님이라고 들었는데, 레온 장군이셨어요? 이렇게 일찍 무슨 일이세요?"

"좀 부탁할 게 있어서."

부탁? 웬일이지? 대체 무슨 부탁이길래?

"우리 리온에게 이상한 무기를 만들어 줬지? 창이 되기도 하고, 검이 되기도 하는 녀석 말이야."

아, 전에 바보 귀족 자제들을 날려 버렸을 때 줬던 그건가?

"그게 무슨 문제라도 있나요?"

"아니, 문제는 없는데. 단지, 나도 그런 곤틀릿이 있었으면 해서 말이네."

"네?"

"오늘 군과 기사단이 합동 훈련을 하거든. 아들과 대결을 하는데 아버지가 돼서 질 수는 없지 않나."

어~ 겨우 그런 이유 때문에? 이런 아버지 밑에서 훌륭하게 성장한 리온 씨는 정말 장하다고 할 수 있다…….

"근데 장군의 곤틀릿에도 마법이 부여되어 있지 않았나요?"

내가 그렇게 묻자, 장군은 허리에 차고 있던 적동색 곤틀릿을 떼어 내 테이블 위에 올렸다.

"그래. 이 녀석에게는 불꽃 마법이 부여되어 있지. 하지만 평범한 상대 이외에는 별 효과가 없어서 말이야. 될 수 있으면 파괴력이 더 강한 걸로 부여해 줬으면 하네. 그리고 방어력도 높이고 싶어."

"으음……."

【그라비티】를 【인챈트】하면 파괴력이 더 오르겠지……? 방어력은 방패로도 변하게 만들면 될 것 같고.

"그럼 만들어 볼게요. 어떻게 하실래요? 이걸 개조할까요? 아니면 완전히 새로 만들어 드릴까요?"

"이 녀석한테는 나름 정이 들어서 말이야. 이건 이거대로 남기고 싶네. 그러니 새로 만들어 줄 수 있을까?"

"알겠습니다."

나는 【스토리지】에서 미스릴 덩어리를 꺼내, 형태를 곤틀릿으로 변화시켰다. 가동 부분에 질긴 마수의 가죽을 사용하고, 몇 번인가 장군이 실제로 장비를 해 보게 하면서, 사이즈를 조정했다. 장군은 오른손잡이이니까, 방패는 왼손에 드는 게 좋겠지? 이제는 【그라비티】 부여와 【프로그램】을 추가하면 끝이다.

"일단 이 정도면 되겠죠?"

"오오, 다 된 건가?!"

나는 다 만든 은색 곤틀릿을 장군에게 건네주었다. 곤틀릿을 양손에 장비한 장군은 캉캉 서로 맞부딪쳐 보았다.

"흐음, 역시 미스릴이라 가볍군."

"사용법을 설명해 드릴 테니, 다른 곳으로 이동할까요?"

【게이트】를 이용해 이전에 블러디 크랩과 싸웠던 황야 근처로 이동했다. 여기라면 큰 바위도 있으니, 위력을 시험해 보기엔 안성맞춤이다.

"으음, 일단은 말이죠, 왼손의 건틀릿이 방패예요. 장비자의 '실드 온' 이라는 말에 발동하고, '실드 오프' 라는 말에 발동이 해제돼요."

"호오. '실드 온' . 오오!"

장군의 목소리에 반응해 왼손의 곤틀릿이 넓게 펼쳐져 작은 방패가 됐다. 아마 검사와 싸울 때 많이 편리하겠지.

"다음은 공격할 때인데, '임팩트' 라고 말하면, 곤틀릿의 무게가 순간적으로 200배로 늘어나요. 상대를 공격할 때 사용하면 공격력이 늘어날 거예요. 많이 위험하니, 장비가 간소한 사람에게는 사용하지 않는 편이 좋을 것 같지만요."

“200배?!”

애초에, 저 곤틀릿 하나의 무게가 500그램도 안 된다. 그래서 200배라고 해도 기껏해야 100킬로그램밖에 안 된다고 생각했는데, 잘 생각해 보니 꽤 흉악한 무기다. 100킬로그램짜리 해머를 휘두르는 거나 마찬가지니까.

그런 내 생각은 아랑곳하지 않고, 장군이 커다란 암벽을 향해 자세를 잡더니, 허리를 낮추고, 오른손을 뒤로 뺐다. 그리고 전광석화처럼 앞으로 달려 암벽을 주먹으로 세게 쳤다.

“‘임팩트’!”

장군의 주먹이 맞은 순간, 눈앞의 암벽이 산산조각 났다.

……만들어 주고 이런 말을 하긴 뭐하지만, 너무 위력을 세게 만든 것 같아.

“흐음! 아주 좋군! 마수나 중장비 보병을 상대로 많은 도움이 될 것 같아!”

물론 장군이라면 함부로 사용하지는 않을 거라 생각하지만.

“그 외에는 ‘스턴 모드’라는 말로 마비 효과가 생기고, ‘버닝 모드’라고 말하면 불꽃 마법이 부여돼요. ‘모드 오프’라고 하면 다시 보통 상태로 돌아가고요.”

“오오, 불꽃 마법까지 부여해 준 건가? ‘화염권 레온’으로서 아주 반가운 일이군.”

장군은 기쁘게 웃었다. 그러고는 곧장 ‘버닝 모드’로 주먹에 불꽃을 두른 뒤, 섀도복싱을 시작했다. 한바탕 움직이고 만족했는지 장군은 모드 오프라고 말한 다음, 새삼 곤틀릿을 바라보았다.

"정말 대단하군. 리온의 검을 봤을 때도 놀랐지만, 토야는 일류 무기 장인으로도 충분히 이름을 날릴 수 있지 않을까?"

"현재로선 그럴 생각이 없지만요."

무기는 자칫 잘못 사용하면, 엄청난 결과를 가져오는 경우도 있으니까. 지인에게 만들어 주는 정도면 딱 좋다. 그러니까 따로 돈을 받지 않는 거다. 그런 의사를 전달하자, 장군이 "그러면 안 되지. 나중에 값에 걸맞은 물품을 보내지."라고 하길래, 돈이 아니면 받겠다고 말했다. 음식이라면 참 좋을 텐데.

당장 리온 씨를 때려눕히고 싶다…… 아니, 단련시키고 싶다고 해서, 우리는 왕궁 훈련장으로 이동했다.

장군은 곤틀릿을 캉캉 맞부딪치면서, 희희낙락 아들을 찾으러 갔다. 리온 씨, 미안해요…….

할 일은 다 했으니 이제 돌아갈까 했는데, 훈련장 구석에서 낯익은 얼굴을 발견했다. 윌과 닐 씨였다. 아침 일찍부터 훈련인가?

윌이 닐 씨에게 검을 휘두르며 달려들었지만, 닐 씨는 공격을 가볍게 피하면서, 윌의 다리를 걸어 넘어뜨렸다.

"상대가 검사라고 해서 검만 의식하면 못쓰지! 공격은 어디에서나 올 수 있다! 자세가 흐트러지지 않게 노력해라!"

"네, 알겠습니다!"
호오. 꽤 열심히 하는 중인걸? 훈련장의 울타리에 팔꿈치를 대고 두 사람의 싸움을 바라보았다. 이전과 비교해 보면 윌의 움직임도 상당히 좋아졌다. 닐 씨도 마음에 들어서 열심히 단련시켜 주는 것 같으니, 정말로 기사단에 들어갈지도 모르겠다.
"어? 토야?"
"응? 에르제?"
군의 아침 훈련을 끝낸 에르제가 타월로 땀을 닦으면서 이쪽으로 걸어왔다.
"이렇게 아침 일찍 무슨 일이야? 평소에는 내가 집에 돌아갈 즈음에 일어나면서."
그렇게 말하니까 꼭 내가 게으른 남편 같잖아. 네가 너무 일찍 일어나는 거야.
"장군이 날 막 깨우더라고. 무기를 만들어 달라면서."
"그~래?"
정확하게는 로제타에게 키스를 당해 일어난 거지만, 그건 말하지 않았다. 쓸데없는 파란을 일으킬 필요는 없다.
"그렇지, 토야. 지금 【게이트】로 돌아갈 거면, 아예 '은월'로 가지 않을래? 온천에 들어가고 싶어!"
에르제가 갑자기 그런 제안을 했다. 우리 집에도 큰 욕실이 있긴 하지만, 몇 번인가 다 같이 '은월'의 온천에 들어가기도 했다. 아침에도 간 적이 있었지? 땀범벅이라 끈적끈적할 테니, 에르제의 마음도 충분히 이해된다.
"그럼, 가 볼까?"
"야호!"
【게이트】를 통과해 리플렛 마을의 '은월' 앞에 도착했다. 에르제가 곧장 가게로 들어가 접수를 맡고 있는 미카 누나에게 말을 걸었다. 일단 이 온천은 형식상으로나마 내가 '대여한' 것이기 때문에 우리는 요금을 내지 않아도 됐다.
"그럼 들어갈게."
"천천히 들어갔다 와~."
에르제가 카운터에서 재빨리 세면도구와 목욕 타월을 받아 여탕으로 들어갔다. 나는 땀을 흘리지 않았기 때문에 별로 들어갈 마음이 없었다.
잠시 미카 누나와 이야기를 하면서, 요즘에 있었던 일이나 온천에 고장 난 곳 등이 없는지에 관해서 물었다. 온천 손님이 많아서, 숙소보다도 입욕료 쪽의 수입이 더 좋다고 한다. 이대로 가면 목욕탕 '은월'이 되겠어.
"어? 오랜만이군."
"응? 자낙 씨? 아침부터 온천에 들어갔다 오신 건가요?"
남탕에서 타월을 머리에 올린 '패션 킹 자낙'의 사장님이 나타났다.
"후우~ 이곳이 생긴 뒤로는 아침에 들어갔다 오지 않으면

영 몸이 찌뿌둥해서 말이야. 어느새 단골이 됐지."

자낙 씨는 껄껄 웃었다. 그야 그렇겠지. 여기에다 【리커버리】 효과를 녹여 놨으니까. 이곳에 들어가면 몸이 좋아질 수밖에 없다.

뭔가 이상한 걸 탄 것 같아서 기분도 이상하지만, 나쁜 짓을 한 것도 아닌데 말이지.

"그렇지. 자네에게 받았던 디자인대로 또 옷이 하나 완성됐네. 내가 봐도 상당히 좋은 완성도더군."

"호오~."

이야기를 듣다가, 조금 장난기가 발동했다. 미카 누나의 도움도 받기로 한 다음, 나는 자낙 씨에게서 그 완성된 옷을 구입했다. 이거 기대가 되는데?

"그래서, 이거?"

"응. 내 선물이야."

에르제가 갈아입은 옷의 옷자락을 살짝 잡았다. 붉은 옷깃이 목을 덮은 옷의 양쪽은 슬릿이 파여 있었다. 이른바 차이나드레스. 그것도 기장이 짧은 초미니 차이나드레스였다. 신발도 조금 힐이 높은 구두를 준비했다. 참고로 옷의 사이즈는 미카 누나에게 조언을 구했다.

역시 잘 어울린다. 무투사인 여자아이라서 더 잘 어울리는 것 같다.

"응, 잘 어울려. 정말 예뻐."

"무, 무슨 소리야! 맘대로 옷을 바꾸면 어떡해!! 너 진짜!"

얼굴을 새빨갛게 물들인 에르제가 고개를 숙였다. 쑥스러워하는 표정이 또 참. 이런 점은 린제랑 똑같네.

고스로리(Gothic Lolita) 옷 때도 그랬지만, 에르제는 예쁜 옷을 좋아하면서도 입으려고 하지 않았다. 자신에게는 어울리지 않는다고 생각하기 때문이었다. 그래서 어쩔 수 없이 입어야 할 상황을 만들 필요가 있었다.

그래서 미카 씨에게 부탁해 에르제의 옷을 바꿔치기 했다. 에르제도 처음에는 화를 냈지만, 아무래도 마음에 든 모양이었다.

"받아 줄래?"

"……응. 고마워……."

시선을 살짝 들어서 그런 말을 하면, 꽉 껴안고 싶어지잖아! 다른 사람들 눈이 있으니 그럴 순 없지만! 크윽, 나에게도 용기가 있었으면!

갈아입기 전의 옷은 봉투에 넣고, 【게이트】를 통해 '은월'을 떠났다.

집 정원에 오자 구두가 익숙지 않아 걷기 힘든지, 에르제가 내 팔에 매달렸다.

“자, 잠깐만 이대로…… 있어도 괜찮을까……?”

물론 거절할 이유는 없었다. 팔에 그, 부드러운 게 닿아 있습니다만.

일찍 일어나는 새가 먹이를 어쩌고 했었지? 오늘은 왠지 좋은 일이 생길 것 같았다.

그냥 이대로 오늘 하루가 끝나도 대만족이지만!

막간극 습격자들

"으랴아아아아앗!"

날카로운 기합 소리와 함께 야에의 목도가 소드레크 자작의 목도 사이를 빠져나가 목을 향해 쭉 뻗어 나갔다. 그야말로 전광석화. 순식간에 일어난 일. 야에의 검이 목 앞까지 뻗어 오자 자작이 작게 미소를 지었다.

"……흐음. 방금 공격은 아주 멋지군."

"감사합니다!"

야에가 자작에게 고개를 숙였다. 이겼는데도 얼굴은 별로 기쁜 표정이 아니었다. 그야 이걸로 일곱 번째 시합이었으니까. 7회전이나 해서 겨우 한 번 이겼다. 그것도 죽기 살기 내뻗은 일격 덕분에.

야에는 아마 아직도 너무 미숙하다고 자신을 탓하고 있겠지. 자작은 벨파스트에서도 첫째, 둘째를 다툴 만큼 뛰어난 실력자라고 하니, 너무 풀 죽지 않아도 될 것 같은데 말이야.

소드레크 자작의 도장에는 야에와 자작, 그리고 야에를 따라온 나와 유미나가 있었다. 벌써 날도 저물어 밖에서는 까마

귀가 울었다.

"이전과는 비교도 할 수 없을 만큼 실력이 늘었는데, 무슨 계기라도 있는 건가?"

"계기가 있었는지는 잘 모르겠습니다. 하지만 자작님이 말씀하신 '검으로 무엇을 하려는가?' 라는 말씀의 대답이 어렴풋하나마 보이기 시작한 것 같습니다."

"그렇군. 자신의 검을 어떻게 쓸 것인지 길이 보이기 시작한 건가."

야에의 말을 듣고 자작이 작게 웃었다. 그리고 도장 구석에서 견학을 하고 있던 이쪽을 향해 몸을 돌리더니, 바닥에 무릎을 꿇고 고개를 숙였다.

"변변한 대접도 하지 못해 죄송할 따름입니다, 공주님."

"아니요. 저희가 억지로 견학을 하겠다고 한 거니, 너무 신경 쓰지 마세요."

고개를 숙인 자작에게 유미나가 생긋 웃으며 대답했다. 그 대답을 듣고 자작이 이번엔 나를 바라보았다.

"설마 그때 그 소년이 국왕 폐하의 생명을 구하고, 공주님의 약혼자가 되다니, 그저 놀랍군. 게다가 용을 잡기까지……."

"그리고 유미나와의 약혼은 일단 비밀로 해 주세요. 반대하는 귀족도 많이 있는 듯하니까요."

"알겠네. 머리가 굳고 욕심이 많은 귀족은 이 벨파스트에도 많으니까."

유미나를 아내로 맞아들이겠다고 결정한 건 좋지만, 아직 정식으로 발표하지는 않았다.

유미나와 결혼하면 여왕의 배우자로서 벨파스트에서는 큰 권력을 지닐 수 있다. 당연히 그 지위를 노리는 녀석들도 많다.

자신이야말로(또는 자신의 아들이) 그 상대로서 어울린다고 생각하는 사람들에게는 내가 방해꾼 그 이상도 그 이하도 아니겠지.

물론 부정한 생각을 품고 접근해 봐야 유미나가 모두 마안으로 꿰뚫어 보겠지만.

"하지만 마안에 대해 알고 있다면, 나쁜 생각을 품은 녀석들은 유미나 님에게 처음부터 접근할 생각을 안 하지 않을까요?"

자작의 집에서 돌아가는 길, 유마나에게 야에가 그렇게 물었다.

이미 어두워졌지만, 소드레크 자작의 집은 서구(西區)에서 가깝기도 했기 때문에, 가끔은 걸어가자는 생각에 우리는 셋이서 밤길을 걸었다. 주변은 아주 조용했고 우리 외에는 걷는 사람도 없었다. 가끔 마차가 지나가는 정도였다.

거리의 등불은 어둑어둑했고, 달빛도 없었다. 하지만 이쪽 세계의 밤길은 이게 보통이다.

유미나가 야에의 질문을 듣고 잠시 생각한 뒤 말했다.

"글쎄요……. 나쁜 마음을 품고 있어도 직접 행동을 하지 않은 사람에게는 저도 뭐라 할 수 없으니까요. 사람으로서, 어느 정도 욕심이 있는 건 당연한 일이기도 하고요. 그런데 그걸 '꿰뚫어 보지 못했다.' 고 착각하고 접근하는 사람들도 있어요. 그런 사람들은 차라리 나은 편으로……."

쓴웃음을 지으면서 유미나가 말했다. 그런 사람들에게도 표면적으로나마 우호적인 태도를 보여야 했으니, 분명히 많이 힘들었겠지.

"더 심한 사람도 있어?"

"네. 특히 '자신의 행동은 올바른 것' 이라고 믿는 사람들이 문제예요. 전혀 문제될 게 없다고 생각하는 사람들이라, 제가 정체를 꿰뚫어 봐도 전혀 난처해하지 않죠. 오히려 자신은 '올바른 마음' 을 지니고 있다고 하면서, 제대로 봐 달라고 마구 애원하는 사람도 있어요."

아, 어떤 사람들인지 알 것 같다. '벨파스트를 위해 자신이 유미나 공주와 결혼해서 이 나라를 이끌어야 한다. 그게 올바른 일이다! 유미나 공주도 그래야 가장 행복해질 거야!' 라고 진심으로 생각하는 녀석은, 자신이 다른 사람에게 민폐를 끼치고 있다고는 눈곱만큼도 생각하지 않을 테니까. 그런 사람은 유미나의 마음이야 어떻게 되든 상관하지 않는다.

자신의 선의만이 옳다고 생각한다고 해야 하나? 독선적이라고 해야 하나.

"그런 녀석은 마안으로 간파하지 못하는 겁니까?"

"아니요. 제 마안은 '간파의 마안'. 영혼이 얼마나 탁한지 꿰뚫어 볼 수 있어요. 그런데 그런 사람들일수록 더 영혼이 탁하니 간파하는 건 어렵지 않아요. 독선적인 사람은 다른 사람을 잘 배려하지 않기도 하고요."

자신만이 정의라고 생각하며 독선적으로 행동하는 사람은 자신의 정의에 부합하지 않는 사람을 제거하기 위해 금방 공격적으로 나오는 경우가 많다. 그리고 집단의 경우에는 그 정도가 더 심해지기도 한다.

'정의의 사도가 너무 많아서 전쟁이 사라지지 않는다.' 고들 하는데, 백 번 맞는 말이다.

야에와 내가 걸음을 멈췄다.

"왜, 왜 그러세요?"

나는 당황하는 유미나의 손을 잡고 작게 말해 주었다.

"누군지는 모르겠지만…… 둘러싸여 있어."

"네?!"

유미나가 깜짝 놀라 주변을 두리번거렸다. 불온한 분위기가 주변을 감돌고 있어. 대체 누구지?

"나와라. 이미 알고 있다."

"쳇, 감이 좋은 녀석이군."
우르르르 남자들이 뒷골목에서 나타났다. 모두 도적이나 마찬가지인 깡패들인 듯했다.
손에는 검과 곤봉 등, 위험한 물건을 들고 있었다. 결코 정상적인 녀석들이 아니었다.
"우리한테 무슨 볼일이라도 있는 건가?"
"볼일은 너한테 있다. 뒤에 있는 여자들한테는 관심 없어."
어? 이 녀석들의 목표는 나인가? 나 혼자?
"토야 님……. 대체 무슨 짓을 하셨습니까?"
"아니, 난 아무 짓도 안 한 것 같은데……."
솔직히 말해 자신은 없다. 작든 크든 원한을 많이 사긴 했으니까. 그러고 보니, 얼마 전에 모험자 길드에서 시비를 걸었던 녀석을 때려눕혔었지? 그 녀석의 동료인가?
"네놈에게 원한은 없지만…… 나쁘게 생각 마라!"
"아니, 어떻게 생각을 안 해?!"
검을 들고 나에게 달려드는 양아치에게 가차 없이 브륀힐드를 쏘았다. 물론 【패럴라이즈】가 걸려 있는 마비탄이거든요?
총에 쏘인 깡패는 괴로워하며 땅에 쓰러졌다. 아무리 마비탄이라지만 고무탄도 나름의 대미지가 있다.
"이런 짓을 하다니!"
"하는 게 당연하지!"
똑같이 달려드는 깡패들을 몇 명인가 해치웠다. 역시 배짱은 두둑한지, 동료가 쓰러지는 모습을 보고도 도망치는 녀석은 한 명도 없었다. 근데 이런 경우엔 오히려 귀찮단 말이지.

"세이프 모드."

브륀힐드를 날이 들지 않는 장검 상태인 스턴 모드로 변형시켰다. 그리고 휘두르는 칼을 피한 뒤, 상대의 몸통을 후려쳤다.

상대에게 닿기만 하면 부적을 지니고 있지 않는 한 마비되기 때문에, 힘을 들일 필요는 없었다. 살짝 닿기만 해도 된다.

몇 분이 지나자 습격자들 모두가 땅에 쓰러졌다.

"후우. 정말 귀찮게."

"이 녀석들을 어떻게 할 생각입니까?"

"음…… 그냥 둬도 상관없지만, 또 덤벼들면 그것도 좀. 바로 기사단이 있는 대기소에 가서……."

"거기서 뭘 하는 거냐?!"

그렇게 생각했을 때, 저편에서 기사 몇 명이 이쪽으로 다가왔다. 아무래도 소동이 일어나는 소리를 듣고 달려온 모양이었다.

나는 길드 카드를 보여 주어 신분을 확인시켜 준 뒤, 상황을 기사들에게 설명했다. 길드 카드는 위조할 수 없기 때문에, 이럴 때에 신분증명서로도 활용할 수 있다.

"갑자기 습격을 했어요. 다행히 반격했지만요."

"그렇군. 몇 명인가는 수배된 사람들이다. 아마 강도 행각이라도 벌일 생각이었겠지."

아~ 다른 사람에게는 그냥 약한 애송이로밖에 안 보인다는 이야기구나. 그런 이유로 시비를 걸거나 습격을 한 사람들이 많았기 때문에, 이제는 그냥 익숙하다.

근데 이렇게 젊은 애송이가 돈을 갖고 있을 거라고 정말 생각했던 걸까? 물론, 진짜로 꽤 가지고 있지만.

"이 녀석들은 우리가 처리하겠다. 나중에 길드 쪽에도 연락을 해 두지."

"알겠습니다. 그럼 잘 부탁드릴게요."

기사들에게 머리를 숙이고, 우리는 잘 해결됐다며 그 자리를 재빨리 떠났다. 빨리 집에 가고 싶었던 것도 있지만, 유미나의 정체를 들키면 성가실 것 같았기 때문이다. 공주 유괴 소동이라니, 생각만 해도 끔찍하다.

말단 기사인지, 유미나의 얼굴을 모르는 것 같았지만.

"왕도도 상당히 흉흉하군요."

"사람이 많으면 그만큼 범죄도 많이 일어나니까요. 아버지도 아마 골치가 많이 아프실 거예요."

거참. 임금님도 역시 큰일이다. 그런 이야기를 하면서 우리는 집으로 가는 길을 재촉했다.

"……뭐라고요?"

"그러니까. 어제 왕도에서 민간인 습격 사건이 있었어요. 그런데 그 용의자로 토야 님의 이름이 수사선상에 올랐습니다."

아침 일찍 집을 찾아온 리온 씨의 말을 듣고 졸음을 참고 있던 내 눈이 번쩍 뜨였다.

민간인 습격? 내가 범인? 대체 무슨 소리인지 모르겠거든요?!

"현장은 서구의 포제리트 거리. 남자 몇 명이 칼에 베여 죽어 있었다. 모두 즉사였던 것으로 추정되는데, 현장에는 이런 게 떨어져 있었다."

리온 씨 옆에 앉아 있던 기사단의 부단장인 닐 씨가 테이블 위에 원통형의 단단한 고무를 세워 올려놓았다. 이건……!

"……제 거네요. 【패럴라이즈】를 부여하기 위한 고무탄의 탄두예요."

"근처 주민도 토야가 사용하는 무기…… 브륀힐드라고 했었지. 폭발음도 들었다고 하더군. 현장에 있었던 건 인정하는 건가?"

"자, 잠깐만요! 어제 분명히 현장에는 있었지만, 전 죽이지 않았어요! 어제 기사들이 보고 안 했나요?!"

"……어제, 기사들? 무슨 말씀이시죠?"

이게 뭐야? 이야기가 안 통하잖아. 나는 어제 있었던 일을 아주 세세하게 리온 씨와 닐 씨에게 설명했다.

"이상하군. 그런 보고는 받은 적 없네. 어떻게 된 거지?"

"현장에 달려온 기사들은 어떤 녀석들이었죠?"

"어떤 녀석이냐니……. 음, 한 사람은 눈이 위로 치켜 올라가 있었고, 또 한 사람은 코가……. 아~ 이렇게 하는 게 더 빠르려나?"

나는【미라주】마법으로 어제 만난 기사들을 방 안에 투영했다. 모든 사람을 기억하고 있지는 않았지만, 두 사람만은 얼굴과 목소리 모두 확실히 기억났다.

리온 씨와 닐 씨는 투영된 영상을 보고 깜짝 놀랐지만, 이윽고 그 녀석들을 가만히 이리저리 살펴보기 시작했다.

"미안하지만 나는 본 적이 없군. 리온은 어떤가?"

"저도 본 적이 없네요. 적어도 제1 기사단 소속은 아닙니다. 저희 쪽에는 이런 녀석이 없어요."

헉, 설마 가짜 기사들이라는 거야?

깡패들을 나와 싸우게 만든 다음, 모두 죽이고 모든 죄를 나한테 뒤집어씌운다. 확실히 그래서는 내가 무죄를 증명하기가 어렵다.

상대가 먼저 습격해서 반격을 했다고 해도, 믿어 줄지 어떨지 알 수 없는 일이다.

"……상황을 보니, '가짜 기사에게 속았다' 고 제가 말해도, 핑계를 대려고 제가 거짓말을 하는 것처럼 들리겠네요."

"그야 그렇지. 하지만 유미나 공주님이 증인이시니까 말이야. 바로 체포하지는 않을 거네."

"범인의 노림수는 뭘까요? 토야 님을 범죄자로 만들어 저희를 체포하게 만들려는 속셈일까요?"

그건 또 참…… 얼마나 내가 눈엣가시였으면…….

"애당초, 서구에 그런 깡패들이 있다는 것 자체가 이상해. 귀족들이 사는 지구는 아니라지만, 이런 녀석들이 제멋대로 날뛰면 기사단에 바로 신고가 들어왔을 거다."

그건 그렇다. 연줄이라도 없는 한 활개를 칠 수 없겠지.

"그런데, 자네는 이제 어떻게 할 건가?"

"혐의를 풀려면 진짜 범인을 잡는 게 가장 빠른 방법이겠죠."

"그래, 그렇지. 무슨 단서라도 있나?"

"단서고 뭐고. 여기에 있잖아요."

나는【미라주】로 만들어 낸 가짜 기사를 가리켰다.

"검색. 어제 만난 가짜 기사. 범위는 왕도 안."

〈검색하겠습니다……. 검색 완료. 표시합니다.〉

갑자기 들려온 셰스카의 목소리에 두 사람 다 깜짝 놀랐지만, 공중에 표시된 지도에 핀이 몇 개인가 꽂히자 표정이 확 변했다.

여기는…… 귀족구(區)지? 왕도에 있는 귀족구. 그것도 작위가 높은 귀족들의 저택이 늘어선 구역이잖아. 참고로 스우가 사는 오르트린데 공작 가문의 저택도 이 구역에 있다.

핀은 그 귀족구의 거리를 이동하다가 어떤 저택의 문 앞에서 멈췄다. 그리고 순식간에 핀이 사라졌다.

"어?"

〈타깃이 반응 방해 결계 안으로 들어갔습니다. 위치를 파악할 수 없습니다.〉

결계가 펼쳐져 있는 건가. 역시 귀족구야.

"누가 사는 저택이죠?"

"……라이젤 후작의 저택인데. 흐음, 이제야 좀 이해가 되는군."

"그러네요."

라이젤 후작? 들어 본 적은 없지만, 후작이니까 나름 높은 귀족인 거지?

"토야 님. 바로 자작을 기억하세요?"

"……아니요. 전혀요. 바로 자작이라니, 누구예요?"

두 사람은 쓴웃음을 지으며 어깨를 으쓱 들어 올렸다. 난 진짜 모르는데?!

"토야 님이 얼마 전에 때려눕힌 기사단의 젊은 기사 가문입니다. 이 저택을 습격했다가 멸문을 당한 그 집안이죠."

"아! 그 바보 귀족의 도련님들이구나!"

그런 걸 기억하고 있을 리가 없다. 그 녀석들이 어떤 가문 출신인지는 흥미가 없으니까.

그런데 멸문을 당한 바로 자작인가 뭔가가 나한테 원한을 가지는 건 이해를 하겠는데, 왜 다른 집안이 나한테 그런 짓을?

"라이젤 후작 가문은 바로 자작 가문에서 신부를 들였거든.

즉, 친척이지. 부하처럼 길러 온 집안이기도 하고 말이야. 게다가 라이젤 후작 가문은 상당히 멀어지긴 했지만, 거슬러 올라가면 왕가와도 관련이 있어. 라이젤 후작은 일찍부터 자신의 아들과 유미나 공주님을 결혼시키기 위해 물밑 작업을 했었지. 혈통적으로 봐도 가장 어울리는 상대라고 하면서 말이야. 물론 국왕 폐하는 그 제안을 물리치셨지. 집안만 좋은 바보 아들이라는 평판이었으니까."

그럼 뭐야? 어딘가에서 유미나와 내가 약혼한 사이라는 사실을 알게 된 라이젤인가 하는 귀족이, 바로 자작 가문의 원수도 갚을 겸 나를 제거하려고 계획을 세웠다는 건가?

깡패에게 살해당하면 그건 그거대로 좋고, 살해당하지 않더라도 누명을 씌울 수 있다는 심산으로…….

"설사 체포되지는 않더라도 토야 님의 나쁜 소문은 퍼뜨릴 수 있으니까요. 그리고 소문이 퍼지면 '그런 자는 유미나 공주님의 결혼 상대로 어울리지 않는다.' 라고 말하면서, 자신의 아들을 약혼자로 추천한다든가 할 수도 있고요. 라이젤 후작은 자신의 가문에서 국왕을 배출하는 데 꽤 집착하고 있다는 소문이에요."

어? 뭐지? 굉장히 화가 치미는데. 살해당할 뻔했다는 것보다도, 유미나를 도구처럼 생각한다는 점이 마음에 안 들었다.

"……만약에, 말인데요. 이 후작이 모든 일을 배후에서 조종해서 저를 죽이려고 했다면, 죄를 물을 수 있나요?"

“물을 수 있는가 없는가로 따지면, 물을 수 있겠지. 국왕 폐하가 라이젤 후작을 감쌀 가능성은 없으니까. 폐하가 국사를 돌보실 때마다 이유도 없이 반대하고, 무능력한 것으로는 그 바르사 백작에 버금갈 정도거든.”

그 두꺼비와 비슷한 수준이었어……? 그럼 무능의 결정체라고 보면 되는 거겠지?

듣자 하니, 사실 여부는 불분명하지만 상당히 많은 악행을 저질렀다는 소문도 있는 모양이었다. 미스미드와의 교역이나 동맹에도 반대한 사람 중 한 명으로, 철저한 수인 차별주의자이기도 하다고.

수인인 오리가 씨와 교제를 하고 있는 리온 씨는 노골적으로 불쾌한 표정을 지었다.

“하지만 후작을 몰아붙여도 시치미를 뗄 게 분명합니다. 그러기 위해서 자신과는 상관없는 녀석들을 고용한 거겠죠. 이번에도 토야 님의 검색 마법이 있었기에 후작과 관련이 있었다는 사실을 알 수 있었고요.”

그건 그렇다. 나를 속인 가짜 기사가 있다고 해도, 그 사람이 후작의 지시로 한 일이라고 자백을 할지 어떨지는 알 수 없다. 최악의 경우, 그 사람을 도마뱀 꼬리처럼 자르고 끝끝내 모른 척 할 수도 있다.

“명확한 증거가 없으면 폐하도 어떻게 하실 수는 없습니다. 어떻게 하실 생각이시죠?”

"어떻게 하긴요. 증거가 없으면 만들어야죠."

씨익. 나는 두 사람을 보고 사악한 미소를 지었다.

◇ ◇ ◇

"그래, 그 녀석은 어떻게 됐지?"

"아침에 부단장과 제1 기사단 대장에게 이끌려 기사단 본부로 갔습니다. 아마 취조를 하기 위해서겠지요."

"크하하하! 유쾌하구나, 유쾌해. 모험자 따위가 주제도 모르고 날뛰니 그런 꼴을 당하는 거다. 분수도 모르는 자식!"

"아버지, 해냈네요! 꼴좋다! 우히히히, 공주랑은 내가 결혼하겠어!"

정원에 접한 테라스 앞에서 아주 유쾌하게 웃는 남자. 나이는 50대, 풍채가 좋은 몸에 고급스러운 원단을 사용한 옷. 살짝 수염을 기른 모습. 이 집의 주인, 라이젤 후작이었다.

그 옆에서 히죽히죽 빰을 떨며 웃는 사람이 후작의 아들이었다. 뒤룩뒤룩 살이 찐 체형으로, 나이는 스무 살인데 이미 머리가 뒤로 후퇴했고, 이마에는 기름진 땀이 송글송글 맺혀 있었다.

두 사람 앞. 밤중의 정원에서 무릎을 꿇고 있는 사람들은 어젯밤, 가짜 기사가 되라는 후작의 명령을 받고 검을 휘둘렀던 남자들이었다. 그리고 후작의 사병단이기도 했다.

"좋아. 다음은 녀석의 저택에 훔친 물건을 몰래 가져다 놓아라. 기사단이 저택을 수색하게 되면 나쁜 일이 하나 더 추가될 테니."

"훔친 물건…… 말씀입니까? 그건 대체 어디에서……."

"무슨 말을 하는 거냐? 너희는 지난달에 교역상을 습격해 훔친 물건이 아직 있을 텐데? 그걸 사용해라. 공주의 약혼자가 강도단과 한패라, 그야말로 전대미문의 일이군."

"그렇군요……."

이 남자, 부하에게 강도짓까지 시켰다. 정말 어이없다.

"마무리로 그 모험자의 잔학성을 온 세상에 퍼뜨려라. 그 소문이 세상에 퍼지면, 내가 왕에게 공주의 약혼을 파기하라고 압박하겠다. 그러면 당연히 약혼을 파기하겠지. 살인에 강도. 그런 짓을 몰래 했던 자에게 벨파스트의 공주를 줄 수는 없을 테니 말이다. 왕이 얼마나 사람 보는 눈이 없는지 사람들도 알게 해야지. 망신을 당해 얼굴이 새빨개진 모습이 눈에 훤하구나."

히죽거리며 미소를 짓는 후작. 이미 승리를 확신했다는 표정이 테라스의 유리창에 비쳤다.

"……그리고 후작 각하의 아드님이 유미나 공주님의 상대가 되는 것이군요?"

"후히히히! 기대된다! 결혼하면 내가 유미나 공주를 조금 괴롭힐지도 몰라! 그 애, 항상 나를 차가운 눈으로 바라보거든.

남편으로서 조금 교육을 시킬 필요가 있을 것 같아!"

"그거야 상관없지만, 너무 심하게는 하지 마라. 네 일은 빨리 공주를 임신시켜 아이를 낳는 것이니까. 괜히 다쳐서 임신도 못 하게 되면 다 부질없는 짓이 된다."

"후히히히! 알아요! 확실히 임신시켜서, 내가 아버지를 차기 국왕의 할아버지가 되게 해 줄게요!"

음흉한 웃음을 지으며 후작의 아들이 웃었다. 그러자 후작도 같이 웃었다. 밤바람을 타고 품위 없는 부자의 이중주가 주변에 메아리쳤다.

"이제 못 참겠군. 토야, 이제 한계다. 짐의 귀가 썩겠구나."

"아~ 그러게요. 저도 한계예요."

"뭐, 뭣이?!"

갑자기 사병 한 명이 일어나서 익숙한 목소리로 말하자, 후작이 깜짝 놀랐다.

그 목소리에 따라 나는 환영 마법【미라주】를 해제했다.

후작 앞에서 무릎을 꿇고 있던 사병들이 원래의 모습을 되찾았다.

"이, 이럴 수가?! 구, 국왕 폐하?!"

나의【미라주】에 걸려 병사 모습으로 변해 있던 국왕 폐하를 보고, 후작이 경악하며 털썩 주저앉았다. 폐하의 좌우에는 호위로서 리온 씨와 기사단 단장인 닐 씨가 서 있었다.

"어어, 어떻게 된 거지?! 이게 대체……?!"

"당신의 사병단 대장이라면 우리가 이미 납치한 지 오래야. 진짜는 지금 기사단의 감옥에 있지. 다행히 거기서 많은 이야기를 들을 수 있었어. 사실 그것만으로도 충분히 내 무죄가 밝혀졌지만, 결정적인 증거를 국왕 폐하께 보여드리려고 여기까지 왔어."

"……짐은 확실히 사람을 보는 눈이 없는지도 모르겠군. 이런 악당을 지금까지 그냥 내버려 두었으니 말이네."

국왕 폐하가 낮은 목소리로 후작에게 말했다. 그 목소리에는 선명한 분노가 서려 있었다.

"이럴 수가……! 이 저택에는 정원에까지 결계가 펼쳐져 있을 텐데?! 마법을 쓸 수 있을 리가 없어……!"

"평범한 결계는 어디까지나 '대상이 되지 않도록' 하는 효과밖에 없거든. 그래서 전이 마법이나 탐색 마법은 통하지 않지만, 이【미라주】처럼 직접 사람에게 쓰는 마법까지 막지는 못해. 나쁜 꾀를 부리고 싶으면 머리를 더 굴렸어야지!"

"네, 네 이놈! 일개 모험자 주제에 무례하다! 나는 후작이란 말이다!"

내 말이 마음에 안 들었는지 후작이 감정을 주체하지 못하고 마구 소리쳤다. 이 녀석, 지금 자신이 어떤 상황인지 모르나?

"무례한 건가요? 아무 죄도 없는 사람에게 죄를 뒤집어씌우고, 충성을 바쳐야 하는 국왕 폐하를 배신하고, 뒤에서는 강도단을 이끈, 쓰레기 같은 후작 각하가 이보다 더한 예의를 바라다니. 그쪽의 돼지, 대체 어쩌면 좋을까?"

"돼, 돼지?! 나를 돼지라고 하다니! 너! 나를 그런 식으로 부르고 그냥 넘어갈 수 있을 것 같아?! 너 따위는……!"

후작의 돼지 아들이 말을 끝까지 못하도록, 나는 순식간에 그 녀석의 곁으로 이동해 멱살을 잡고 뚱뚱한 몸을 들어 올렸다.

"……내가 제일 마음에 안 드는 녀석은 바로 너야. 유미나를 임신시키겠다고? 한 번만 더 그딴 소릴 해 봐. 너의 변변찮은 그걸 잘라서 네 입에 처넣은 다음 입을 꿰매서 다시는 말도 못하게 할 테니까. 알았어? 쓰레기만도 못한 자식."

"히, 히이익?!"

최대한의 살기를 담아 그렇게 말하자, 돼지 아들은 바지에 오줌을 싸더니 기절해 버렸다.

나는 더러운 돼지를 저택 벽을 향해 휘익 내던졌다.

"아, 알렉산더!"

후작이 날아간 아들을 보고 외쳤다. 이름이 알렉산더였구나. 정말 안 어울리는 이름이야.

"누구 없느냐! 침입자다! 어서 나와서 해치워라!"

후작이 그렇게 외치자 금방 사병단의 병사들이 우르르르 몰려왔다.

국왕 폐하의 얼굴도 모르는 걸 보니, 타 지역에서 온 깡패들인가 보네. 사병단은 검을 빼서 우리를 향해 달려들었다.

"라이젤 후작이여. 이게 무슨 행동인지 아는가?"

"시끄럽다! 이렇게 된 이상 힘으로 제압할 수밖에! 여봐라! 이 녀석들을 한 사람도 남기지 말고 베어 버려라!"

국왕 폐하의 말에는 귀도 기울이지 않고, 후작이 화가 나서 외쳤다. 아이고, 완전히 맛이 갔어.

"이걸로 완벽한 반역이네요."

"바보 같은 녀석들이야."

리온 씨와 닐 씨가 한숨을 내쉬며 말했다.

조금만 생각해 봐도 알 텐데. 설마 국왕 폐하가 아무런 준비도 없이 이곳에 들어왔을까 봐?

국왕 폐하와 눈빛을 주고받은 나는 허리의 브륀힐드를 빼서 밤하늘을 향해 쏘았다.

커다란 총성이 밤하늘에 울려 퍼지자, 그 신호에 맞춰 후작 가문의 정원에 숨어 있던 왕국 기사들이 단숨에 몰려왔다.

"아, 아, 아니……?!"

수많은 기사에게 둘러싸이자, 사병단도 어쩔 수가 없었는지 모두 무기를 버렸다. 잇달아 무기를 버리고 항복하는 병사들을, 후작은 파랗게 질린 얼굴로 바라보았다.

"라이젤 후작. 네놈의 작위를 박탈하겠다. 국왕 암살, 국가 반역, 그리고 그 밖에 여러 가지 죄가 명확하게 밝혀졌으니 말이다. 얌전히 포박당해라."

국왕 폐하의 말을 듣고 다리에 힘이 풀린 후작을 닐 씨가 로프로 꽁꽁 묶었다.

◇ ◇ ◇

"이번 사건은 모두 짐의 부덕함 탓이네. 토야, 정말 미안하구나."

"아니요. 배신자를 제거했으니, 오히려 잘되지 않았나요? 끝이 좋으면 모든 게 좋은 거예요."

고개를 숙이는 국왕 폐하에게 나는 그렇게 말했다.

그 체포 소동이 있은 다음 날, 나는 유미나와 함께 벨파스트의 왕궁을 찾았다. 그 후의 전말을 이것저것 듣기 위해서였다. 역시 꽤 무거운 형량이 내려진 듯했다.

"그런데 나중이 더 큰일 아닌가요? 후작이라면, 일단은 대귀족이잖아요."

"아무런 문제도 없네. 원래 유미나가 싫어했기 때문에 녀석은 중요한 정무에 기용하지 않았었고, 몰수한 영지는 다른 귀족에게 상으로 주기로 했으니, 오히려 기쁠 정도지."

유미나의 마안으로 별로 신뢰할 만한 사람이 아니라고 꿰뚫어 보고 있었구나. 실제로도 유미나가 간파한 그대로였지만.

"부자가 모두 영혼이 탁한 색이었어요. 속으로 좋지 않은 생각을 하고 있다는 사실은 알았지만, 설마 실행을 할 줄은……. 기껏해야 권력 쟁탈전 때 욕심을 내는 정도라고 생각했는데, 너무 안이하게 생각했나 봐요."

유미나의 마안으로도 어떤 악행을 저지르고 있는지 꿰뚫어 볼 수는 없다. 나는 어깨를 떨구는 유미나의 머리를 무심코 쓰다듬었다. 너무 풀 죽지 마.

라이젤 후작 가문은 멸문당했다. 이것은 왕가의 피가 섞여 있는 집안이라고 해도, 부정을 저지르면 용서하지 않겠다고 온 나라의 귀족에게 선포한 것과 다름없는 효과를 발휘했다.

라이젤 후작은 사형. 아들인 알렉산더는 광산 노역행 판결이 내려졌다.

그 부모에 그 자식이라고, 그 돼지 아들 녀석도 상당한 악당으로, 가문의 사병단을 사용해 성 아래에서 마음에 드는 여성을 납치하기도 했다는 모양이다. 물론 아버지가 그런 사건을 무마하기 위해 몇 번이나 권력을 사용했다고 한다. 그런 일에는 예의 그 바로 자작 가문도 관여한 듯했다.

"그런 사람들에게도 우리 왕가 가문의 피가 조금이나마 흐르고 있었다니, 정말 구역질이 날 정도구나."

"천 년 전에 갈라졌잖아요? 이젠 그냥 남이에요."

유미나도 있으니, 일단은 위로를 해 주었다. 사람은 거슬러 올라가면 반드시 친척이 되는 법이니까. 아, 나는 제외해야겠지만.

"적어도 이번 일로 토야를 어떻게 해 보려는 눈에 띄는 움직임은 사라지겠지. 후작처럼 되고 싶지는 않을 테니까 말일세."

"꼭 제가 후작을 파멸시킨 것처럼 들리는데요……."

"비슷한 거 아닌가?"

그쪽이 그냥 자멸한 것에 가까워 보이는데. 나는 폐하를 데리고 간 것뿐이니까.
나는 어떻게 해서든 후작이 자신의 악행을 자백하게 만들고, 폐하가 그 말을 듣는 것만큼 확실한 증거는 없다고 생각했다.
하지만 녹음한 음성이나 영상으로도 충분하다고 생각했는데, 국왕 폐하가 직접 가겠다고 했을 때는 역시 좀 당황했다. 너무 무리하지 마세요, 나 원.
"하지만 그 바보 아들을 날카롭게 쏘아붙인 토야를 보고 속이 다 시원했네. 유미나를 위해 그토록 화를 폭발시키다니. 유미나는 행복한 아이구나."
"그러셨어요?"
"아니, 이제 그 이야기는 그만하시죠……."
창피하다. 그때는 너무 화가 났으니……. 유미나는 내가 그때 어떤 말을 했는지 듣고 싶어 했지만, 너무 천박한 말이라 말해 주고 싶지 않았다. 거부합니다.

물끄럼――――――――――…….

그렇게 봐도 소용없어요. 안 된다면, 안 됩니다.
"토야가 그토록 유미나를 생각해 주고 있다면, 말이네. 얼른 아이를 만들어서, 아무도 불평하지 못하게……."

"잠깐만! 너무 급작스럽잖아요!"

"아버지!"

새빨간 얼굴로 소리치는 유미나의 목소리가 벨파스트의 왕성에 울려 퍼졌다.

내 얼굴도 새빨개졌겠지만, 그거야 뭐, 어찌됐든 상관없는 일이다.

제3장 제도의 동란(動亂)

"요즘, 아무래도 제국의 움직임이 이상해."

야에와 둘이서 길드의 의뢰를 해결한 뒤, 카페에서 딱 마주친 로건 씨가 그런 말을 꺼냈다.

"이상해요?"

"어딘가 모르게 말이야…… 이상해. 제국은 벨파스트와 마찬가지로 군과 기사단으로 나뉘어 있지. 다른 나라와 교전을 하기 위한 군과 제도나 왕궁의 호위, 국내의 치안 유지를 위한 기사단으로 말이야. 요즘에, 군이 눈에 띄게 전력을 강화하고 있다는데, 지금 제국은 특별히 적대시하는 국가가 없거든."

"어쨌든 다른 나라를 침공하려고 그러는 게 아닐까요?"

옆에 앉은 야에가 로건 씨에게 물었지만, 대답한 사람은 로건 씨가 아니라 같이 있던 레베카 씨였다.

"그럴 리는 없다. 제국은 지금 황제가 병상에 있다는 모양이니까. 차기 황제인 황태자는 이제 막 스무 살을 넘은 참이라, 솔직히 말해 아직 제국을 짊어지기에는 미숙하지. 지금 전쟁을 일으켜 봐야 아무런 이득이 없어."

황제가 병에 걸렸구나. 내부 사정이 어수선한데 외국을 침공하기는 역시 어려워 보인다.

적어도 이쪽을 침공하는 일은 없지 않을까. 벨파스트는 서쪽의 리프리스 황국, 남쪽의 미스미드 왕국과 동맹을 맺고 있으니까. 지금 제국에게 이 세 나라와 한꺼번에 싸울 힘은 없을 것 같은데.

"황제가 붕어한 뒤, 타국이 침공할까 봐 염려하고 있는 것은 아닐까요……?"

벨파스트는 침공할 생각이 없지만, 20년 정도 전에는 전쟁을 한 상대다. 경계를 한다고 해서 이상할 건 없다.

게다가 제국의 동쪽에도 로드메어 연방, 라밋슈 교국처럼 제국과 별로 사이가 좋지 않은 나라가 있고 말이야.

"현재로서는 제국에 싸움을 걸어 봐야 이득을 볼 만한 나라는 없다고 생각한다만. 옛날처럼 군사적으로 강하지 않다고는 하지만, 이기는 건 쉽지 않아 보이니까. 아니, 벨파스트, 리프리스, 미스미드, 로드메어, 라밋슈가 한꺼번에 제국을 침공하면 쉽게 이길 수 있을지도 모르지만."

"그 뒤에는 제국령을 어떻게 분할할지 상당한 분쟁이 일어날 것 같네요."

내가 웃으면서 로건 씨에게 대답했다. 음, 이쪽으로 불똥이 튀면, 그때는 털어 낼 수밖에.

두 사람과 헤어져 '월독'에 들르니, 입고 의뢰가 들어와 있었다. 또 그런 쪽 책이 아닐까 경계했는데, 이번에는 평범한 연애물과 모험물이었다.

단지, 모두 제국에서 출판된 책이라는 게 좀 걸렸다. 조금 전에 그런 이야기를 들었으니~.

"그래도 나한테 무슨 위해를 가한 것도 아니니, 후다닥 가서 사 올까? 야에는 어떻게 할 거야?"

"2층에 린제 님이 있는 듯하니, 같이 집으로 돌아가겠습니다. 슬슬 간식 시간이니까요."

요즘, 린제는 시간만 나면 여기서 책을 읽네. 물론 요즘엔 역사물 같은 것도 읽지만.

내버려 두면 하루 종일 눌러앉아 있을 것 같아서, 야에에게 데리고 돌아가 달라고 부탁했다.

자, 그럼 제도에 가 볼까.

가게 구석에다 【게이트】를 열고, 나는 레굴루스 제국의 제도, 갈라리아로 이동했다.

"뭐…… 뭐야 이거……?"

가자마자 나는 불타는 집과 흩날리는 불꽃을 봤다.

순간적으로 화재인가 싶었는데, 평범한 화재는 아닌 모양이었다. 보이는 범위 내에만도 세 군데에서 불길이 치솟았고,

사람들이 이리저리 도망쳤다. 뭐지?! 대체 무슨 일이야?!

【그라비티】를 이용해 자신의 체중을 가볍게 하고, 【부스트】로 몸을 강화한 뒤, 단숨에 뛰어 올라 주변에서 가장 높은 건물의 옥상 위로 올라갔다.

"으아……."

그곳에서 내가 본 것은, 도망가는 일반 시민과 그 사람들을 무시하고 성으로 향하는 검은 군복을 입은 병사들, 그리고 그들을 가로막은 검은 갑옷을 입은 기사들이었다. 그 사람들은 지금 서로 싸움을 시작하려고 했다. 잠깐만, 이건…….

근처에서 비명이 들렸다. 지붕 위를 달려서 현장에 도착해 보니, 검은 군복을 입은 병사 두 사람이 흑기사 한명을 궁지로 몰아넣은 상태였다. 기사 쪽은 어깻죽지에 피를 흘리고 있어, 왼손은 더 이상 사용할 수 없는 듯했다.

뭐가 뭔지는 잘 모르겠지만, 일단 이 사람들을 말리자. 살해당하는 모습을 가만히 지켜만 보고 있을 수는 없어.

병사들의 등 뒤에 착지해, 깜짝 놀라 뒤를 돌아보는 두 사람에게 마비탄을 쏘았다.

"크악?!"

"크헉?!"

순식간에 쓰러지는 병사들. 그 모습을 보고 부상당한 기사가 무릎을 굽히며 털썩 하고 쓰러졌다.

"괜찮으세요?!"

회복 마법을 사용해 상처를 치료해 주었다. 상처는 나았지만 의식이 몽롱한 듯했다. 눈의 초점이 맞지 않았다. 피를 너무 많이 흘린 거겠지.

"대체 무슨 일이 있었던 거죠?!"

"군부가…… 제국에 반역을……."

그렇게 말하자마자 몸에서 힘이 쭉 빠지고, 기사는 정신을 잃었다.

군부가 제국에 반역이라니……. 헉, 설마. 쿠데타인가?!

일단 기사를 둘러업고 근처 집으로 뛰어들었다. 집 안에는 아무도 없었는데, 아마 도망을 간 거겠지. 기사를 바닥에 눕히고 회복 마법을 더 걸어 주었다. 이걸로 죽지는 않을 거라 생각한다.

집을 나와 다시 지붕 위로 올라갔다. 일단은 상황을 판단해야 해.

"검색. 음, 군인과 기사를 각각 다른 색으로 표시."

〈……검색 종료. 표시합니다. 붉은색이 군인, 12654명, 파란색이 기사, 1165명입니다.〉

거의 열 배네……. 이래선 상대가 안 되잖아. 눈앞에 표시된 맵에서 붉게 표시된 것이 군인, 파랗게 표시된 것이 기사다. 화면은 새빨갛게 물들어 있었다.

화재가 난 장소도 조사해 봤는데, 내가 있는 곳이 주로 불탄 곳이고, 다른 지역은 괜찮은 듯했다.

자, 어떻게 할까. 어차피 남의 나라, 굳이 참견할 필요는 없다. 이대로 벨파스트로 돌아가 일단 임금님에게 보고를 하고 나는 완전히 손을 떼는 것도 물론 생각해 볼 수 있지만…….

"그것도 뭔가 좀……."

쿠데타를 일으킨 녀석들의 목적은 뭘까? 황제에게 반역한 거니, 황제의 목숨인가?

"성으로 가 볼까? 황제가 있으면 벨파스트로 망명을 시키는 것도 한 방법이니까."

근데 황제는 병에 걸렸다고 했었지? 음, 급하면 뭐, 게이트를 이용해 벨파스트로 이동하자.

지붕 위를 날듯이 달렸다. 성에 가까이 다가갈수록 기사들과 군인들의 모습이 많이 보였고, 이곳저곳에서 전투를 펼치고 있었다. 나는 그 모습을 못 본 척하며 성을 향해 계속 달렸다.

나는 이 나라의 사정에 대해 모른다. 악한 황제에게 반기를 든 정의의 군인들이라는 구도일 가능성도 없지 않다. 그래서 아직은 내가 직접 이 쿠데타를 말려야 하는지, 그냥 무시할지 판단하기 어려웠다.

일단 황제가 사라지면 전투도 좀 진정될지 모르고, 나중에 쿠데타를 일으킨 녀석들과 이야기를 나눌 수 있을지 모른다. 지금은 일단 그렇게 할 수밖에 없다. 악한 황제라면 이야기를 나눌 때 넘겨주면 되니까.

"앗, 저게 성문인가?"

이미 성문은 파괴되어, 군이 성 안으로 침입한 상태였다. 어서 서두르는 게 좋을까?

그런 생각을 하고 있는데, 성의 한구석에서 갑자기 폭발이 일어났다. 뭐지?!

폭발이 난 곳에서 화구(火球)가 발사됐다. 마법인가? 점점 더 위험해지고 있어.

성문 위를 강화한 다리의 힘으로 뛰어넘었다. 당연하지만 경비는 허술했다. 당연한 일이다. 이런 상황인데 경비를 제대로 설 수 있을 리가 없었다.

성안의 정원을 가로질러, 창문이 열린 성의 2층 발코니로 뛰어올랐다. 나는 그곳을 통해 성의 내부로 숨어들었다.

"자, 어디가 황제의 방인지는 전혀 모르지만……."

검색을 하려고 해도 말이야……. 내가 황제의 방이라고 판단을 할 수 없으면 검색을 할 수 없다. '옥좌' 라면 검색이 되겠지만, 병에 걸린 황제가 옥좌에 앉아 있을 리 없다.

고민을 해 봐야 소용없다. 일단 방 밖으로 나가자.

역시 황제의 성이라고 해야 할까. 방이 정말 화려했다. 그 호화로운 방 한구석에 있던, 엄청나게 화려한 문을 열려고 문을 잡아당긴 순간, 사람이 뒹굴 실내로 굴러들어 왔다.

"우어어?!"

굴러들어 온 사람은 여자 기사였다. 아무래도 문에 등을 기대고 서 있었던 모양이었다. 몸이 축 늘어져 움직이지 않았지만, 눈에는 확실한 의식이 있어서, 나를 보고 '누구냐?' 하고 눈으로 물었다.

나이는 20대 중반 정도? 다친 곳은 없어 보였지만, 세미롱 금발에 감추어진 목덜미 쪽에 바늘 같은 무언가가 박혀 있었다. 내가 그걸 신중하게 빼내 자세히 들여다보니, 무언가가 발라져 있는 듯했다.

혹시 독인가? 주변을 둘러보았지만 적은 없었다. 복도에 가슴을 검에 베여 죽은 군인이 있는데, 저 녀석에게 당한 건가?

앗, 안 되지. 그런 것보다 회복을 시켜야 한다.

"이제부터 회복시켜 드릴 건데, 저는 적이 아니니 칼을 휘두르면 안 됩니다?"

일단 그렇게 말을 해 두고, 마력을 모았다.

"【리커버리】."

부드러운 빛이 여기사를 휘감았다. 잠시 뒤, 여기사는 회복되어 손을 쥐어도 보고 펼쳐도 보고 하면서, 자신의 몸을 확인해 보았다. 하지만, 갑자기 벌떡 일어서더니, 허리에 찬 검 두 개를 빼내 나를 향해 마구 휘둘렀다. 흐억! 휘두르지 말라고 했잖아!

"【그라비티】!"

"크으윽?!"

나는 순간적으로 팔을 붙잡고 가중(加重) 마법을 발동시켰다. 당황한 나머지 강도를 세게 걸어 버렸는지, 쓰러진 여기사는 지면에 납작 엎드린 채 손가락 하나 움직이지 못했다. 무게를 줄인 뒤, 웅크려 앉아 말을 걸었다.

"적이 아니라고 했는데, 왜 칼을 휘두르는 거죠?!"

"당신은 누구죠?! 기사단 소속이 아니라면 군이겠지요! 군에 속한 사람이라면 지금은 적입니다! 그래서 휘둘렀습니다!"

어? 이 사람, 머리가 나쁜 편인가? 말이 안 통하잖아.

"일단 저는 군 소속이 아니에요. 군복도 안 입었잖아요. 애초에, 군 소속이면 당신을 구할 필요도 없는 거 아니에요?"

"그러고 보니……."

"애초에, 저는 제국 사람도 아니에요. 저는 모치즈키 토야. 벨파스트의 모험자로, 우연히 제도에 왔다가 이런 소동과 맞닥뜨렸어요. 왜 성안으로 잠입했냐면, 저는 전이 마법을 사용할 수 있으니, 황제 폐하나 이 나라의 중요 인물을 대피시켜 줄 수 있지 않을까 했기 때문이에요."

설명을 듣고 여기사의 표정이 변했다. 의심에서 희망으로.

"전이 마법……. 그게 정말입니까?! 정말이라면, 부탁드립니다. 힘을 빌려 주십시오!"

"그건 좋은데, 이젠 공격하지 말아 주세요?"

"알겠습니다. 이 쌍검에 맹세코 공격하지 않겠습니다."

【그라비티】를 해제하자 여기사는 자리에서 일어서 가볍게 점프를 하며 몸을 움직였다. 그리고 검 두 자루를 꽂고 나를 바라보았다.

"토야 씨였죠? 저는 캐럴라인 리에트. 캐럴이라고 불러 주십시오. 제국 제3기사단 소속의 제4계급 기사입니다."

제4계급이라니, 얼마나 대단한 건진 모르겠지만, 일단 고개를 끄덕였다.

캐럴 씨는 군의 병사와 서로 싸우다가 간신히 상대를 쓰러뜨렸는데, 등을 돌린 순간 독침 공격을 받은 모양이었다. 확실히 죽은 병사는 10센티미터가 채 안 될 만큼 작은 바람총을 손에 쥐고 있었다.

"황제 폐하가 계신 곳으로 서두르죠! 제가 안내하겠습니다!"

그렇게 외치는 캐럴 씨를 보았는데, 문득 검 손잡이 끝에 그려져 있는 문장이 눈에 들어왔다. 그리핀과 방패, 쌍검에 월계수……. 어? 어딘가에서……?

뭔가 확인해 볼 새도 없이, 캐럴 씨가 달리기 시작해서 나도 그 뒤를 따라 성 안을 달렸다.

여기저기에서 기사와 군인의 시체가 굴러다녔고, 주변 일대에 피 냄새가 가득했다. 이거 좀 위험하지 않을까……? 여기서 공격을 당하면 황제 폐하도 무사할 가능성이 낮아.

앞서 가는 캐럴 씨를 뒤쫓으면서, 나는 최악의 시나리오를 생각했다.

성의 계단을 뛰어 오르니, 이윽고 커다란 홀이 나타났다.

캐럴 씨는 그대로 가로지르려고 했지만, 나는 문득 멈춰 섰다. 어딘가에서 비명 소리가 들린 것 같았다.

귀를 기울였다. 멀리서 폭발음과 병사들의 외침, 칼이 맞부딪치는 소리에 섞여, 들리는 소리가 있었다. 여자…… 아니, 여자아이의 목소리다!

"검색! 여자아이와 지금 그 아이에게 위해를 가하려는 녀석을 반경 100미터 이내에서 찾아 표시!"

〈검색 종료. 표시합니다.〉

지도에 검색 결과가 표시됐다. 있다. 눈앞에 있는 방인가?!

나는 문을 발로 차서 열고 그 앞의 문도 마찬가지로 발로 차서 날려 버렸다.

두꺼운 문이 날아가자, 은발 소녀 위에 올라타 목을 조르고 당장 단검으로 가슴을 찌르려고 하는 군인이 보였다.

"누, 누구, 크어억?!"

갑작스러운 침입에 깜짝 놀라 이쪽을 돌아보는 군복 남자에게, 나는 주저 없이 마비탄을 쏘았다. 위험해! 조금만 늦었어도 살해당했을 거야!

몸이 마비된 남자가 소녀의 몸 위로 쓰러졌다.

"히익?!"

남자를 밀어낸 뒤, 아래에서 탈출한 소녀는 자신의 몸을 껴안고 덜덜 떨었다. 그야 당연하다. 살해당할 뻔했으니까.

"괜찮아?"

안심을 시키기 위해, 최대한 조용한 목소리로 말을 걸었다.

소녀가 내 말을 듣고 처음으로 나를 돌아보았다.

짙은 비취색 눈동자와 흰 도자기 같은 피부. 흐트러지긴 했지만 보슬보슬한 은발과 흰 실크 같은 드레스. 나이는 유미나와 비슷할까. 이렇게 작은 아이를 죽이려고 하다니, 정말 무시무시한 녀석들이다.

잘 보니, 드레스 이곳저곳이 찢어졌고, 팔에는 베인 상처가 있었다. 빨리 고치지 않으면 흉터가 남겠어.

"【빛이여 오너라, 평안한 치유, 큐어힐】."

내가 주문을 외우자 소녀는 움찔 하고 순간 겁먹은 표정을 지었다. 하지만 부드러운 빛에 휩싸여 자신의 팔이 나아가는 모습을 보더니, 이번엔 깜짝 놀란 표정을 지었다.

"누…… 누구신지……?"

"나는 모치즈키 토야. 모험자야. 군이랑은 관계없어."

일단 당부했다. 캐럴 때처럼 또 공격을 당하면 안 되니까.

"모치즈키, 토야 님……."

"설 수 있겠어?"

"네……."

손을 잡고 일으켜 주었다. 응? 이제 와서 하는 말이지만, 이 아이, 평범한 애가 아니네? 입은 옷도 상당히 고급스러운 걸 보니, 혹시……. 어?

여자아이와 눈이 마주쳤다. 여자아이는 지그시…… 눈도 깜빡이지 않고 나를 바라보았다.

"……왜?"

"앗?! 아니요, 아, 아무것도 아니에요!"
소녀는 뺨을 붉히더니, 이번엔 힐끔힐끔 나를 보면서 작게 말했다.
"저, 저, 저는 남자분과 말을 나눌 기회가 별로 없었기 때문인지…… 조, 조, 조금 긴장이 돼서요……."
"……그렇구나."
귀한 집 자식인가. 역시 이 아이…….
일단 이름을 물어보려고 했을 때, 부서진 문으로 누군가가 달려들어 왔다.
"공주님!"
"캐럴?!"
방으로 뛰어들어 온 캐럴 씨가 여자아이에게 달려갔다. 아~ 역시나. 제국의 공주님이었구나.
"무사하십니까?! ……이 녀석은?"
군복을 입고 옆에 쓰러져 있는 남자를 캐럴 씨가 의심스럽게 바라보았다.
"저를 죽이려고 한 자예요. 토야 님이 구해 주셨답니다."
"그런 짓을……! 공주님을 살해하려고 하다니! 용서할 수 없습니다! 죽이죠!"
"저기요!"
캐럴 씨가 쓰러진 남자의 숨통을 끊으려고 검을 빼냈다. 나는 급히 캐럴 씨의 목덜미를 잡고 끌어당겼다. 뭐지? 이 사람

엄청 사람을 귀찮게 하네?!

"공주님이었구나. 어쩐지 분위기가 다르다 했어."

캐럴 씨를 질질 끌면서 제국의 공주님에게 말을 걸었다. 어딘지 모르게 그런 분위기가 감돌긴 했지만.

"레굴루스 제국의 제3황녀, 루시아 레아 레굴루스라고 해요. ……토야 님은 별로 놀라지 않으시네요? 대부분은 제가 황녀라고 하면 태도가 돌변하는데요."

"너 말고도 두 명 정도 아는 공주님이 있거든. 좀 익숙할 뿐이야."

그 중 한 명은 약혼자고, 또 한 명은 엄청난 작가이지만.

"왕가의 공주님을 아시는 분이라니…… 대체 정체가 뭐죠?"

캐럴 씨가 깜짝 놀라 이쪽을 돌아보았다. 정체라……. 자신의 정확한 신분이나 위치가 아직 확실히 정해지지 않은 듯한 기분이 들었다. 벨파스트의 관계자라고 할 수도 있었지만, 꼭 그렇다고 단언할 수는 없느니. 유미나와 결혼을 해도 국왕이 될 생각은 없고 말이야.

"아무튼, 저에 관해선 나중에 설명할게요. 일단은 어떻게 하실 생각이죠? 루시아 공주만이라도 먼저 전이 마법으로 도망치게 할 수 있는데요."

"그러네요……."

여기사가 생각에 잠겼다. 어디로 도망치게 할지 생각하는 걸까. 하지만 정작 본인이 거부했다.

"저는 나중에 도망쳐도 괜찮아요. 그보다 아버지와 오라버니가 걱정이랍니다. 같이 가겠어요."

루시아 공주가 당차게 말했다. 음, 위험한데……. 확실히, 루시아 공주가 있어야 황제 폐하도 황태자도 이야기를 더 잘 들어줄 것 같긴 하지만.

일단 황제와 황태자를 발견하면 우리 집에 피난시키고, 나중에 가고 싶은 곳으로 보내 주자.

루시아 공주의 경호는 캐럴 씨에게 맡기고, 나는 주변을 경계했다. 조금 전에 캐럴 씨와 잠시 떨어졌던 홀로 다시 돌아간 뒤, 우리는 안쪽으로 계속 이동했다.

"황제 폐하와 황태자만 도망치게 해도 되는 거예요?"

"일단은요. 재상과 신하들도 그 자리에 있으면 겸사겸사 도망할 수 있게 해 주고 싶습니다만."

복도를 달리면서 캐럴 씨가 대답했다. 어? 그러고 보니 루시아 공주는 제3황녀라고 했었지? 그럼 언니가 두 사람이나 더 있다는 건가?

그 점을 물어보니, 제1황녀는 이 나라의 귀족과 이미 결혼했고, 제2황녀도 먼 나라로 유학을 갔다는 모양이었다. 그쪽은 제국과 우호적인 나라인 듯하니, 일단은 안심해도 되는 건가. 하지만 제국의 미래 상황에 따라 어떻게 될지 알 수 없다. 쿠데타를 일으킨 녀석들이 자신들에게 넘기라고 압박을 가할 수도 있으니까.

복도를 끝까지 달려 모퉁이를 돌자, 커다란 문 앞에 대여섯 명의 군인이 사벨을 들고 서 있었다.

"루시아 공주다! 잡아라! 아니, 죽여도 상관없다!"

이쪽을 눈치챈 군인들이 일제히 사벨을 휘두르며 달려왔다.

"위험하게."

나는 브륀힐드를 빼내, 모두를 향해 마비탄을 쏘았다. 타다다다다당! 총성이 울려 퍼지자 군인들이 잇달아 쓰러졌다. 참 수고가 많았습니다.

"순식간에 여섯 명을 죽이다니……."

"죽이긴요. 마비시켰을 뿐이에요. 그보다 이 앞에 황제 폐하가 계신 거야?"

어안이 벙벙해진 캐럴 씨에게 그렇게 말을 한 뒤, 루시아 공주에게 물었다.

"네. 이 앞쪽 방이 아버지의 침실이에요. 전 아버지가 병에 걸리신 뒤로 거의 들어가 본 적이 없지만요."

"전염되는 병인가 보지?"

"아니요……. 야위어 가는 모습을 저에게 보이고 싶지 않으신 모양이에요. 듣기론, 차마 볼 수 없을 만큼 쇠약해지셨다고……."

그렇구나. 근데, 어떡하지……? 여기에 적이 있었을 정도니, 아마 안에도 적이 있을 텐데. 솔직히 말해, 황제 폐하는 이미 적에게 당했을 가능성이 높았다. 아버지의 시체를 이렇게 작은 아이에게 보여 주는 건 영…….

내가 뭘 망설이는지 깨달았는지, 루시아 공주가 내 옷 소매를 꽉 잡았다.

"각오는 되어 있어요. 하지만…… 아버지의 모습을 확인하지 않으면, 저는 평생 후회할 거예요……. 그러니까……."

그렇게까지 각오했다면 내가 뭐라 할 말은 없었다. 나는 마음을 다잡고 문을 활짝 열었다.

꽤 넓고 화려한 방의 안쪽에는 킹사이즈 침대가 있었다. 방 안에 있던 남자 몇 명이, 달려 들어온 우리를 돌아보았다.

군복을 보니, 군인 병사가 세 사람, 사관급이 둘, 그리고 장군으로 보이는 사람이 한 명. 그 외에도 방에는 시체가 몇 구. 갑옷을 입고 있는 걸 보니, 아마 경호 기사인 듯했다.

그중에는 침대 아래에서 뒹굴고 있는 노인의 모습도 보였다. 군인도 기사도 아닌 걸 보면, 아마도 저 사람이 레굴루스 제국의 황제이겠지. 늦은 건가…….

"누구냐? 기사단은 아닌 듯한데?"

장군으로 보이는 남자가 물었다. 매처럼 날카로운 눈과 매부리코 때문에 마치 맹금류를 연상케 하는 얼굴이었다. 나이는 40대 전후인가.

"버즐 장군! 황제 폐하를 시해하다니, 미쳐도 단단히 미쳤나 보군요!"

"아버지……!"

내 뒤에서 격앙하는 캐럴 씨의 목소리와 루시아 공주의 침을 삼키는 소리가 들려왔다. 장군인가. 이 녀석이 군을 선동해 쿠데타를 일으킨 장본인?

"흠. 루시아 공주와 리에트 가문의 바보 같은 딸인가. 그런데 이상하군. 둘 다 발견하는 즉시 죽이라고 명령을 했을 텐데."

제국의 장군이 불쾌한 웃음을 지었다. 아니, 역시 바보인가? 힐끔 캐럴 씨를 바라보았다.

"당신이 이번 소동의 주모자인가? 일단 묻겠는데, 왜 이런 짓을 한 거지?"

나는 정면에 있는 버즐 장군이라는 사람에게 물었다. 어쨌든 나는 외부인이다. 그러니 상황을 정확하게 모르면서 일방적으로 한쪽 편을 들 수는 없었다.

"황제 폐하는 병에 걸리셔서, 마음까지 약해지셨다. 벨파스트, 로드메어와의 불가침 조약을 파기하고, 침공을 할 절호의 기회인데 계속 망설이시다니……. 예전의 폐하였으면 망설임 없이 결단을 내리셨을 텐데. 역시 늙고 병드는 것만큼 무서운 게 없군."

"……겨우 그것 때문에 황제를 죽였다는 건가?"

"황제는 항상 강한 상태를 유지해야 한다. 그 자격을 잃은 자는 무대에서 내려와야지. 새로운 황제를 옹립하고, 강한 제국을 만들기 위해서 말이야."

어처구니가 없다. 찬탈. 나라를 빼앗는 행위다. 하지만 적어도 군 내부에서는 황제보다도 이 장군이 더 카리스마 있는 사람이겠지. 그렇지 않고서야 반란을 일으킬 수 있었을 리가 없다.

병으로 위태위태한 황제와 의지가 안 되는 황태자. 그에 비해 강한 패기가 넘치는 대장군. 사람들이 어느 쪽에 희망을 걸려고 할지, 말할 필요도 없는 건가.

그건 그렇고, 불가침 조약을 파기? 이 녀석들, 벨파스트와도 전쟁을 하려고 하는 건가?

"벨파스트는 이웃인 미스미드, 리프리스와 동맹을 맺고 있는데. 그 세 나라와 모두 전쟁을 해서 이길 수 있다는 건가?"

"이길 수 있고말고. 불가침 조약을 맺은 20년간, 우리가 그냥 두 손 놓고 있었다고 생각하나?"

버즐 장군이 창가에 손을 대고, 마력을 모으기 시작했다. 이 녀석, 마법도 사용할 수 있단 말이야? 게다가 이 마력은……?

엄청 크다. 지금까지 만난 그 어떤 마법사보다도 큰 마력을 모으고 있다. 게다가 뭐지? 몸이 나른해……?

"【어둠이여, 오너라. 나는 원한다, 악마의 공작을, 데몬즈로드】."

버즐 장군이 주문을 외운 순간, 벽 한쪽 면 창문이 날아갔고, 주변이 섬광에 휩싸였다.

빛이 사라지자 창문이 있었던 벽은 깨끗하게 어디론가 사라졌고, 대신에 그곳에는 3층인 이곳에 닿을 만큼 거대한 악마가 있었다.
꿰뚫린 벽에서는 염소의 머리에 박쥐 날개, 잘 단련된 남자의 상체, 올빼미 같은 하반신이 보였다.
이건 또 뭐야……? 저것도 소환수의 일종인가? 데몬즈 로드는 즉, 악마? 확실히 악마 같은 모습이긴 한데…….
"이럴 수가……. 저런 악마와 계약하려고 얼마나 큰 대가를 치렀을지……. 게다가 존재를 유지하는 마력도 어디서……."
몸을 덜덜 떨면서 루시아 공주가 중얼거렸다. 그건 그렇다. 리자드맨이나 실버울프, 스켈레톤 등과는 달리, 저 악마는 어마어마하게 크다. 저 장군은 대체 마력이 얼마나 많은 걸까.
"악마와의 계약은 간단하다. 산 제물을 바치면 되거든. 그래서 제도의 범죄자를 제물로 바쳤다. 물론 폐하는 반대하셨지만 말이야. 한 등급이라도 상위의 악마와 계약하면, 하위 악마는 자유롭게 불러낼 수 있지. 나머진 그 녀석에게 똑같이 제물을 바치면 계약이 끝난다. 그리고 이 방법을 사용하면 얼마든지 악마 군대를 소환할 수 있다. 필요한 마력은."
버즐 장군은 자신의 오른팔의 소매를 걷어 올려 끼고 있던 팔찌를 우리에게 보여 주었다. 둔탁한 은색으로 빛나는 팔찌에는 붉은 보석이 박혀 있었다. 저건…… 아티팩트인가?!
"이 '흡마의 팔찌' 는 다른 사람에게서 마력을 흡수한다. 이 자리에 있는 모든 사람의 마력을 조금씩 흡수해, 저 데몬즈 로드의 양식으로 삼고 있는 거지."

마력을 흡수? 그래서 조금 전에 몸이 나른해졌구나…….
헉, 그럼 큰일이잖아! 내가 여기 있으면 계속 엄청난 마력을 제공하고 만다.

옆에 있던 루시아 공주와 캐럴 씨가 바닥에 무릎을 꿇었다. 마력을 흡수당해 의식이 흐려진 것인지도 모른다.

나는 이미 빼앗긴 마력을 회복했지만, 【트랜스퍼】로 두 사람에게 마력을 전해 주고 싶어도 이런 상황에서는 그럴 수도 없었다. 마력을 전해 주는 순간, 흡수되면 큰일이다.

그렇다면 원흉을 제거할 수밖에 없는 건가.

"【어포트】!"

'흡마의 팔찌' 를 빼내 오기 위해 마법을 발동했다. 하지만 장군 주변에서 무언가가 튕기는 소리가 났고, 결과적으로 팔찌를 빼내 오는 데 실패했다.

"음? 네놈, 아직 마력이 남아 있는 건가. 뭘 하려고 했는지는 모르지만, 나한테는 마법이 통하지 않는다. 뭘 위해 악마와 계약했다고 생각하나?"

장군은 벽 밖에서 박쥐의 날개를 펄럭이며 공중에 떠 있는 거대한 악마를 가리켰다.

"저 악마의 특성은 '마법 무효화' 다. 저 녀석에게는 마법 공격은 물론, 마법의 특수 효과도 통하지 않는다. 그리고 계약자인 나도 마찬가지의 특성이 깃들어 있지."

마법 무효화?! 엄청 성가신 능력이잖아! 그렇다면 물리적인 공격을 할 수밖에 없다는 말인데…….
브륀힐드를 빼내 마비탄에서 실탄으로 리로드했다. 마법이 듣지 않는다면 이게 가장 효과적이다.
"응?"
나는 의아한 표정을 짓는 흑장군을 향해 브륀힐드를 조준하고 방아쇠를 당겼다. 총성이 울리고, 똑바로 날아간 총알이 장군 바로 앞의 보이지 않는 벽에 맞고 튕겨 나갔다. 이번엔 또 뭐야?!
"방금 그건 뭐지? 쏘는 무기인가? 하지만 참 안타깝군. 마법이 안 통하니 직접 공격을 하려고 한 모양인데, 그렇게는 안 되지."
장군이 이번엔 왼쪽팔의 소매를 걷었는데, 그곳에도 팔찌를 차고 있었다. 이번에도 팔찌에는 붉은 보석이 박혀 있었다.
"이게 '방벽의 팔찌' 다. 쏟아지는 마력의 양보다 강력한 장벽을 만들어, 모든 물리 공격에서 나의 몸을 방어하지. '흡마의 팔찌' 로 마력을 마음껏 흡수한 뒤, 그 마력을 이용해 '방벽의 팔찌' 로 물리 공격을 막고, 소환한 데몬즈 로드의 희생으로 마법 공격을 무력화하는 거다. 이거야말로 무적의 방어! 상대가 그 누구든 나에게는 대미지를 줄 수 없다!"
말도 안 돼. 그게 정말 가능해———?!
내가 할 말은 아니지만, 완전 치트잖아, 그거!! 게다가 그 마력의 공급원이 나라니?!

【그라비티】로 엄청나게 강한 가중 공격을 한다고 해도, 내 마력이 저쪽으로 흡수되는 이상, 그걸 이용해 생성된 장벽도 내 공격과 같은 수준의 방어를 하니……. 어? 이게 그 모순이라는 건가? 앗, 아니구나. 상대는 마력의 공급원이 나 말고도 있으니까.

칫, 너무 성가셔. 저 팔찌 두 개만 어떻게 좀 하면…….

"네놈이 누구인지는 모르지만, 살려 두어서는 안 되겠군. 데몬즈 로드의 제물로서 죽어야겠다."

"……악마 군단을 소환해서 전쟁을 하겠다는 말이지? 그래서 제국의 국민을 계속 희생 제물로 바치겠다고?"

"제물은 범죄자다. 제국의 국민이 아니야. 살아 있어 봐야 제국에게는 도움도 안 되는 쓰레기들이 죽으면 도움이 되는 거다. 명예로운 일 아닌가. 그리고 안심해라. 얼마 안 가 사로잡은 벨파스트의 병사들이 범죄자들 대신 제물이 될 테니."

장군은 입꼬리를 끌어 올리며 웃었다. 이 녀석은 전쟁만 하면 만족하는 미치광이가 아닐까?

조금 전까지는 쿠데타가 좋은 일인지 나쁜 일인지 몰랐지만, 지금은 확실해졌다. 이건 악이다.

아무런 관계도 없는 사람의 목숨을 자신의 목적을 위해 이용하려고 하다니, 좋을 리가 없다.

"으……."

그때 장군의 뒤에 쓰러져 있던 황제가 살짝 움직였다. 살아 있는 건가?!

장군과 군인들은 그 사실을 아직 눈치채지 못했다. 일단은 후퇴해 황제의 목숨을 구하는 게 먼저인가? 마력을 계속 흡수 당하고 있는 루시아 공주와 캐럴도 이제는 한계인 것 같고.

"【게이트】 발동. 대상 · 제국 황제, 루시아 공주, 캐럴 씨 세 명. 이동할 곳은 우리 집 정원."

〈알겠습니다. 【게이트】 발동합니다.〉

"뭣이?!"

이동 대상인 세 명의 발밑에 빛의 문이 나타나, 바닥 아래로 떨어지듯이 사라져 갔다.

"네 이놈, 전이 마법을 사용할 줄 알았나?"

"정답. 오늘은 이만 물러갈 거지만. 절대 당신 뜻대로는 안 될 거야."

브륀힐드의 총알을 다시 장전하여 다른 총알로 바꾸었다. 그리고 총으로 장군을 조준했다.

"바보 같은 자식. '방벽의 팔찌' 가 있는 한, 나에게는 대미지를 줄 수 없다고 말했을 텐데!"

"물론 직접적으로 대미지를 줄 수는 없을지 모르지만, 자존심을 상하겐 할 수 있을 것 같아서."

"……뭐라?"

나는 시익 웃은 뒤, 총구를 내려 장군의 발밑을 노렸다.

"【슬립】."

"우오오?!"

꽈당~! 호들갑스럽게 넘어지는 장군. 일어서려고 바닥에 손을 댔는데, 또 미끄러져 넘어졌다.

상대가 넘어지는 사이에 탄창의 【프로그램】된 슬립탄을 계속 바닥에 쐈다. 움직일 때마다 발이 미끄러지고 손이 미끄러져 계속 넘어지는 장군. 이거야말로 무한 슬립 지옥.

"자, 장군!"

동료들이 도와주려고 장군에게 달려갔다. 바보 같긴. 이건 장군에게 영향을 주는 마법이 아니다. 바닥에 영향을 주는 마법이다.

"우왓?!"

"크억?!"

아니나 다를까, 도와주려던 다른 사람들도 슬립 지옥에 말려들어 계속 넘어졌다. 가엾게도 이쪽은 장군처럼 팔찌의 장벽이 없으니, 계속 대미지가 쌓이겠지.

"큭큭큭, 계속해서 영원히 한번 넘어져 봐! 꼴사납게 계속 춤이나 춰라!"

나는 그렇게 말해서 장군을 도발했다. 사실은 '흡마의 팔찌'로 바닥의 마력을 흡수하거나, 막대기, 줄 같은 걸 바닥에서 빼내면 금방 멈출 수 있겠지만. 굳이 가르쳐 줄 필요는 없다.

"데몬즈 로드!"

염소 머리 악마가 거대한 손을 이쪽으로 뻗어 왔다. 윽, 큰일이다. 공중에 떠 있어서 이 녀석에게는 【슬립】이 안 통하니까.

반대로 이 녀석에게는 물리 공격이 통할지도 모르지만, 쓰러뜨려 봤자 장군이 또 소환하겠지. 슬슬 물러나야 하는 건가.

"잘 있거라, 제군! 자네들에게는 언젠가 바빌론의 철퇴가 내려지겠지! 목을 씻고 기다려라! 후하하하하하!"

허억, 이거 입에 착 붙는 게 습관이 될 것 같다.

이대로 돌아가는 것도 짜증나니, 【미라주】로 이상한 환상이라도 만들어 놓고 가자. 애벌레라든가 바퀴벌레라든가 지네라든가. 엄청난 벌레 떼가 바닥을 기어 다니는 영상을 선물로 남겨 주겠어.

"히익! 히이이익!"

"벌레가! 벌레다아아아!!"

"네 이노오오옴!! 다음엔 가만 두지 않겠다!"

내 장난에 장군이 핏대를 세우면서 소리쳤다. 흥, 그나마 좀 가슴이 후련해졌다.

나는 바닥에 【게이트】를 열고, 그곳으로 뛰어들어 제도를 떠났다.

【게이트】를 빠져나와 우리 집 정원에 도착해 보니, 누워 있

는 황제 옆에 루시아 공주가 붙어 있었다.

"아버지! 아버지!"

이런, 빨리 치료해 줘야 할 것 같다. 루시아 공주 옆에 쭈그리고 앉아 황제에게 손을 뻗었다.

"【빛이여 오너라, 여신의 치유, 메가힐】."

상급 회복 마법의 빛이 황제의 몸을 감쌌다. 아마 찔려서 났을 옆구리의 상처가 아물어 갔다. 이것만으로는 충분하지 않겠는걸?

"【리커버리】."

나는 후유증이 남지 않도록 상태 이상도 회복시켜 두었다. 이제는 본인에게 달렸다.

그대로 객실의 침실로 황제를 이동시켰다. 라임 씨에게 왕궁의 라울 의사를 불러 달라고 부탁하고, 루시아 공주와 캐럴 씨를 방으로 안내했다.

라울 의사가 오기까지, 거실에서 모두에게 제국에서 일어난 일에 대해 대략적으로 설명했다.

"……참…… 왜 토야는 자꾸 이렇게 귀찮은 일에 참견하고 그럴까."

에르제가 어이없다는 듯이 한숨을 내쉬었다. 저기, 에르제, 내가 참견하고 싶어서 참견하는 거 아니거든?

"……그건 그렇고, 제국에 그런 일이……. 황태자님은 어떻게 됐을까요……."

린제가 그렇게 중얼거렸지만, 그냥 무사를 기원할 수밖에 없는 일이었다. 같이 이동해서 왔으면 좋았겠지만, 검색을 하려고 해도 나는 황태자의 얼굴을 모르니까.

“이건 정말 심각한 문제입니다. 정말로 제국이 벨파스트를 침공해 온다면…….”

“악마 군단의, 침공인가요? 그 전에 어떻게든 대책을 세워야겠네요…….”

가장 간단한 방법은 역시 그 버즐 장군을 쓰러뜨리는 건데……. 마법 공격도 안 듣고, 물리 공격도 안 통하니, 어떻게 손 쓸 방법이 없다.

아마【게이트】로 1만 미터 상공에 올려놓고 떨어뜨려도 ‘방벽의 팔찌’ 때문에 전혀 대미지를 입지 않겠지. 아니, 그 전에 악마는 하늘을 날 수 있으니까. 소환해서 도망칠 수 있겠구나.【그라비티】를 이용해 물리적 무게를 늘린 무기로 공격을 해도 소용없을 테고.

【슬립】이나【미라주】처럼, 본인에게 직접 효과가 미치지 않는 마법은 통하지만……. 흐음, 어쩌지……?

그것 말고도, 벨파스트의 임금님에게는 뭐라고 보고하면 좋을까.

나라의 중대사니, 제국에서 쿠데타가 일어난 일이나, 악마 군단이 습격할지도 모른다는 사실은 확실하게 전달해야 한다.

근데 황제나 루시아 공주에 대해서도 보고해야 할지 말아야 할지. 일단은 불가침 조약을 맺고 있기는 하지만, 일찍이 적이었기도 하니까.

이리 넘기라고 하면 어떡하지? 물론 그때는 바빌론 쪽에 숨길 테지만. 내가 제국 편을 드는 건 아니지만, 적어도 중상을 입은 환자를 넘겨줄 생각은 없다.

그런 생각을 하고 있는 사이에 라임 씨가 라울 의사를 데리고 왔다.

자, 이제부터 황제 폐하는 프로에게 맡기자. 나는 그 장군과 악마를 어떻게 처리할지 생각해 보기로 하고. 조금 어려울지도 모르지만.

결국 그 장군을 꼼짝 못하게 만들면 팔찌를 빼앗을 수 있다는…… 응?

어? 아니, 의외로 간단한가……? 준비가 좀 필요하지만…… 과연 잘될까?

번뜩 떠오른 작전을 생각해 보았다. 응, 나쁘지 않아.

너무 못살게 굴고 싶진 않지만, 어쩔 수 없나? 장군이 울상을 지은 모습이 눈에 훤히 떠오르는 듯했다. 안 되지, 히죽거리면 안 돼.

히죽거리는 모습을 보더니 모두 흠칫 놀라 나를 피했다. 대체 왜?!

◇ ◇ ◇

"일단 고비는 넘긴 것 같습니다. 이제 안정을 취하고 체력이 회복되기를 기다리면 끝입니다. 바로 의식도 회복되겠지요."

라울 의사는 그렇게 말한 다음, 청진기를 테이블 위에 올려 두었다. 분명히 황제는 병에 걸렸었다고 했었는데, 그런 징후는 전혀 없다고 한다.

【리커버리】의 효과인가? 하지만 상태 이상을 고치는 마법으로는 병을 고칠 수 없을 텐데. 전에 린제가 감기에 걸렸을 때 시험해 봤는데, 효과가 없기도 했고.

【리커버리】에 대해서는 아직 모르는 게 많다. 나는 전문가가 아니라 병이 어떻게 분류되는지도 모르지만, 바이러스냐 종양이냐에 따라서 달라지는 걸까? 뭐가 뭔진 모르겠지만, 결과가 좋으니, 그냥 좋다고 해 둘까.

"그건 그렇고…… 설마 제국의 황제 폐하를 진찰하게 될 줄은……. 인생은 참 재미있군요."

쓴웃음을 지으며 라울 의사가 말했다. 황제 폐하가 눈을 뜨면 내가 국왕 폐하에게 직접 말씀드릴 테니, 일단 왕궁에는 비밀로 해 달라고 말했다.

의사된 도리로서, 환자에게 너무 많은 부담을 주어서는 안 된다는 논리로 일단 이해해 준 모양이었다. 물론 유미나의 도움도 있었지만.

그 뒤로 루시아 공주는 계속 아버지를 간병했다. 캐럴 씨도 계속 그 옆에서 함께했다.

“루시아 공주. 이제 좀 쉬는 게 어때? 너까지 쓰러지면 아무 소용없는 일이잖아.”

“네……. 저어, 그냥 저를 ‘루’라고 불러 주시면 안 될까요?”

부끄럽게 나를 올려다보더니, 몸을 꼼지락거리며 루시아 공주가 말했다. 본인이 그걸 원한다니 거절할 이유는 없다.

“알았어. 루. 이렇게 부르면 돼?”

“네, 정말 기뻐요.”

그렇게 말하며 미소를 짓는 루. 문득 시선을 돌리자, 방문 틈으로 가만히 이쪽을 바라보는 다른 시선과 눈이 마주쳤다. 으억, 깜짝이야! 유미나구나! 왜 그렇게 굳이 엿보는 거야……?

문을 열고 방 안으로 들어온 유미나는 루 앞에 서더니, 우아하게 인사했다.

“처음 뵙겠습니다. 벨파스트 왕국의 국왕, 트리스트윈 에르네스 벨파스트의 딸, 유미나 에르네아 벨파스트라고 합니다.”

유미나가 이름을 밝히자 루와 캐럴 씨가 깜짝 놀라 눈을 휘둥그렇게 떴지만, 이윽고 루가 서둘러 일어서 똑같이 인사했다.

“처음 뵙겠습니다, 유미나 공주님. 레굴루스 황국 황제, 제피로스 로아 레굴루스의 제3황녀, 루시아 레아 레굴루스라고 합니다.”

오오, 공주님끼리 인사하는 장면이야. 둘 다 비슷한 또래로,

아리따운 공주보다는 귀여운 공주 같은 느낌이지만.

“참 큰일을 겪으셨군요. 무사하셔서 다행입니다.”

“네. 토야 님이 구해 주셔서 궁지에서 벗어날 수 있었습니다.”

꽃이 피는 듯한 미소를 보이는 루.

“정말 다행이네요. 저도 토야 오빠의 피앙세로서 매우 기쁘답니다.”

“네……? 그, 그러신가요……?”

앗, 꽃이 시들었다. 왜?

“루시아 님. 조금 할 이야기가 있는데, 제 방으로 와 주시지 않으실래요?”

“네? 그야 괜찮지만…….”

유미나의 뒤를 따라가는 루. 방문이 닫힌 뒤, 라울 의사가 작게 중얼거렸다.

“……사랑 싸움일까요?”

“그런 소리 좀 하지 마세요…….”

웃을 수 없는 농담이다.

“무슨 말씀을. 아무리 봐도 저 제국의 공주님은 토야 님에게 호의를 품고 있지 않습니까. 두 공주님이 모두 호의를 품다니, 정말 인기가 많은 남자는 괴롭겠습니다.”

어? 진짜로?! 호감이 있다고는 생각했지만, 그건 생명의 은인이라서 그런 줄로만 알았는데…….

“……유미나도 눈치챈 건가?”

"그야 그렇겠지요. 아직 어리지만 여인. 좋아하는 남자에 관한 관찰력을 얕봐선 안 됩니다."

저 두 사람을 같이 둬도 괘, 괜찮을까? 갑자기 불안해졌다.

설마하니 유미나가 '이 도둑고양이!' 같은 소리를 하며 화내지는 않겠지만. 끄으응…….

"……배가 좀 아프네……."

"진찰해 드릴까요?"

아니요, 됐습니다.

"그보다 선생님, 왕궁에 돌아가실 거면 【게이트】를 열어 드릴게요. 폐하에게 제국에 관해 보고할 겸 저도 가려고요."

"그럼 같이 가겠습니다."

황제 폐하의 경호는 캐럴 씨와 코하쿠에게 맡겨 두고, 우리는 【게이트】를 통과해 왕궁 안으로 들어갔다.

"제국에서 그런 일이 있었을 줄이야……."

국왕 폐하에게 사정을 설명하고, 제국 영토와 인접한 요새의 방어를 강화하도록 진언했다. 가능하면 마법사를 많이 보내는 게 좋겠다고 말한 뒤, 이쪽과 연락을 면밀히 할 수 있도록 '게이트 미러'를 몇 개인가 만들어 건네주었다.

두 장이 한 세트인 게이트 미러는 가늘고 길쭉한 거울인데,

서로가 【게이트】로 연결되어 있기 때문에 한쪽이 편지를 넣으면 다른 쪽이 편지를 받아 볼 수 있다. 즉, 세트 중 하나를 요새 쪽에 보내면 편지로 왕도와 곧장 연락할 수 있다는 뜻이다.

일단 내 작전이 성공을 거두면 전부 쓸데없는 일이 되지만, 만에 하나라는 게 있는 법이다.

"그건 그렇고, 좋은 소식과 나쁜 소식을 동시에 듣게 될 줄이야……. 오늘따라 일진이 뭐라 말하기 참 어렵구나."

국왕 폐하가 한숨을 내쉬며 중얼거렸다. 응? 나쁜 소식은 내가 전해 줬다 치고, 좋은 소식은 대체 뭐지?

"아……. 남동생인지 여동생인지는 모르지만, 유미나에게 동생이 생겼네."

"네?"

쑥스러운지 옆을 보면서도 임금님은 히죽거리며 웃었다.

"와~ 축하드립니다. 후계자였으면 좋겠네요."

이걸로 내가 이 나라를 이어받을 가능성이 더욱 내려갔다는 말이다. 이중으로 기쁘다.

"조금 복잡한 기분이군. 토야가 이 나라를 이어주면 참으로 안심이 될 터인데."

"아니죠. 남자아이가 태어나면 역시 그 아이가 잇는 게 도리 아닐까요?"

"그럼 여자아이가 태어나면 이 나라를 이어받을 겐가?"

"아니요, 그렇다고 그런 건 아니고요."

국왕 폐하의 제안을 가볍게 받아넘겼다. 자신의 아이를 이용해 얼렁뚱땅 언질을 받아 놓으려고 하다니.

"그건 그렇고, 제국의 황제는 그 뒤에 어떻게 됐는가……?"

"아…… 제3황녀와 함께 살해당했다고도, 도망쳤다고도 하는데, 정확하게는 모르겠습니다."

나는 일부러 애매하게 대답해 놓았다. 황제의 의식이 돌아오면 제대로 설명할 생각이지만, 지금은 숨겨 두고 싶었다.

"아무튼 이번에 반란을 일으킨 장군을 어떻게든 하고 싶어요. 그 녀석만 쓰러뜨리면 다른 나라를 침공하는 사태를 막을 수 있을 거라 생각하거든요."

"호오. 꽤나 자신이 있는 모양이군. 작전이라도 있는가?"

"네. 일단 해 보지 않으면 어떻게 될지 알 수 없지만요."

이번에도 애매한 대답을 남기고 나는 왕궁을 떠났다.

소환된 데몬즈 로드는 '마법 무효화' 능력만 있기 때문에, 물리 공격으로 어떻게든 처리할 수 있을 것 같았다. 악마 자체를 【그라비티】로 무겁게 만들 수는 없지만 【그라비티】로 엄청나게 무겁게 만든 바위를 머리 위로 떨어뜨리는 것 정도는 가능하겠지.

단, 악마를 쓰러뜨려도 장군의 '마법 무력화' 특성은 사라지지 않을지도 모른다. '흡마의 팔찌'로 마력을 주변에서 흡수해, 다시 데몬즈 로드를 소환할 수 있을지도 모르니까.

마력의 바탕이 되는 마소(魔素)는 미약하지만, 공기에도 포함되어 있다. 동물이나 벌레, 식물 등이 그것을 흡수해 마력 등으로 변환하기도 하지만, 마수의 경우는 특히 마력이 높다. 여차하면 그 팔찌는 그러한 것들에게서도 마력을 흡수할지 모른다. 꽤 성가신 팔찌다.

'방벽의 팔찌' 는 총알이 막혀서 고정된 장벽인가 했는데, 아닌 것 같았다. 보이지 않는 방벽이 장군에게 대미지를 주는 일이 있으면 부분적으로 나타나는 것일 가능성이 높았다. 아마 온몸을 공격하면 방벽이 온몸을 휘감겠지.

슬립 때도 대미지를 입지 않았던 이유는 지면에 격돌할 때 방벽이 펼쳐졌기 때문이 아닐까. 물론 그 방벽에도 슬립이 통해서 장군은 계속 넘어졌었지만. 자동 방어라는 점이 이쪽 입장에서는 참 성가셨다.

역시 장군을 어떻게 해 보려면 문득 생각난 '그 방법' 밖에 없는 건가.

이거야 원……. 괜히 기대가 되잖아. 엄청 싫어하겠지, 그 장군? 죽지 않는 것만 해도 다행이라 생각해 줬으면 하지만. 음~ 가슴이 엄청 뛰는데?

일단 준비해 두자. 집에 돌아가 린제에게 내가 생각하는 '그것' 이 이쪽 세계에도 있는지 물어보았다. 아쉽게도 똑같은 것은 없었지만, 저쪽 세계에 있는 것보다도 훨씬 엄청난 게 있었다. 마법 처리를 하지 않으면 위험할 정도인 모양이었다. 좋네, 아주 좋아.

그것을 사러 사막의 나라 산드라로 가서 구입하는 데 성공했다. 상인 아저씨가 제발 이곳에서는 하지 말라고 부탁을 하길래, 마법 처리를 한 채 【스토리지】에 넣어 두었다. 조금 시험해 보고 싶기도 했지만, 그만두자. 내가 쓰러져서는 다 헛수고다.

나머진 '공방' 에 가서 로제타에게 준비해 달라고 한 두꺼운 철판에 【인비저블】을 【인챈트】하자, 투명한 철판이 만들어졌다. 유리처럼 투명한 철판이다.

린이 전에 말했던 빛의 우회니 굴절이니 하는 것은 잘 모르겠지만, 강화 유리를 대신할 수 있겠는걸?

두께가 50센티미터라도 투명도가 거의 변하지 않다니 굉장해. 수족관도 만들 수 있을 것 같다.

일단 이것을 이용해 원하던 물건을 만들었다. 산드라에서 산 녀석을 활용할 수 있게 해 주는 용기라고 할 수 있다. 대단한 형태는 아니었기 때문에 【모델링】으로 쉽게 완성했다.

이 비밀 병기는 【스토리지】에 넣어 두었다.

"근데 '흡마의 팔찌' 에 '방벽의 팔찌' 라니……."

로제타가 팔짱을 끼고, 음, 하고 생각했다.

"짚이는 데라도 있어?"

"분명히 바빌론의 '창고' 에 그런 능력을 지닌 아티팩트가 있었던 것 같아요."

"……뭐라고?"

그럼 뭐야? '창고' 에서 유출된 팔찌가 돌고 돌아서 장군에게 갔다는 이야기인가?

"근데 5천 년이나 지났으니까요. '창고' 가 지금도 무사할 거라고는 말할 수 없어요. 무슨 문제인지는 모르겠지만 추락해서, 아티팩트나 보물이 유출됐을 가능성도……."

"……잠깐만. '불사의 보옥' …… 소유자에게 불사의 속성을 부여하고, 언데드를 조종하는 보옥 같은 것도……."

"아! 그런 것도 '창고' 에 있었던 것 같네요. 박사님은 봉인해 두었지만요."

역시나! 이셴의 소동도 '창고' 와 관련이 있었구나!

그럼 '창고' 가 추락했을 가능성도 높겠어. 그래서 여러 아티팩트가 유출됐을 가능성도…….

"만약 추락했다면, '창고' 를 관리하던 애는 어떻게 됐을까?"

"저희는 단거리 이동 능력도 있기 때문에, 아마 추락하기 전에 탈출했을 거예요……. '창고' 관리자는 경솔하고 덜렁대는 아이라, 걱정이네요. 팔찌도 추락해서가 아니라 실수로 마구 뿌렸을 가능성이……."

뭐야, 그 한심한 로봇 소녀는. 아니지, 셰스카도 조금 한심한 면이 있지만.

아무튼, 이제 와서 뭐라고 해 봐야 소용없는 일이다. 생각해 봐야 골치만 아플 뿐…….

일단 장군에게 대항할 대비책은 갖춰졌다. 저녁이 되어 로제타를 데리고 우리 집 거실에 도착하자, 캐럴 씨가 황제의 의식이 돌아왔다고 알려 주었다.

꽤 빨리 돌아왔네. 캐럴 씨의 이야기로는 상태도 상당히 안정됐다고 하니, 이야기를 해도 될 듯했다.

캐럴 씨와 함께 황제 폐하가 있는 방에 들어갔다. 들어가 보니 황제는 딸과 함께 조용히 이야기를 나누고 있었다. 정말로 이젠 괜찮은 모양이다.

"토야 님! 아버지가 눈을 뜨셨어요!"

"……그대가 모치즈키 토야인가?"

환한 표정으로 돌아보는 루와 조용한 표정으로 나를 바라보는 제국의 황제. 길고 흰 수염과 메마른 얼굴을 보니, 마치 선인(仙人) 같았다. 이제 막 병세가 호전된 참이라 어쩔 수 없는 건가?

"일단은 인사를 하겠네. 짐의 목숨과 루시아의 목숨을 구해 주다니, 아무리 감사를 해도 모자라는구먼……."

황제 폐하가 고개를 숙였다. 뭔가 좀 쑥스럽네.

"너무 신경 쓰지 마세요. 우연히 그때 제도로 물건을 사러 간 덕분이니까요."

그건 그냥 우연에 불과하다. 하루만 늦었어도 나는 아무 일도 하지 않았을 게 분명하다.

"그렇게 말해 주니 참 고맙군. 이번 소동은 짐의 부덕 탓이네. 정말 분한 마음뿐이야……."

"그런데 이제부터 어떻게 하실 생각이시죠? 아직 벨파스트에는 알리지 않았으니, 가시고 싶은 곳이 있다면 【게이트】로 모셔다 드릴게요."

그렇게 말하자 황제는 깜짝 놀란 듯 눈을 둥그렇게 뜨고, 이쪽을 유심히 바라보았다. 왜 그러지?

"흐음…… 토야는 벨파스트 사람이 아닌 겐가?"

"살고 있으니 벨파스트의 주민은 맞지만요. 특별히 어떤 나라를 섬기고 있는 건 아니에요. 국왕 폐하와는 친밀하게 지내고 있지만, 국가 사이의 문제는 또 다르니까요."

지금 갈 곳이 있다면, 그곳으로 망명하는 게 더 좋다. 제2황녀가 유학 중인 동맹국이라든가.

황제는 잠시 아무 말 없이 생각에 잠겼다가 말했다.

"아니, 벨파스트의 국왕과 만나게 해 줬으면 하네. 될 수 있으면 내밀하게 이야기를 하고 싶은데, 어떤가?"

"아마 괜찮긴 할 텐데요……. 정말 괜찮으시겠어요?"

"기왕에 이렇게 됐으니, 지금까지 있었던 일이나, 앞으로 어떻게 할 것인지 이야기를 나누고 싶구나."

음~ 아직 밤도 깊지 않았으니, 지금이라면 임금님도 시간이 있지 않을까? 일단 유미나에게 부탁해서 같이 가 달라고 하자. 나는 황제가 있는 방 밖으로 나와 유미나에게 갔다.

"……미안하네만, 다시 말해 주겠나?"

"아…… 실은 레굴루스 황제 폐하와 제3황녀를 저희 집에 숨기고 있었어요. 죄송합니다. 정말 죄송합니다."

국왕 폐하는 내 말을 듣고 충격을 받았는지 머리를 쥐어 쌌다. 조금 재미있다.

"레굴루스 황제가 우리 왕도에 있다는 말인가? 이거 참, 오늘은 놀라운 일들이 잇달아 일어나는군……. 대체 어떻게 된 것인지……."

글쎄요. 왕비님의 임신은 관계없다고 치고, 다른 일은 나 때문일지도……. 아니지, 나 때문이 맞나?

"그래서, 황제 폐하는 국왕 폐하와 내밀하게 대화를 나누고 싶다고 하시는데, 어떻게 하실 생각이신가요?"

"황제가?"

임금님은 '후.' 하고 숨을 내쉬고 의자 등받이에 몸을 푹 기대더니, 배에 손을 올리고 깍지를 꼈다. 그리고 잠시 생각하는 듯하더니, 결심을 했는지 자리에서 일어섰다.

"여기서 도망칠 수는 없지. 그 대담, 받아들이겠네."

"그럼 직접 저희 집으로 이동하겠습니다."

【게이트】를 연 다음, 나는 국왕과 유미나를 데리고 황제가 있는 우리 집으로 직접 이동했다.

침대에 누워 있던 황제가 【게이트】를 보고 깜짝 놀라 몸을 일으키며 눈앞에 나타난 벨파스트 국왕을 바라보았다. 서로 시선을 피하지 않고 잠시 아무 말 없이 바라보기만 하다가, 이윽고 황제가 고개를 살짝 숙였다.

"이런 모습이라 정말 미안하네, 벨파스트 국왕이여. 이번에는 귀국에 폐를 끼친 것 같구려."

"아니, 너무 자신을 탓하지 마십시오, 레굴루스 황제여. 사정은 토야에게 이미 들었습니다."

그렇게 말하며 임금님은 침대 옆에 있던 의자에 걸터앉았다. 일단 정상회담이니 외부인은 밖으로 나가자. 방 안에 벨파스트 국왕, 레굴루스 황제, 그리고 각자의 딸인 유미나와 루만 남기고 나는 방 밖으로 나갔다.

복도에는 캐럴 씨가 방을 경호하며 서 있었다. 방에 들어가지도 않았는데 방에서 나온 나를 보고 깜짝 놀랐지만, 바로 【게이트】를 사용했다는 사실을 눈치챈 듯했다. 경호를 서는 사람으로서 복잡한 표정을 짓긴 했지만.

"안에서는 벨파스트 국왕과 레굴루스 황제가 회담 중이니, 방해하면 안 돼요?"

"아니?! 언제 그런 자리가 마련된 거죠?!"

또 깜짝 놀라는 캐럴 씨. 이 사람은 참, 반응 하나하나가 호들갑스럽네.

문득 캐럴 씨의 검이 눈에 들어왔다. 저 손잡이 끝에 새겨진 문장……. 어디선가…… 아!

"죄송한데요, 캐럴 씨! 그 검의 문장이요……."

"저희 리에트 가문의 문장인데, 왜 그러시죠?"

더 가까이에서 자세히 보자. 역시 똑같아. 레네가 가지고 있던 펜던트랑 똑같다.

"이 문장과 똑같은 문장이 조각되어 있는 펜던트를 본 적이 있어서요."

"아니?! 바람의 마석이 박혀 있는 것입니까?! 어디에 있죠?! 누가 가지고 있습니까?!"

눈빛이 변해 나를 압박해 오는 캐럴 씨. 아직 무슨 사정이 있는지는 잘 모르니, 레네에 대해서는 말하지 말자.

"가지고 있던 사람은 죽은 모양이에요. 병에 걸렸다고 하더라고요."

"그렇, 습니까……."

내 말을 들은 캐럴 씨는 조금 전과는 달리 금세 힘없이 고개를 숙였다. 굉장히 소중한 사람이었던 걸까?

"그 펜던트의 원래 주인은 저희 언니입니다. 제가 어렸을 때 엄격했던 아버지에게 반발해 집을 뛰쳐나갔습니다. 저의 유일한 자매이지요."

언니였구나. 그럼 당연히 필사적일 만도 하다. 그렇다면 레네는 캐럴 씨의 조카인가? 별로 안 닮았는데. 캐럴 씨는 금발이지만, 레네는 머리카락이 황갈색이니까. 아버지한테 물려받은 색인가?

"리에트 가문은 제국에서 유명한 귀족인가요?"

"유명한지 어떤지는 잘 모르겠지만, 일단, 제국12검의 후예입니다."

"제국12검?"

"벨파스트에는 별로 알려지지 않았을지도 모르지만, 제국을 건국한 초대 황제를 보좌한 열두 충신을 가리킵니다. 그중 한 사람인 '쌍검의 킬 리에트' 가 저희 가문의 선조이십니다. 물론 제국12검도 지금에 와서는 대부분 이름뿐인 귀족입니다만……."

그렇게 말하며 캐럴 씨가 씁쓸한 듯 웃었다. 몰락 귀족……. 물론 그렇게까지 기울지는 않았을지 모르지만, 이미 제국에서는 중요한 지위가 아닌 거겠지. 라임 씨도 가문의 문장을 모른다고 했었으니.

"그렇군요……. 언니가 죽었다라……. 아버지도 돌아가시기 직전까지 언니와 싸우고 헤어졌다는 사실을 매우 후회하셨습니다……. 저세상에서 두 사람은 과연 화해를 했을까요……?"

"아…… 저어, 언니 말인데요. 실은 딸이 한 명 있거든요. 근데 그 딸이 지금 저희 집에 있어서……."

"…………네?"

캐럴 씨가 눈을 휘둥그렇게 떴다. 갑자기 죽은 언니의 딸이 있다고 하니, 동요한 것일까.

그때 적절한 타이밍인지, 나쁜 타이밍인지는 모르겠지만, 레네가 복도를 달려왔다.

"토야 오…… 앗, 주인어른, 식사 준비가 끝났습니다!"

"응, 고마워, 레네. 나중에 먹을게."

레네는 나와 캐럴 씨에게 고개를 꾸벅 숙이더니, 다시 복도를 달려 돌아갔다. 캐럴 씨의 눈이 레네를 계속 좇았다. 이윽고 레네의 모습이 사라지자, 설마 하는 눈빛으로 나를 보았다.

"저 아이예요. 이름은 레네. 여기에 오기 이전에는 빈민가에서 소매치기를 하고 살았죠."

"그럴 수가……!"

"그런 짓을 하지 않으면 살아갈 수 없었어요. 아버지는 모험자로, 마수 토벌 의뢰를 하러 간 뒤로 돌아오지 않았다나 봐요. 레네는 어머니의 유품인 펜던트를 지금껏 소중히 간직하고 있었어요."

복도 끝을 바라보던 캐럴 씨가 나를 다시 돌아보았다.

"……나중에 저 아이와 이야기하고 싶은데, 괜찮을까요?"

"지금 불러올까요?"

"아니요. 지금은 제국도 혼란한 상태이니, 잠시 동안 이 일은 비밀로 해 주십시오. 저 아이는 지금 이곳에서 행복하게 살고 있는 것 같으니까요. 단, 어머니와는 언젠가 꼭 만나게 해주고 싶습니다. 저 아이…… 머리카락이나 눈동자의 색은 다르지만, 언니의 흔적이 느껴집니다."

캐럴 씨의 어머니이면, 레네의 할머니구나. 언젠가 꼭 만났으면 좋겠다…….

그런 생각을 하고 있는데, 등 뒤의 문이 열리고 유미나가 얼굴을 내밀었다.

"토야 오빠. 아버지와 황제 폐하가 부르세요."

"나를?"

뭐지? 나라의 대표가 이야기를 하고 있는데 끼면 방해가 될 것 같아 일부러 자리를 피해 준 건데.

안으로 들어가니, 침대에는 황제가, 그 옆 의자에는 국왕 폐하가 앉아 있었다. 두 사람 모두 온화한 표정이다. 이야기는 이제 다 끝난 걸까.

"토야. 낮에 했었던 말이다만……."

"낮이요?"

무슨 말을 했었나? 벨파스트 임금님의 말을 듣고 나는 고개를 갸웃했다.

"버즐 장군을 어떻게든 하겠다고 했는데…… 정말 가능하겠는가?"

임금님의 말을 잇듯이 황제가 입을 열었다. 아하, 그거 말이구나.

"간신히, 아니지, 장군을 쓰러뜨릴 수는 있을 거예요. 다른 군인들도 제압할 수 있고요. 솔직히 말씀드리면, 내일 당장에라도 제도를 제압하는 건 가능해요."

"""뭐……?!"""

유미나를 제외하고 깜짝 놀라 몸이 굳어 버린 세 사람. 유미나는 당연하다는 듯이 작게 가슴을 내밀었다. ……아직 성장 도중입니다.

“단지, 좀 여쭤 보고 싶었는데, 진압에 성공하면, 반란에 가담한 군인들을 어떻게 하실 생각이시죠? 전원 사형인가요?”

“아니네. 장군을 비롯한 간부라면 어쩔 수 없지만, 그냥 따랐을 뿐인 자들은 군인의 신분을 박탈하고 제도 밖으로 추방할 생각이구먼.”

나머지는 전원 해고구나. 적절한 처분인가? 제도에 있는 군인은 전체의 10퍼센트 정도라니, 재정비할 수 있는 범위다.

“지도 표시. 레굴루스 제국 제도.”

〈알겠습니다. 지도를 표시합니다.〉

부웅. 방 중앙에 제도의 지도가 【미라주】 마법으로 떠올랐다.

“이, 이건 뭔가?!”

“제도의 지도예요……. 이렇게 상세하게 표시되다니…….”

“제 무속성 마법이에요. 편리하죠?”

깜짝 놀라는 황제 폐하와 루에게 별것 아니라고 말했다. 국왕 폐하도 놀란 모양이었지만. 그러고 보니 보인 적이 없었구나.

“검색. 기사단을 파란색, 군인을 붉은색으로 표시.”

〈알겠습니다. ……검색 완료. 표시합니다.〉

화악, 하고 제도에 붉은 점이 확산되어 갔다. 낮에 봤을 때보다 더 늘어난 것 같네. 다른 도시에서도 불러 모은 건가? 제도의 집 안, 그리고 성의 구석에서 파란 점이 멈춰 있었다.

"이곳은?"

"……지하 감옥이군. 아마 기사단 사람들이 잡혀 있는 거겠지. 하지만 전원은 아니오. 적어. 다른 자들은 도망갔을지, 살해를 당했을지……."

안타깝다는 듯이 주먹을 쥐는 황제. 그 모습을 보고 어쩔 줄을 물라하며 루가 나에게 말했다.

"저어, 토야 님. 오라버니를 찾을 수는 없을까요?"

"음…… 못 찾을 건 없지만……. 황태자님한테 무슨 특징 같은 거 있어? 딱 보고 황태자라는 걸 알 수 있을 만한 특징."

이 검색은【서치】를 바탕으로 한 것이라서, 내가 보고 어떻게 판단하느냐에 따라 검색 결과가 좌우된다. 군복을 입었으니 군인, 그렇게 판단을 하는 것이나 마찬가지라, 실제로는 판단이 애매모호하다.

그래서 만난 적도 없는 사람은 검색할 수 없다. 야에의 오빠처럼 '뺨에 베인 흉터' 라든가, 한눈에 누가 봐도 알 수 있을 만한 특징이 있으면 OK인데.

"특징……말인가요? 흐음, 머리카락은 은발이고, 또……어라? 특징, 특징……."

생각하는 루. 그 모습을 보고 쓴웃음을 짓는 황제 폐하. 얼굴이 굉장히 평범한 모양이다. 어쩔 수 없지. 기억을 공유할까.

"루. 잠깐 손 좀 내밀어 봐."

"네……? 아……."

나는 루가 내민 작은 손을 잡았다. 곧장 루의 얼굴이 빨개졌지만, 나는 될 수 있는 한 마음을 가라앉히며 말했다.

"눈을 감고 오빠를 떠올려 봐. 될 수 있는 한 최근 모습으로."

"네, 네에."

눈을 감고 집중하고 있는 루의 이마에 내 이마를 갖다 댔다. 솔직히 황제 폐하를 통해 황태자에 대한 기억을 받을 수도 있지만, 웬만하면 남자끼리 이마를 맞대고 싶지는 않았다. 리프리스의 작가 황녀에게 그 사실이 알려지면, 대체 어떤 작품을 쓸지…….

"후와와?!"

"집중해."

"네에에에!"

당황해 하는 루에게 주의를 준 뒤, 이쪽도 마력을 모아 마법을 발동시켰다.

"【리콜】."

멍하니 얼굴이 머릿속에 떠오르더니, 점점 모습이 뚜렷해졌다. 은발에 큰 특징은 없지만, 다정해 보이는 청년…… 어?

"이 사람이 황태자라면…… 내가 만난 적이 있는데……?"

""""뭐?!""""

깜짝 놀라는 네 사람은 상관 않고 기억을 더듬었다. 그래, 틀림없다. 제도가 습격당했을 때, 병사들에게 공격을 받은 젊은 기사다. 어? 그 사람이 황태자? 도망가기 위해 변장했나?!

………흐억. 그냥 놔두고 왔는데.

"거, 검색. 제국의 황태자."

〈알겠습니다. ……검색 종료. 표시합니다.〉

푸욱. 핀이 제도의 한쪽 구석에 꽂혔다. 자주 조금씩 움직이는 모양으로, 아무래도 살아 있는 듯했다. 휴, 다행이야.

"살아는 있는 것 같은데……. 여긴 어디죠?"

"제국 서방군사령, 메로메 장군의 저택이군……. 흐음, 황태자는 무사한 모양이구먼."

군인이 사는 곳인데 괜찮은 건가? 그런 내 생각을 읽었는지, 황제 폐하가 웃으면서 말했다.

"제도의 군인 모두가 버즐을 따르는 것은 아니네. 메로메 장군은 악마 소환으로 다른 나라를 침공하자는 정책을 가장 반대했으니, 아마 아들도 그걸 알고 그곳으로 도망친 거겠지."

그렇구나. 제도에 있는 군인 모두가 맹목적으로 버즐을 따르는 것은 아니라. 감쪽같이 숨은 모양인데, 그래도 역시 오래 버틸 수는 없을 것 같았다.

"그럼 내일 아침 일찍 제도에 가 볼까요?"

"자, 잠깐 기다리게! 자꾸 미안하네만, 정말로 괜찮은가?! 상대는 1만이 넘는 군대와 소환 악마 군단이네만?! 그걸 그대 혼자서……."

황제 폐하가 당황해서 나를 말렸다. 보통은 그렇게 생각하는 게 당연한가? 하지만 질 것 같지는 않았다. 이센에서도 그랬지만, 이제 이런 일에도 익숙해진 걸까?

“어떻게든 될 거예요. 저한테는 강한 동료가 있으니까요.”

고개를 돌리자, 유미나가 힘껏 고개를 끄덕였다. 그 모습을 보고 황제 폐하도 서서히 침착함을 되찾았다.

“……내일 아침, 짐도 제도에 데려가 주면 안 되겠나?”

“위험하지 않을까요? 끝날 때까지 기다리시는 편이…….”

“일이 어떻게 되는지 내 눈으로 보고 싶어서 그러네. 그게 황제로서 최소한 해야 할 짐의 도리니까.”

음, 어쩔까……? 후방에 황제 폐하를 그냥 놔둘 수도 없는 노릇이고, 같이 전선에 데리고 갈 수도…….

“황제의 호위로 벨파스트의 기사단을 동행시키겠네. 나도 토야가 싸우는 모습을 보고 싶구먼.”

국왕 폐하가 그렇게 말을 해서 일단 고개를 끄덕여 두었다. 그럼 괜찮겠지?

내일 아침, 기사단 수십 명과 함께 제도에 가기로 하고 이야기를 마무리 지었다.

【게이트】로 임금님을 왕궁으로 돌려보내고, 황제가 머무는 방 밖으로 나갔다.

테라스로 나가 코하쿠와 코쿠요, 산고를 불러 소환 마법에 대해 물어보았다. 우리만으로는 역시 수적으로 불리하다. 지원군이 필요했다.

“그럼 기본적으로 소환 마법으로 불러낼 수 있는 대상은 랜

덤이지만, 상위종과 계약하면 그 부하들이나 하급종은 자유롭게 불러낼 수 있는 거구나.”

〈네. 주인님은 저와 계약하셨기 때문에 거의 모든 마수를 소환할 수 있습니다.〉

〈우리와도 계약했으니, 갑린종(甲鱗種)도 부를 수 있어요~.〉

코하쿠와 코쿠요의 이야기를 정리하면, 즉, 네 발 달린 포유류나, 비늘이 달린 파충류 같은 마수라면 자유롭게 부를 수 있다는 모양이었다. 역시 신수(神獸).

〈일단은 각 종족마다 계약을 할 필요는 있습니다만. 우두머리에게 이름을 지어 주면, 그 종족은 주인님의 손발이 되어 따를 겁니다. 악마 따위야, 별것 없습니다.〉

산고가 그렇게 말하며 웃었다.

“일단 불러 볼까. 으음…… 어떤 게 있어?”

〈흐으음, 케르베로스가 전투력은 높습니다만.〉

아, 그거 알아. 지옥의 문지기잖아. 머리가 세 개 달린 검은 개였나? 그럼 일단 그것부터 불러 볼까.

그날, 밤늦게까지 마수를 부르고 이름을 짓고, 마수를 부르고 이름을 짓고, 그러다가 결국 나중에는 대충 이름을 지었는데, 그것만큼은 제발 너그럽게 봐줬으면 한다. 더 이상 지을 이름이 없었으니까…….

자, 내일을 대비해 잠을 자 둘까.

다음 날 아침. 우리는 제도의 한쪽 구석, 약간 높은 지대에 있는 건물의 옥상에 와 있었다.

스마트폰을 꺼내 시간을 확인해 보니 여덟 시가 조금 넘은 시간이었다. 황궁으로 곧장 갈까도 생각했는데, 결계가 펼쳐져 있었다. 역시 내가 전이 마법을 사용할 수 있다는 걸 알고 대책을 세워 둔 거구나.

이쪽 멤버는 나 외에, 에르제, 린제, 야에, 유미나, 코하쿠, 산고와 코쿠요. 그리고 레굴루스 황제 폐하와 벨파스트 국왕 폐하, 레온 장군, 닐 부단장 리온 씨 등의 벨파스트 군과 기사단이 열 명씩. 또, 데리고 오고 싶지는 않았지만 루와 그 호위인 캐럴 씨도 왔다.

일단 우리 이외에는 여기서 대기하기로 했다. 그리고 만약을 대비해 벨파스트로 도망갈 수 있도록, 이 자리에 【게이트】도 열어서 고정시켜 놓았다. 내가 허가한 사람 이외에는 지나갈 수 없도록 【프로그램】도 해 놓았으니, 상대가 저편에까지 쫓아갈 수는 없었다.

"그럼 먼저 선전포고를 할까요. 어~ 제도 중앙 상공 높은 곳에 동영상을 재생."

〈알겠습니다. 재생합니다.〉

부웅. 제도의 하늘에 커다란 화면이 펼쳐졌다. 크기는 200미터 정도면 되겠지? 이 정도라면 멀리서도 볼 수 있다. 오히려 너무 가까우면 보기가 불편할지도 모르지만.

이어서 음량을 크게 높여 음악을 틀었다. 이렇게 하면 제도에 사는 주민들이 주목을 하기 시작하겠지. 흐르는 음악은 바그너의 '발키리의 기행' 이다. 이윽고 서서히 음량이 내려가더니, 화면 안에 황제 폐하가 나타났다. 아침 일찍 녹화해 놓은 영상이다.

〈제도의 주민들에게 알린다. 짐은 레굴루스 제국의 황제, 제피로스 로아 레굴루스이다. 이번 소동은 일부 군인이 폭주해 발생하였다. 주민 생활에 큰 불편을 끼쳐 깊이 사과하는 바이다. 하지만, 그것도 이제 곧 진압될 것이다. 안심하길 바란다. 지금부터 제도 탈환을 실행하겠다. 결코 집 밖으로 나오지 않길 바란다.〉

"짐의 목소리가 저랬던가?"

옆에 있던 딸에게 고개를 갸웃하며 묻는 진짜 황제. 그렇겠지. 처음에는 다들 녹음한 목소리가 이상하게 들리는 법이다.

〈그리고 반란을 일으킨 군인들에게 고하노라. 짐에게도 부족한 점이 있었겠지만, 이번 일은 그냥 보고 넘어갈 수 없다. 허나, 투항은 인정하겠다. 지금부터 열을 세는 동안 군복을 벗고, 짐을 따르면 처벌을 면하지만, 열을 다 셀 때까지, 군복을 계속 입고 있는 자에게는 관용을 베풀지 않을 것이다. 잘 생각하고 행동하거라. 하나…… 둘…….〉

우리 옆에는 군속을 나타내는 붉은 점이 제도 지도 위에 가득 표시된 서브 모니터가 있었는데, 화면에서 조금씩 붉은 점들이 사라지기 시작했다. 황제의 목소리에 따라 군복을 벗었기 때문이겠지.

"열까지 센 뒤에도 계속 군복을 입은 사람들은 공격할 텐데, 괜찮으신 거죠?"

"어쩔 수 없지. 단, 될 수 있으면 목숨을 빼앗지는 말게."

"알겠습니다."

화면 안의 황제가 천천히 수를 세어 갔다. 붉은 점도 조금씩 사라졌지만, 그래도 3분의 2는 아직도 붉은색이었다.

〈아홉…… 열. 양보는 여기까지다. 이제부터 실력 행사를 통해 제도를 탈환하겠다.〉

화면에서 황제가 사라지고, 다시 트럼펫의 팡파레가 크게 울려 퍼졌다. 그리고 이어서 주페의 '경기병 서곡'이 연주됐다. 좋아, 그럼 시작해 볼까.

"아직도 군속인 자들을 타깃 지정. 【패럴라이즈】 발동."

〈알겠습니다. ……타깃 포착 완료. 【패럴라이즈】 발동합니다.〉

제도 이곳저곳에서 비명과 함께 쓰러지는 소리가 났다. 그런데 화면을 보니 붉은 점은 전혀 줄지 않았다. 어?

아, 전투가 불가능한 녀석들은 다르게 표시해야 하는구나. 마비가 됐든 안 됐든 군인은 군인이니까.

"군속인데 전투가 불가능한 사람은 노란색으로 표시."

〈알겠습니다.〉

파바바바밧, 하고 반 정도가 노란색으로 변했다. 흐음, 아직도 꽤 남았네. 부적을 가지고 있는 건가? 아니면 마술 저항력이 높아서? 항상 뭐든 잘 되는 건 아니구나.

"토야 님! 저걸 보십시오!"

야에가 가리킨 곳을 보니, 그 거대한 악마, 데몬즈 로드가 나타났다. 그리고 동시에 하늘과 땅에서 다양한 악마 무리가 나타났다. 꽤 많네. 화면 표시를 보니, 50마리 정도 되는 듯했다.

"그럼 이쪽도 불러 볼까."

마력을 모아 지면에 마법진을 그렸다.

"【어둠이여 오너라. 나는 원한다, 지옥의 파수견, 케르베로스】."

지면에 그려진 마법진에서 검은 안개가 피어오르더니 머리가 세 개 달린 마견(魔犬)이 나타났다. 지금은 평범한 개와 비슷한 크기지만, 전투가 시작되면 사자보다 훨씬 더 커진다.

이어서 어제 잇달아 계약한 소환수를 불러냈다.

리저드맨 부대, 그리핀 부대, 아머 터틀 부대, 블러디 라이거, 파워 베어, 리저드 나이트……. 이러면 몬스터 군단이네.

저쪽이 악마니까, 천사를 불러내면 좋았을까? 하지만 코하쿠, 산고, 코쿠요는 천사와 연고가 없으니 어쩔 수 없다. 그렇다고 랜덤으로 불러내기에는 시간이 너무 많이 걸린다. 그러니, 뭐, 어쩔 수 없다.

“악마를 타깃으로 지정. 【샤이닝 재블린】 발동.”

〈알겠습니다. 【샤이닝 재블린】 발동합니다.〉

하늘에 빛나는 마법진이 나타나더니, 빛의 창을 쏟아 냈다. 하지만 악마는 한 마리도 쓰러지지 않았다.

〈보이지 않는 장벽에 튕겨 나갔습니다. 효과가 없습니다.〉

역시나. 저 데몬즈 로드의 가호가 일족들에게도 미치고 있구나. 그럼 물리적으로 때릴 수밖에.

“소환수는 코하쿠, 산고, 코쿠요, 에르제, 야에를 따라 줘. 유미나와 린제, 케르베로스는 이곳에 대기하면서 마법이나 총으로 엄호 사격을 해 주고. 나는 데몬즈 로드와 장군을 해치우겠어.”

펑, 하고 연기를 내뿜더니, 코하쿠를 비롯한 소환수가 원래 모습으로 되돌아갔다. 모처럼 보는 신수 모드다.

“그럼 잠시 다녀오겠습니다.”

“……부탁하네.”

뒤를 돌아보고 황제에게 출진을 알린 뒤, 우리는 제도의 지붕 위에서 적진을 향해 달렸다.

에르제와 야에, 산고, 코쿠요는 지상 부대를 데리고 제도의 시가지로 내려갔다. 나와 코하쿠, 그리핀 부대는 하늘을 날아 이쪽으로 오는 악마와 대치했다.

“힘들게 쓰러뜨릴 필요는 없어. 악마의 날개를 노리고 공격해. 아래로 떨어뜨리면 지상 부대가 어떻게든 해 줄 테니까.”

나는 주변을 나는 그리핀 부대에게 명령했다. 날개가 없는 악마는 지상 부대 쪽으로 갔지만, 하늘을 나는 녀석들은 우리를 향해 왔다. 우선은 땅으로 떨어뜨려야 한다.

"음~ 너는 존……이 아니라, 폴……도 아니고, 조지인가? 너희는 왼쪽으로, 으음, 링고? 너희는 오른쪽으로 가서 악마를 요격해!"

크아앗! 하고 울면서 그리핀들 중 일부가 좌우로 갈라졌다. 솔직히 그리핀의 얼굴은 모두 똑같아 보이는데……. 나중에 색이 다른 목걸이라도 걸어 줄까?

지붕에서 지붕으로 질주하는 동시에, 【스토리지】에서 폭 40센티미터, 칼날 길이가 2미터가 넘는 미스릴 대검을 꺼냈다. 【그라비티】로 아주 가벼워진 대검을 한 손으로 들고, 다가오는 악마 한 마리를 향해 달렸다.

【부스트】를 사용해, 단숨에 지붕에서 그 악마의 머리 위로 뛰어 올랐다. 악마에게 대검을 내려칠 때 트리거를 당기자 【그라비티】가 발동, 가중 마법으로 검이 순식간에 무거워졌다.

너무 무겁고 날카로워 악마가 단숨에 둘로 갈라졌다. 속도를 살려 공중에서 한 번 회전을 했지만, 다시 트리거를 당겨 가볍게 만든 뒤 지붕 위에 착지했다.

즉석에서 만든 것치고는 쓸만한데? 오른쪽에서 습격해 오는 악마는 조금 전과 같은 방법으로 옆으로 베어 쓰러뜨렸다.

음~ 옆으로 벨 때는 자칫 타이밍을 잘못 맞추면 팔에 부담이

가겠어. 익숙해지면 괜찮을 것 같지만. 아니, 애당초【그라비티】를 쓰지 않아도 칼날이 날카로우니 괜찮지 않을까.

바로 옆에서는 코하쿠가 공중의 악마를 습격해 발톱으로 날개를 찢어 버렸다.

"코하쿠! 여기는 맡길게!"

〈알겠습니다. 무운을 빕니다.〉

【부스트】와【액셀】을 발동시켜, 황궁으로 단숨에 달려갔다. 일단 장군을 어떻게든 하면, 악마는 사라질 테니까.

나는 지붕 위에 구멍을 뚫을 기세로 성의 성벽을 뛰어넘었다. 성안의 정원에 착지하자, 곧장 그곳에 있던 군인들이 잇달아 이쪽으로 덤벼들었다.

나는 주저하지 않고, 왼손에 들고 있던 브륀힐드로 군인들의 다리를 쏘았다.

이 사람들에게는【패럴라이즈】가 듣지 않았으니, 마비탄도 효과가 없을 테니까. 잠시 얌전히 있어 달라고 해야겠다.

군인들은 얌전해졌지만, 이 소동을 눈치챘는지 데몬즈 로드가 이쪽을 돌아보고는, 두 눈에서 열선 같은 것을 발사했다.

으악?! 순간적으로 피하자, 지면이 열로 뜨겁게 눌어붙었다. 진짜 열선이잖아.

잇달아서 열선이 나를 향해 날아왔다. 주변 악마들도 나를 목표로 마구 달려들었다.

나는 미스릴 대검으로 가까이 다가오는 악마를 남김없이 베어 버렸다. 하급 악마인지, 이 녀석들은 별로 강하지 않았다. 강하지는 않지만, 성가시다.

악마들과 싸우는 나에게 데몬즈 로드가 끈질기게 열선을 발사했다. 저 녀석…… 제발 좀 그만해.

데몬즈 로드의 염소 뿔에서 파직파직 하고 전기 같은 것이 발생했다. 그리고 그것이 금세 광구(光球)가 되더니, 데몬즈 로드 머리 위로 몇 개인가가 축적되기 시작했다.

뭔지 모르겠지만 위험하다. 뭔가 모으고 있는 게 틀림없다!

"Grugaaaaaaaaaa!"

거대한 뱀처럼 생긴 벼락이 몇 개인가 이쪽을 향해 날아왔다. 나는 아슬아슬하게 피했지만, 뒤로 빠져나간 벼락 뱀은 등 뒤에 있던 제도의 마을을 잇달아 파괴했다. 야야, 레이저포도 아니고…….

역시 악마 공작이라고 불릴 만하다. 이 녀석을 내버려 뒀다간 제도 자체가 날아가 버릴지도 몰라!

"윽."

마력이 빠져나가는 느낌. 이 자식. 쌓아 놨던 마법을 날려 버리고 새로운 마력을 흡수하다니?! 물론 흡수한 사람은 그 쓰레기 같은 장군이겠지만.

나는 마력을 빼앗겨도 금방 회복된다. 즉, 데몬즈 로드는 벼락 뱀을 얼마든지 쏠 수 있다는 말이다.

진짜 미치겠네. 내 마력으로 터무니없는 짓을 하게 그냥 내버려 둘 것 같아?!

【액셀 부스트】의 엄청난 속도로 악마들을 뿌리친 뒤, 나는 성벽을 닌자처럼 단숨에 뛰어 올랐다.

그리고 공중에 떠 있는 데몬즈 로드의 머리 위로 크게 점프한 다음, 미스릴 대검을 번쩍 들어 정수리에 초(超)가중 공격을 가하기 위해 트리거를 당겼다.

"잠시 잠이나 자라!"

빠악! 하는 소리와 함께 위에서 지면으로 낙하하는 데몬즈 로드. 아무리 마법을 무효화할 수 있어도 이거라면 아무런 상관도 없다. 마법 효과를 칼에 부여한 거니까.

거대 악마는 엄청난 소리를 내며 지면에 떨어졌지만 머리가 깨지진 않았다. 타격감이 좋았는데, 진짜 돌머리다.

데몬즈 로드가 일어서려고 지면에 손을 짚었을 때, 내 마법이 작렬했다.

"【슬립】."

지면에 닿은 팔이 미끄덩하고 미끄러져, 어깨부터 넘어지는 악마. 그 사이를 놓치지 않고 녀석의 등에 달린 날개를 대검으로 싹 잘라 버렸다.

"Gyauaaaaaa!"

울려 퍼지는 악마의 절규를 들으면서, 나는 마무리라며 무한 슬립탄을 악마의 발밑에 쏘았다.

결과, 끝없이 계속 넘어지는 악마. 날개가 없으니 날아서 도망치지도 못하겠지. 누가 옆에서 도와준다고 해도 탈출하긴 힘들지 않을까?

악마가 넘어질 때마다 거대한 몸뚱이 때문에 지면이 흔들렸고, 쿠웅! 콰앙! 하는 땅울림이 계속됐다. 정말 민폐다, 민폐.

악마를 방치해 둔 채, 전망이 좋은 황궁의 넓은 발코니 쪽으로 뛰어 올랐다. 그곳에는 얼굴이 새파란 버즐 장군이 있었다.

"자, 벌을 받을 시간이야."

"너, 너는 대체 누구냐?! 저건 상급 악마란 말이다! 혼자서 저걸 쓰러뜨리다니, 그게 가능할 리가……!"

"아무리 그런 소릴 해 봐야, 보다시피 해치웠잖아."

나는 아직도 계속 넘어지고 있는 데몬즈 로드를 보면서 말했다. 물론 생각보다 고생했지만. 미스릴 대검의 날이 다 나가서 너덜너덜하기도 하고. 우와, 구부러지기까지!

"크…… 하지만 나에겐 그런 수가 통하지 않는다! '방벽의 팔찌' 로 물리적 공격도 막아 내고, 마법 공격도 '마법 무효화' 가 있으니 말이다. 나를 넘어뜨리면, 곧장 '흡마의 팔찌' 로 지면의 마력을 흡수해 버리겠다!"

쳇. 아무래도 【슬립】의 특성을 깨달은 모양이다. 지난번에 한 번 넘어뜨렸으니까, 들킬 수밖에 없나?

"황제는 죽지 않았던 듯하지만, 이미 제국은 나의 것이다. 내가 새 황제로 즉위한 뒤, 악마의 힘을 빌려 벨파스트, 미스미드, 리프리스까지, 서방 각국을 하나도 남김없이 멸망시켜 주겠다. 새로운 레굴루스 제국, 아니, 버즐 제국을 탄생시킬 것이다!"

뭐가 재미있는지 계속 큰소리로 웃는 장군. 참 나…… 악마의 힘 따위로 나라를 유지할 수 있을 리 없잖아. 필요할 때마다 제물을 준비할 생각이야?

더 이상 이 남자의 망상을 들어줄 필요가 없다.

장군의 입을 다물게 하기 위해 【스토리지】에서 그 도구를 꺼냈다.

쿵! 하고 발코니에 놓인 그것은 3미터짜리 정육면체. 아래를 제외하고는 유리처럼 투명하고 안이 훤히 다 보였다.

내부 중앙에는 투명하고 작은 상자가 있었는데, 그곳에는 색이 자극적인 슬라임이 몇 마리인가 들어가 있었다. 하지만 주로 물에 서식하는 그 슬라임은 색만 자극적일 뿐 독은 지니고 있지 않아 기본적으로는 무해했다. 그래, '기본적으로' 는.

"그, 그건 뭐냐?!"

"설명하자면, '슬러지 슬라임' 이라고 해서, 물을 깨끗하게 해 주는 아주 유익한 슬라임입니다. 단, 결점이 하나 있는데,

죽은 지 한 시간 정도 지나면 아주 강한 악취를 풍기지요. 물론, 그것도 두 시간 정도 지나면 사라지지만요. 그리고 이 안의 슬러지 슬라임은 한 시간 전에 죽었어요. 알겠나요?"

설명을 하면서 나는 슬쩍 장군을 바라보았다.

"서, 설마……."

"【게이트】."

장군의 발밑에 마법진이 떠오르더니, 함정에 빠지듯이 슈웅, 하고 모습이 사라졌다. 이것도 역시 장군 본인에게 마법을 건 것이 아니었기 때문에 '마법 무효화' 가 적용되지 않았다. 장소와 장소를 연결하는 마법이니까. 장군은 그냥 통과한 것에 지나지 않는다.

그리고 사라진 장군은 내가 지정한 대로, 정육면체 안에 나타났다. 그 순간,

"크오오오오오오오오오오오오오오오오오오오오오오오오오오오오오오?!!!!"

유리(정확하게는 철판을 투명하게 만든 것이지만) 안에서 장군이 절규하며 코를 막았다. 금세 얼굴이 새파랗게 질렸고, 폭포처럼 땀을 흘렸다.

"지, 지독해애애애애애애애?! 크헉!! 이 냄새는 대체 뭐냐?! 우웨에에에에엑!!!"

격리되어 있기 때문에 목소리는 잘 들리지 않았지만, 진짜 냄새가 심하긴 심한가 보다. 얼굴이 보라색으로 변했어.

원래 있던 세계에도 '수르스트뢰밍' 이라고 해서, 엄청난 냄새가 나는 게 있었지만, 이건 그것보다 훨씬 냄새가 심하니까. 사람이 기절해서 후유증이 생긴 적도 있다고 하니, 그저 놀라울 따름이다. 오?

장군이 마법으로 이 철판 유리를 깨려고 마력을 모으기 시작했다. 하지만 코를 막고 있어서는 제대로 주문을 외울 수 있을 리가 없었다. 금방 포기하더니, 이윽고 박스 구석에서 코를 막은 채 전혀 움직이지 않았다.

참고 있는 것 같은데, 참 쓸데없는 짓이다.

나는 장군의 정면으로 돌아가 내 비장의 우스꽝스러운 표정을 지어 주었다. 그러자 장군은 참지 못하고 웃음을 터뜨리면서, 한껏 악취를 빨아들였다.

"우어어어어어어어어어억!!"

오오, 힘이 빠져 가는구나. 땀과 눈물과 콧물이 멈추지 않아 얼굴이 엉망진창이었다. 천장에 몇 군데 인가 작은【게이트】로 공기구멍을 뚫어 놨으니 질식사하지는 않겠지. 일단 사람이 없는 산속 깊은 곳에 연결해 두었지만, 그곳에 있는 동물들에게는 완벽한 민폐다.

아, 몸을 떨기 시작했어. 이제는 눈의 초점도 맞지 않았다. 장군은 무릎을 꿇고 축 늘어져 쓰러지고 말았다. 몸이 움찔거리며 경련을 일으켰고, 완전히 눈이 뒤집혀 흰자위를 드러냈다. 아무래도 기절한 듯했다.

물론 이런 짓을 하지 않아도, 바다 한가운데에다 이동시킨다든가, 다른 방법을 생각해 볼 수도 있겠지만……. 또 악마를 소환해 살아나올지도 모르니까.

바다 깊숙한 곳이나 땅속에 생매장하는 것도 생각했지만, 그런 곳에는 가 본 적이 없으니 애초에 【게이트】를 연결할 수 없다.

일단 기절한 장군을 이쪽으로 이동시켜 볼까. 【게이트】를 열어, 장군을 이쪽으로 이동시켰는데,

"끄아아아아아아아아아아아아아아악?!"

이거 뭐야?! 음식물 쓰레기랑 시궁창 냄새를 몇 백 배나 농축시킨 것 같은 냄새……! 우웨에에에에에엑?!

【게이트】는 금방 닫았으니, 이건 【게이트】가 아니라 장군에게서 나는 냄새다! 흐억!

재빨리 장군의 양팔에서 팔찌를 빼내고 다시 【게이트】를 이용해 박스 안으로 돌려보냈다.

팔찌에서도 토할 것 같은 악취가 났다. 슬러지 슬라임 자체는 죽어서 두 시간 정도 지나면 더 이상 냄새를 풍기지 않지만, 눌어붙은 냄새는 사라지지 않았다. 평생 사라지는 게 아닌가 할 정도로 정말 심각한 냄새였지만.

정신을 차려 보니 제도 안에 있던 악마가 모두 사라지고 없었다. 계속 미끄러져 넘어졌던 데몬즈 로드도 소멸했다. 마력 공급이 끊겨서 그렇구나.

악마 때문에 일어나는 문제는 이제 벌어지지 않겠지. 이제는 군인들뿐인가.

일단【게이트】를 열고 황제 폐하와 일행을 이쪽으로 불렀다.

"정말로 혼자서 해치울 줄이야……."

황제 폐하는 어이가 없다는 듯이, 흰자위를 드러내며 기절한 박스 안의 장군을 바라보았다.

"뭔가 엄청난 냄새가 납니다만……."

코를 막은 채 리온 씨가 얼굴을 찌푸렸다.

"죄송해요. 슬러지 슬라임의 사체에서 나는 냄새예요. 보세요, 이 안에. 조금 밖으로 새어 나와서……."

바람이 불어 많이 날아가긴 했지만, 바닥에 놓아둔 팔찌에서는 아직도 살짝 냄새가 피어올랐다.

'방벽의 팔찌'와 '흡마의 팔찌'라. 편리하지만 이걸 가지고 있으면 괜한 오해를 받을 수도 있을 것 같으니, 역시 처분해야 할까? 냄새도 심하고. 팔찌를 만졌던 손에서도 왠지 엄청난 냄새가 나는 것 같다…….

팔찌가 이러니, 안에 있는 장군은 냄새가 정말 심하겠지?

벨파스트의 기사들이 성의 지하 감옥에 갇혀 있던 제국 기사들을 풀어 주러 갔다.

그 사이에 황제 폐하와 함께 발코니 구석에서 사태가 수습됐다는 사실을 제도의 주민들에게 영상을 통해 알리기로 했다.

이번엔 생방송이다. 스마트폰을 들고 황제 폐하에게 시작하라는 신호를 보냈다.

〈제도의 주민들이여. 고생이 많았다. 반란의 주모자를 잡아, 이미 제도는 다시 우리 손에 돌아왔다. 안심하거라.〉

스마트폰을 돌려 박스 안에서 콧물을 흘리고 흰자위를 드러낸 채 기절한 장군을 비췄다. 이 모습을 보면 다른 군인들도 아마 다들 투항하겠지. ……내가 한 일이긴 하지만, 조금 심한 것 같기도 하다…….

〈다시는 이런 일이 없도록 마음을 다잡도록 하겠다. 이번엔 사죄의 뜻을 표명하지. 정말 미안하다.〉

황제 폐하가 작게 고개를 숙였다. 호오, 사과도 하는구나. 듣기로는 상당히 오만한 사람이라고 하던데. 병에 걸려서 사람이 둥글둥글해진 건가?

중계를 마친 황제가 불쌍하다는 듯이 박스 안에 있는 장군을 바라보았다.

"왜 그러세요?"

"아니다……. 이 녀석이 딱해 보여서 말이다. 이 녀석은 강한 제국을 목표로 희생 따위는 돌아보지 않은 젊은 시절의 짐과 똑 닮았네. 짐도 병이 들지 않았다면, 이 녀석처럼 됐을지도 모르지. 그렇게 생각하니 딱해 보여서 말이야……."

"그렇다고 해서 죄를 용서해 주시면 안 돼요?"

그렇게 많은 악마가 소환됐다. 그러니 상당히 많은 제물을 바쳤을 게 틀림없다. 그 제물이 모두 사형수인지는 모르겠지만, 사형수라고 해도 절대 옳은 일은 아니다.

"알고 있네. 죄는 죄. 속죄를 해야지. 이번 일로 많은 피해가 발생해 빚을 많이 졌으니 말이야. 마무리가 아주 중요하다는 사실을 잘 알고 있네."

황제가 씁쓸하게 웃었다. 그래, 이 사람도 희생자다.

"폐하!"

발코니에 검은 갑옷을 입은 기사들이 우르르르 몰려들었다. 아, 지하 감옥에 갇혀 있던 제국의 기사들인가. 그중에서도 한쪽 눈에 안대를 찬 얼굴이 험악한 기사가 검은 머리를 숙이며 황제 폐하 앞에 무릎을 꿇었다.

"폐하…… 무사하셔서 다행입니다! 게다가 건강까지 회복하신 듯한데…… 이게 대체 어떻게 된 것인지……."

"오오, 가스팔 기사단장인가. 저기 토야 덕분이네. 건강을 되찾아 주고, 버즐 장군도 쓰러뜨려 주었지."

"정말입니까……?!"

깜짝 놀란 눈빛으로 제국 기사단장이라는 사람이 나와 옆의 박스 안에서 기절한 장군을 번갈아 가며 바라보았다. 황제 폐하가 건강을 회복한 게 과연 내 덕분인지는 잘 모르겠지만. 역시 【리커버리】의 힘인가?

그때 큰 호랑이가 된 코하쿠를 타고 에르제와 야에가 도착했다. 그 뒤를 따라 코쿠요와 산고도 둥실둥실 떠서 왔는데, 이쪽은 이미 미니 모드로 돌아간 상태였다.

"일단 해치웠어. 군속 병사들은 거의 기절한 상태야."

에르제가 코하쿠에서 내리면서 그렇게 보고했다. 아무래도 나머지 병사들도 모두 해치운 모양이었다. 둘 다 무사해서 정말 다행이다.

"좋아, 쓰러진 병사들을 포박하라. 다만, 사전에 투항한 병사들에게는 손을 대지 않도록 주의하라."

"넷!"

황제의 명령을 받고 가스팔 기사단장을 비롯한 기사들이 발코니 밖으로 나갔다.

이걸로 일단은 소동이 끝난 건가? 아무튼, 아무 일도 없어 다행이다. 나머지는 제국 사람들에게 맡겨 두기로 하자.

앗, 불러낸 소환수들은 역시 돌려보내야겠지?

제도에 쓰러졌던 병사들은 모두 포박되어 지하 감옥에 갇혔다. 그 사람들은 군속을 박탈당해, 새삼 자신의 죄를 확인하게 됐다고 한다.

일부 선동을 한 사람들 외에는 무거운 벌을 받지 않을 줄 알았는데, 모두 나름의 벌을 받은 모양이었다. 항복 권고를 무시하고 스스로 황제에게 반기를 들었으니, 당연하다면 당연한 일이다. 사형을 당하지 않은 것만 해도 다행인가.

황제는 곧장 제국 안의 마을에서 조금씩 병사들을 뽑아 제도 주위를 순찰하도록 지시했다. 이대로는 나라의 방어가 되지 않으니, 당연한 일이다.

붙잡혔던 중신들도 풀려났다. 메로메 장군과 함께 숨어 있던 황태자도 성으로 돌아왔다. 나를 보고 엄청나게 깜짝 놀랐지만. 역시 그때의 그 기사였구나.

변장한 뒤 성 밖으로 도망치는 도중에 호위를 놓쳤고, 그사이에 병사들에게 습격을 받았다는 모양이다.

이렇게 말하면 좀 미안하지만, 이 사람은 인상이 흐릿하단 말이지. 존재감이 없다고 해야 하나……? 사람은 좋아 보이고, 나름 우수한 것 같긴 하지만.

"이번엔 정말로 많은 신세를 졌구먼. 토야는 짐의 생명의 은인이자, 공주와 황태자…… 아니, 제국의 은인이라 할 수 있네. 답례를 하고 싶은데, 원하는 거라도 있는가?"

"아니요. 이번에는 분위기라고 해야 하나, 어쩌다 보니 참견하게 된 일이니까요. 신경 쓰지 말아 주세요."

귀빈실에서 만난 황제 폐하의 제안을 부드럽게 거절했다. 솔직히 가지고 싶은 물건도 없다. 그 말을 듣더니, 자리에 동석했던 벨파스트 국왕이 작게 웃었다.

"토야는 정말 변하지 않는군. 벨파스트에서도 토야에게 작위를 수여하려고 했습니다만, 이렇게 거절을 하더군요. 결국 돈과 집만 겨우 쥐어 주었습니다. 물론 토야가 딸을 받아 준 것이 가장 기쁜 일입니다만."

"허허허. 그럼 루시아도 받아 줄 수 있겠는가. 벨파스트와 레굴루스, 양쪽의 공주를 아내로 맞이한다면, 그야말로 양국의 동맹을 상징할 수 있는 존재가 될 테니 말이네."

"저기요……."

이야기가 이상한 방향으로 흘러서 주의를 환기하려고 했는데, 옆에서 유미나가 손을 들더니 대화에 끼어들었다. 어? 뭐지?

"저는 루시아 공주가 저처럼 토야 오빠의 약혼자가 되는 일에 찬성합니다. 본인에게도 확인을 했는데, 루시아 공주도 그걸 원하고 있었습니다. 그리고 무엇보다 양국의 우호를 위해, 매우 좋은 인연이 아닌가 생각합니다."

어? 지금 무슨 소릴 하는 거야? 유미나 씨?!

"아~ 나도 찬성."

"저도, 요."

"소인도 상관없습니다."

다른 약혼자들도 잇달아 찬성이라고 말했다.

'브루투스, 너마저도?!' 문득 셰익스피어가 집필한 '줄리어스 시저'의 대사가 머릿속을 스쳐 갔다.

그보다 내 의사는 아예 생각하지도 않다니, 그래도 되나?!

"자, 잠깐만요! 왜 이렇게……?!"

도저히 이해하기 힘들어서 그렇게 말했지만, 그 모습을 보고 리온 씨가 쓴웃음을 지으며 말했다.

"솔직히 말해, 토야 님의 힘 때문입니다."

"네? 무슨 말이에요?"

"이번 일을 통해 알게 됐습니다만, 토야 님의 힘은 정말 상상을 초월합니다. 그런 힘을 지닌 사람이 특정한 나라의 편을 든다면, 다른 나라로서는 그야말로 위협이지요. 반대로 말하면, 타국에서 벨파스트를 위험하게 볼 가능성도 있습니다. 하지만 제국의 공주와도 약혼을 하면, 벨파스트만 편드는 것이 아니라고 조금이나마 다른 나라에 변명을 할 수 있습니다. ……이거야 물론 저만의 생각입니다만."

"제국은 제국대로 토야 님을 쓸데없이 정치적 거래에 끌어들이는 일 없이, 대등한 동맹을 맺을 수 있다는 말씀이시군요?"

리온 씨의 말을 듣고 눈이 하나뿐인 제국 기사단장, 가스팔 씨가 이어서 말했다. 아니, 물론 무슨 말을 하는지는 알겠지만요!

힐끔, 루를 보니, 새빨갛게 얼굴을 물들인 채, 몸을 꼼지락거리면서 나를 힐끔힐끔 보고 있었다. 으, 으…….

"이제 넷이든 다섯이든 똑같은 게 아닌가?! 뭘 그렇게 고민

하나?!"

"아무리 그래도요……."

레온 장군이 여전히 넘치는 힘으로 등을 팡팡 때렸다. 물론 반대할 이유는 없지만……. 아직 만난 지 이틀밖에 안 지났거든요?! 너무 급전개잖아!

……어? 유미나 만난 그날이었었나? 그럼 문제가 없는 것 같기도……. 정말 없나?

"루시아는 어떠냐. 토야와 결혼하기 싫으냐?"

"아니요. 아버지, 너무 기뻐서 기절할 것 같답니다! 이렇게 행복할 수가 없어요! 기쁘게 토야 님과 결혼하겠습니다!"

양손을 가슴에 포개고 콧김을 내뿜으면서, 루가 나를 반짝이는 눈동자로 바라보았다. 아……. 이래선 무슨 소릴 해도 소용없을 것 같다.

뭐라고 해야 할지……. 이쪽 세계 사람들은 결혼관이 너무 담백하다고 해야 하나……. 가볍게 생각하는 건 아니겠지만. 이럴 때면 정말 세계가 다르다는 사실을 새삼 통감한다…….

"어떤가. 루시아도 결혼하고 싶다고 하네만."

"으, 으으…… 결혼은 제가 열여덟이 될 때까지 기다려 주셔야 하는데, 그래도 괜찮나요?"

"아무런 문제도 없네. 그럼 그렇게 하도록."

굳이 열여덟 살까지 기다릴 필요는 없지만, 나름의 죄책감이라고 해야 할지 뭐라고 해야 할지.

꺄~악! 잔뜩 들뜬 목소리를 내면서 루가 유미나 일행에 끼어들었다. 정말 빨리도 친해지네……. 꼭 무슨 클럽이나 동아리 같다.

"물론 이것과는 별개로 얼마간 선물을 보낼 생각이네. 아무튼, 이걸로 벨파스트와 레굴루스는 대등하게 동맹을 맺을 수 있겠군."

황제의 말을 새삼 생각해 보니 굉장한걸? 이걸로 벨파스트, 미스미드, 리프리스, 레굴루스까지, 대륙의 서쪽 국가 거의 대부분이 동맹을 맺은 셈이 되는구나.

"이걸 계기로 유미나와의 약혼도 루시아 공주와의 약혼도, 국내외에 정식으로 발표하는 게 어떤가 생각하는 중이네. 하지만 그러려면 토야에게도 나름의 지위가 필요하지. 그래서 레굴루스 황제와 의논을 한 결과, 토야에게는 양국의 영지를 각각 분할해 양도하기로 했네."

"……그게 무슨 말씀이세요?"

대체 무슨 말을 하는지 하나도 모르겠다. 영지를 준다는 뜻인가? 솔직히 그런 건 받아 봐야 통치도 못 하니, 난처하기만 한데…….

"영지를 주는 게 아니라, 땅을 양도하는 거네. 즉, 레굴루스와 벨파스트의 경계에 작은 나라를 건국하는 거지. 그리고 토야가 그곳의 국왕으로 즉위하는 거네. 알겠는가?"

"네에?!"

건국이라니, 나라를 만드는 거야?! 국왕이라니, 내가?!

"물론 말이 나라지 국민은 토야의 가족뿐이네만. 허나, 작아도 독립국인 이상, 벨파스트나 레굴루스의 법률에 얽매일 필요는 없지. 그 나라의 건국을 우리 두 나라가 지원할 것이고, 물론 침략도 하지 않을 게야. 그리고 자네의 나라에서 어떤 일이 벌어지든 우린 절대로 간섭하지 않을 걸세. 자네의 자유지. 그렇게 하면 자네는 아무런 불편함 없이, 양국의 공주와 결혼하기에 어울리는 신분이 되는 것 아닌가."

바티칸 같은 건가? 아니면 어딘가의 공국 같은 느낌? 어느 쪽이든 간에 나라를 하나 받아도 정말 괜찮은 걸까.

"토야, 지도를 보여 주겠는가?"

"네? 아, 예. 지도 표시."

〈알겠습니다. 표시합니다.〉

정신이 하나도 없는 나는, 국왕 폐하가 하라는 대로 지도를 공중에 투영했다.

왼쪽에는 벨파스트, 오른쪽에는 레굴루스. 그 경계를 국왕 폐하가 손가락으로 가리켰다.

"양국 간에는 북쪽에서 3분의 2정도까지 멜리시아 산맥이 뻗어 있고, 그 아래에는 산림과 평원이 펼쳐져 있지. 비옥한 땅이긴 하지만 이곳에는 마수도 많아. 그래서 이곳을 피해 더 남쪽에 양국의 교역로를 만들었지. 우리는 이 평원 지대를 양국이 각각 분할해 합친 뒤, 그곳에 독립국을 만들 생각이네."

자, 잠깐만요. 조금 전에 마수가 많다고 하지 않았나요?!

"그렇게 위험한 곳에 살라고요?!"

"살 필요는 없네. 단, 이 지역은 앞으로 작은 독립국이 될 걸세. 그렇게 되면 우리 나라는 손을 댈 수 없는 곳이 되지. 극단적으로 말해, 도적단이 이곳에 본거지를 두고 마음대로 날뛰어도, 우리는 가만히 지켜볼 수밖에 없다는 말이네. 기껏해야 국왕인 토야에게 항의를 하는 정도가 고작이겠지."

시익 웃는 국왕과 황제. 더러워. 그냥 교역로에서 위험을 제거하는 일에 나를 써먹을 작정인 거잖아. 동맹을 맺으면 양국에서 많은 사람들이 빈번하게 왕래할 테니, 그 안전 대책을 위해 위험 지대를 어떻게 좀 해 달라, 그 말인가?

근데 잘 생각해 보니, 이건 사전에 의논을 거친 거지? 루를 포함해 전부. 아차, 함정에 빠진 건가?!

"사기를 당한 기분인데요……."

"아니, 그게 무슨 말인가. 확실히 비옥한 땅이기도 하고, 국토도 나름 넓네. 이곳이 안전해지면 사람들이 안심하고 교역로를 이용할 수 있고, 토야도 땅과 신분을 손에 넣을 수 있지. 누이 좋고 매부 좋은 게 아닌가."

그야 그렇지만……. 완전 자기들 입맛에 맞춰 나를 써먹으려는 심보 같은데. 이 사람들도 괜히 한 나라의 국왕이 아니라는 건가. 빈틈이 없네. 둘 다 신하에게 살해당할 뻔한 사람들이긴 하지만.

음……. 나쁜 이야기는 아닌 것도 같고. 확실히 공주님을 둘이나 아내로 두는 거니, 나름의 신분은 필요할 것 같다. 그걸 모르는 건 아니지만. 국민이 없는 만큼 귀찮은 일도 없으니 상관없나?

게다가 역시 내 마음대로 주무를 수 있는 영토가 있다는 것도 매력적이고. 있으나 마나 한 왕국이지만, 있으면 나름 편리하겠지?

"알았어요. 그 토지를 안전하게 만들어 두면 되는 거죠? 할게요."

"미안하군. 이제는 양국의 지원을 등에 업고, 정식으로 새로운 국가의 수립을 선포하는 성명을 내면 되네. 우리 두 나라와 동맹 관계에 있는 나라는 모두 승인을 해 주겠지."

국가 수립이라……. 별로 실감이 안 나는데. 아직 아무것도 없으니. 어느 정도 정리되면 성이라도 세울까?

"드디어 임금님이신가요……. 소인들의 남편은 정말 대단합니다."

"그치? 설마 이렇게까지 될 거라고는 생각도 못했어."

야에와 에르제가 서로 얼굴을 마주 보았다. 나도 이렇게 될 거라고는 생각도 못했어……. 나도 참, 이리저리 휩쓸리는 성격이구나.

"나라의 이름이라든가, 어떻게 하실 건가요?"

린제가 나에게 물었다. 음, 나라 이름이라……. 모치즈키국

(國)이라든가? 우와, 창피해! 그것만큼은 절대로 승인할 수 없다.

일본 공국? 말이 좀 이상하네. 재팬, 지팡구……. 으음. 딱히 느낌이 오질 않아. 아.

"브륀힐드……려나? 브륀힐드 공국."

"브륀힐드라면, 토야 오빠가 가지고 있는 무기 이름이죠?"

"응. 원래는 전쟁의 처녀 발키리 중 한 명의 이름일 거야."

브륀힐드 공국. 느낌은 나쁘지 않다. 말만 공국이고 아무것도 없는 나라다. 지명이나 마찬가지이니 그렇게까지 신경 쓸 필요는 없을지도 모르지만.

"브륀힐드 공국이라. 나쁘지 않군. 벨파스트 왕국은 브륀힐드 공국의 건국을 지지하며, 동맹국으로서 승인을 하노라."

"레굴루스 제국도 마찬가지로 승인하노라."

"승인이라. 결국 그 땅을 안전하게 만드는 게 조건이잖아요?"

여기는 넓이가 얼마나 되지? 남몰래 혼자 스마트폰으로 확인해 보았다. 범위를 지정하고 면적을 산출하라고 지시했다.

〈약 410제곱킬로미터입니다.〉

숫자만 들어서는 감이 안 온다. 예를 들어 도쿄 23구는 얼마나 넓더라? 검색, 검색……. 어…… 약 621제곱킬로미터…….

어?! *도쿄 23구의 3분의 2정도나 돼?! 엄청 넓잖아!!

* 대한민국의 수도 서울의 넓이는 약 605제곱킬로미터.

◇ ◇ ◇

"아무것도 없네……."

보이는 것이라고는 초원과 숲. 그리고 언덕과 저 멀리 있는 산. 근처에는 강도 흐른다.

다 같이 벨파스트와 레굴루스 양국에서 양도받은 토지를 살펴보러 왔는데, 정말 특징이 없는 곳이었다. 물론 너무 특이한 곳보다야 훨씬 낫지만.

"자, 그럼……. 검색. 성질상 사람에게 위해를 가할 가능성이 있는 위험한 마수를 표시."

〈알겠습니다. 표시합니다.〉

번쩍 나타난 주변 지도의 숲 안 중심에, 두두두두두두두두, 하고 잇달아 빨간 핀이 꽂혔다. 왜 이렇게 많아?!

도쿄 23구의 3분의 2나 되니 당연한 건가? 일각늑대처럼 별로 위험하지 않은 마수는 뺐는데, 그래도 이렇게 많다니. 자, 이걸 어떻게 할까.

"공격 마법이라도 떨어뜨릴까?"

"이렇게 많은 마수를 한꺼번에 죽이면……."

유미나가 눈썹을 찡그렸다. 음~ 그렇겠지? 시체가 산더미처럼…….

육식 동물이 먹을지도 모르지만, 이렇게 수가 많아서는 다 못 먹겠지? 썩은 냄새라든가 정말 굉장히 심할 듯하다. 게다가 육식 동물은 대부분 시체가 되는 쪽에 속할 테고.

【게이트】를 이용해 산 채로 어딘가에 보내 버리는 것도 생각해 봤지만, 사람을 습격할지도 모르는 마수를 다른 곳에 보내면, 마수가 도착한 곳에 사는 사람들이 큰일이다……. 아, 바다 위로 보내는 방법도 있나?!

"소재가 될 만한 마수도 있을지 모르는데, 좀 아깝지 않아?"

에르제의 말도 맞다. 돈이 될 만한 마수를 그냥 버리다니, 손해가 막심하다. 바다 위에 이동시키는 건 좀 아까운가?

사전에 '바빌론' 으로 영토를 둘러봤으니, 어디든 【게이트】로 연결하는 건 가능하지만, 엄청난 작업이야, 정말로…….

"그럼 가까운 것부터 【게이트】로 불러 쓰러뜨릴까? 아, 굳이 그럴 필요 없이 내가 쓰러뜨리고 회수만 하면 되는구나. 그거라면 소재가 될 만한 걸 챙기고…… 근데 시체는 어쩌지?"

"그건 지금까지 토벌 의뢰로 갔던 숲이나 산에 분산시켜 이동시키면 되지 않을까요? 그곳 동물들의 먹이도 될 테고, 숲이나 흙에 영양소가 될 수도 있으니까요."

음, 그럼 그렇게 할까. 야에의 말대로 하는 게 편할 것 같다.

"그럼 시작할까. 이대로 타깃 지정. 【샤이닝 재블린】 발동."

〈알겠습니다. 【샤이닝 재블린】 발동.〉

"겨우 끝났네……."

아~ 이제 그만. 계속 벗기고 자르고 했더니 너무 힘들어. 마수에 따라 가치가 있는 부위가 모두 다르기 때문에, 이빨이 가치가 있는지, 발톱이 가치가 있는지, 일일이 판단해야 하고.

중간부터는 우리끼리 하기가 너무 힘에 벅찬 나머지, 왕도에서 레베카 씨, 로건 씨, 그리고 윌까지 데리고 와서 도움을 받았다. 채취한 소재의 반은 각자 자신이 가져도 된다고 했더니, 기쁘게 도와주어 그나마 다행이었다.

역시 손이 비어 있었던 메이드 세실 씨나 정원사 훌리오 씨는 물론, 기왕에 이렇게 된 거 비번이었던 리온 씨까지 끌고 와서 도와 달라고 했다. 이번 일은 아르바이트치고는 상당히 벌이가 좋은 일이었다고 생각한다.

리온 씨는 채취하고, 채취하고, 또 채취했는데, 어디 돈이 필요한 곳이라도 있는 걸까. 십중팔구 오리가 씨 때문이라고 생각하긴 하는데, 혹시 약혼반지라든가?

반대로 루는 이런 일에 익숙하지 않은 듯, 애를 먹고 있길래 내가 도와주면서 요령을 가르쳐 주었다.

의외로 이해가 빨랐고, 실력도 금방 일정 수준까지 도달해 깜짝 놀랐다.

"역시 공주님이야. 처음 해 보는 거지?"

"네. 하지만 이런 일도 공부가 돼요. 많이 공부해서 빨리 다른 분들처럼 토야 님의 도움이 되고 싶어요."

그렇게 말하며 환하게 웃길래 루의 머리를 쓰다듬어 주었더니, 쑥스러운지 얼굴을 붉혔다. 응, 귀엽다.

레굴루스 제국의 제3황녀, 루시아 레아 레굴루스는 내 약혼자가 된 동시에 유미나의 권유도 있어, 벨파스트에 있는 저택에서 살기 시작했다.

유미나 때도 그렇지만, 이쪽 세계의 공주님들은 행동력이 너무 좋아서 문제인 것 같아…….

옷도 처음에 만났을 때 입었던 드레스가 아니라, 움직이기 쉬운 복장이었다.

긴 소매 셔츠에 목 아래에는 연두색 리본. 겉옷은 조끼, 아래에는 흰 플리츠스커트, 그리고 안에는 검은 타이츠. 허리에는 고급스런 장식이 들어간 단검 두 개가 서로 교차되어 아래를 향해 꽂혀 있었다.

듣자 하니, 루는 '쌍검사' 라는 모양이다. 캐럴 씨가 배울 때 같이 섞여서 취미로 배웠다는 듯하다. 마법 속성은 없어서 쓰지 못한다고.

한 번은 야에가 대전 연습 상대가 되어 주었는데, 루의 실력은 나름 괜찮은 편이었다고 한다. 쌍검사는 민첩함과 상대를 속이는 움직임이 특기이기 때문에, 사람에 따라서는 상대하기 힘든 경우도 있는 모양이었다.

확실히 검이 두 개라는 것만으로도 상대하기가 힘들 것 같긴 하다. 하지만 마수가 상대면 또 사람을 상대하는 것과는 다르니까.

"자, 이걸로 위험한 마수는 다 없어진 것 같아."

한 번 더 지도를 불러 확인해 보았다. 일단 더 이상 핀은 꽂히지 않았다.

문득 생각이 떠올라, 겸사겸사 사람을 검색해 보니, 우리 외에 숲의 한구석에 사람들이 모여 있었다.

누가 살고 있나? 이곳은 위험해서 사람이 살지 않는다고 들었는데.

"도적단……일지도 모르겠군요."

"도적단?"

화면을 보면서 리온 씨가 중얼거렸다.

"요즘 이 일대에서 도적이 빈번하게 출몰한다는 소문입니다. 그 녀석들의 아지트일지도 모르지요. 분명히 현상금도 꽤 많이 걸려 있었습니다."

확실히 이 숲이라면 사람이 접근하지 않으니, 숨기에 딱 좋은 곳이긴 하다. 나름 실력이 있으면 마수에게서 자신들의 몸 정도는 지킬 수 있을 테니까.

"……어떻게 할 건가요?"

린제가 물었지만, 역시 그냥 둘 수는 없었다. 어쨌든 간에 이곳은 내 나라니, 만약 진짜 도적단이면 퇴치해 버리는 게 제일이다.

"그럼 갔다 와 볼까."

"저도 같이 따라가도 되겠습니까?"

의외로 리온 씨가 따라가겠다고 나섰다. 나야 거절할 이유가 없다. 모두에게 소재 선별을 맡기고, 둘이서 같이 도적의 아지트로 갔다. 거리로는 20분도 걸리지 않는 곳이니, 걸어가도 괜찮겠지.

"혹시, 현상금 때문에 그러세요?"

"어? 아~ 하하하. 역시 눈치채셨나요?"

리온 씨가 쓴웃음을 지으며 머리를 긁었다. 소재가 될 만한 걸 채취할 때도 그렇고, 돈을 벌고 싶다는 아우라가 마구 뿜어져 나왔으니까.

"오리가 씨한테 약혼반지라도 주게요?"

"아, 그건 이미 보냈으니 이제 신경 쓰지 않아도 되지만요."

"네?!"

설마 벌써 프러포즈를 했다니 놀라운걸? 아니, 리온 씨는 이러니저러니 해도 착실하니, '결혼을 전제로 사귀어 주십시오.' 라고 말했겠지만. 근데 너무 빠른 거 아닌가? 아, 내가 그런 말을 할 처지는 아닌가?

"아…… 축하합니다. 근데 왜 돈이 필요하세요?"

"실은 결혼 자금이랑 결혼 후 생활비, 그리고 될 수 있으면 새 집도 하나 장만했으면 싶어서요……."

리온 씨는 난처한 듯 웃었지만, 어딘가 아주 기뻐 보였다. 응, 그 마음은 안다. 하지만 그러려면 확실히 돈이 필요하겠어.

"부모님이 지원해 주시진 않나요?"

"아니요. 저희 집은 '자기 힘으로 극복해라.' 가 가풍이고, 오리가 씨도 '돈은 자기 힘으로 버는 것' 이 신조거든요……."

아……. 철두철미한 군인과 순수한 상인이라.

"둘 다 부모님 집에 얹혀사는 중인데다, 저는 차남이라, 결혼을 하면 집을 나와 따로 살아야 해요."

"오리가 씨가 벨파스트로 오는 거죠?"

"제가 사업을 이어받을 수는 없으니까요. 하지만 이래서야 오리가 씨를 언제 이쪽으로 부를 수 있을지……."

한숨을 내쉬며 리온 씨가 중얼거렸다. 음…… 내가 빌려줄 수도 있지만, 그랬다간 리온 씨가 아버지인 레온 장군에게 혼날지도 모르니…….

"그러고 보니, 도적단이 빼앗은 금품은 어떻게 처리되죠?"

"출처가 확실한 것은 주인에게 반환됩니다. 그 외에는 도적단을 잡은 사람의 소유가 되고요. 그렇게라도 하지 않으면 도적단을 퇴치해도 별 이득이 없어, 오랫동안 방치되어 버리거든요."

"그럼 이 앞에 있는 도적단이 돈을 많이 가지고 있으면……."

"사실은 그걸 기대하는 중입니다. 물론 주인이 누군지 알면 돌려줘야 하지만요."

주인이 누구인지는 알 수 있는 물건은 거의 없을 테니, 그럼 거의 전부 도적단을 잡은 사람이 가져가는 거 아닌가?

지도를 따라 가니, 숲 한쪽 구석에 허술하게 세워진 오두막이 하나 보였다. 저게 도적단의 아지트인가.

"현상금이 걸린 도적은 몇 명이죠?"

"세 명이네요. 삼형제 도적단이었던 걸로 기억합니다."

지도를 확인하니 핀이 세 개. 아무래도 전부 이곳에 있는 모양이었다. 리온 씨는 허리에서 내가 준 단검을 뽑아 들더니, 도신을 늘려 장검 상태로 변형시켰다.

그럼 이번엔 리온 씨에게 맡겨 둘까. 나도 도적 토벌에 참여하면 보수를 반으로 나눠야 하니까.

결국 리온 씨가 도적단을 순식간에 해치웠다. 말이 해치웠다지, 검의 스턴 모드로 상대를 마비시켰을 뿐이지만. 혹시라도 도적단이 아니면 큰일이니까. 물론 그런 걱정은 필요 없었던 듯하지만.

도적단은 나름 전적이 화려했던 듯, 돈이 꽤 많았던 모양이다. 리온 씨가 싱글벙글한 표정으로 도적들을 묶고는, 내가 열어 준 【게이트】를 통해 왕도로 연행했다.

도적들의 보물을 모은 다음, 나중에 리온 씨에게 건네주기 위해서 【스토리지】에 저장했다. 아지트인 오두막은 【그라비티】로 무너뜨렸다. 또 이상한 녀석들이 터를 잡고 살면 안 되니까.

일행이 있는 곳으로 돌아가 보니, 소재 선별은 거의 끝난 상태였다. 각각의 자루를 정리해 【스토리지】에 넣어 두었다. 레베카 씨나 세실 씨의 자루에도 이름을 적어 【스토리지】에 넣었다. 아무래도 이렇게 많은 양을 가지고 걷기는 힘들다.

왕도에 돌아가자마자 바로 길드의 매입 카운터로 가서 채취한 소재를 팔기로 했다. 양이 많았기 때문에 안뜰로 가서 【스토리지】를 열었다. 양이 너무 많아서 매입을 담당하는 남자가 눈을 휘둥그렇게 떴다.

매입 금액을 산정하는 동안, 나는 루를 데리고 접수처의 푸림 씨가 있는 곳으로 돌아갔다.

"이 아이를 길드에 등록해 주세요. 아마 제국에서 통지가 왔을 거예요."

"아, 네! 왔는데요……. 저기, 제국의 반란을 혼자 진압했다는 게 정말인가요?!"

"정확하게는 혼자서가 아니지만, 진짜예요."

"우와아……. 정말이구나. '월독'의 사장님은 대단한 분이셨군요……."

감탄하는 푸림 씨 옆에서 다른 길드 직원이 루에게 설명을 해 주었다. 루는 열심히 이야기를 들었다. 굳이 루가 모험자가 될 필요는 없는데 말이야. 그냥 집에 있어도 상관없었지만, 역시 혼자 따로 떨어지긴 싫은 모양이었다.

"그럼 길드 카드를 제출해 주세요."

푸림 씨의 말대로 길드 카드를 내밀었다. 푸림 씨는 카드에 평소와는 다른 도장을 퐁퐁 찍어 주었다.

"얼마 전, 제국에서 상급 악마를 토벌했다는 사실이 확인됐습니다. 상급 악마 토벌의 증거로서 '데몬즈 킬러' 라는 칭호를 길드에서 선사해 드리겠습니다."

'드레곤 슬레이어' 에 '골렘 버스터' , 그리고 '데몬즈 킬러' 라. 칭호도 꽤 많이 늘었네.

"이것으로 모치즈키 토야 님은 칭호를 세 개 획득하셨습니다. 그리고 벨파스트 왕국과 레굴루스 제국, 이렇게 두 나라의 추천이 있었으니, 랭크를 올려 드리겠습니다. 축하드려요."

"어? 정말요?"

돌려받은 카드는 은색이었다. 와, 예쁘다. 칭호가 늘어났고 인간성도 양국의 국왕이 인정해 주었기 때문에, 아무런 문제없이 랭크를 올려 줄 수 있었다고 한다.

"이거, 정말 대단한 거예요!! 이 나라에서는 18년 만에 은색 랭크 모험자가 나온 거니까요!"

……정말로? 그러고 보니 의뢰 보드의 금색, 은색 부분에는 지금까지 아무것도 붙어 있지 않았었는데.

"금색 랭크나 은색 랭크가 되면, 거의 대부분 길드에서 직접 의뢰를 하거든요."

아하, 그런 거였구나. 금색 랭크나 은색 랭크의 의뢰는 난이도 이전에 의뢰를 받을 수 있는 사람이 굉장히 적을 테니까.

등록을 끝낸 루가 검은 길드 카드를 기쁘게 보여 주었다.

다시 루를 데리고 길드의 안뜰로 가 보니, 마침 매입 금액 산정이 끝나 있었다.

이미 정산을 마치고 환금을 끝낸 레베카 씨는 뜻하지 않은 임시 수입이 생겼다며 매우 기뻐했다. 세실 씨나 훌리오 씨도 역시 매우 기뻐 보였다. 임시 보너스구나.

우리 몫과 리온 씨의 몫을 따로 환금하고 있는데, 마침 리온 씨 본인이 길드 안으로 들어와서 바로 돈을 건네주었다. 도적단도 무사히 인계하고 온 듯했다. 현상금도 비번이었기 때문에 사적인 활동으로 인정받아 문제없이 받을 수 있었다고 한다.

소재를 환금한 돈과는 별도로 도적단이 남기고 간 보물도 건네주었다. 리온 씨는 그것도 환금을 마쳐 꽤 많은 수입을 얻었다. 이제 결혼 자금은 충분하지 않을까.

그러고 보니, 결혼 축하 선물은 뭐가 좋을까? 나중에 다 같이 의논해 보자.

막간극 할머니와 손녀

레굴루스와 벨파스트. 양국에게서 토지……가 아니라, 국가를 받았지만, 나는 아직 벨파스트의 왕도에 산다.

레굴루스에서는 아직도 쿠데타의 사후 처리가 끝나지 않은 듯, 나와 유미나, 루의 약혼 발표나 새로운 국가 수립 선언 등은 조금 더 연기하기로 한 모양이었다.

그 사이, 내가 사는 벨파스트 저택에 손님 한 명이 찾아왔다.

"오랜만입니다, 토야 님."

"벨파스트에 어서 오세요, 캐럴 씨."

저택을 방문한 사람은 캐럴 씨였다. 초대 황제 때부터 제국의 기사로서 계속 섬겨 온 '제국12검'의 하나, 리에트 가문의 여기사다.

리에트 가문은 오랫동안 특별한 공적이 없어 몰락 직전이었지만, 얼마 전 쿠데타 사건 때 캐럴 씨가 활약(했었나?)한 점을 인정받아, 지금은 그 명예를 되찾는 중이라고.

다음 분기 때는 기사단의 중요한 자리에 승진한다는 모양이다. ……조금 불안하네.

"오늘은 어쩐 일로…… 아, 레네 때문이겠죠?"

"네. 그 아이를 만나 볼 수 있을까요?"

불과 얼마 전, 우리 집에서 일하는 전 소매치기 소녀 레네가 캐럴 씨 언니의 딸이라는 사실이 밝혀졌다. 즉, 두 사람은 이모와 조카 관계다.

하지만 확실히 본인에게 확인한 것은 아니니, 역시 제대로 물어볼 필요가 있었다.

메이드장인 라피스 씨에게 레네를 응접실로 데리고 와 달라고 부탁했다.

"주인어른, 불러 주셨나요?"

손님 앞이라 긴장을 했는지, 익숙하지 않은 말을 해서 인지, 조금 어색한 대사를 한 레네.

그 말을 듣고 쓴웃음을 지으면서도 레네에게 이쪽으로 오라고 손짓했다.

"레네. 묻고 싶은 게 있는데, 물어봐도 괜찮을까?"

"묻고 싶은 거? ……말, 인가요?"

"그냥 평범하게 말해도 돼. 레네, 엄마 이름이 뭔지 알아?"

"……엄마?"

어리둥절한 표정을 짓던 레네가 음~…… 하고 생각하기 시작했다.

"어~ '스테프' 였던가? 아빠가 술 취했을 때 몇 번인가 말해 준 적이 있어. 자세하게는 못 들었지만."

힐끔 캐럴 씨를 보니, 고개를 살짝 끄덕여 주었다. 틀림없는, 건가.

"레네, 그 펜던트, 한 번 더 보여 줄 수 있을까?"

"응? 그거야 괜찮은데, 왜?"

"중요한 거예요. 부탁합니다."

내가 아니라 손님인 캐럴 씨가 그렇게 말하자, 레네는 의아해하면서도 목에 걸고 다니던 그 펜던트를 벗어서 테이블 위에 올려 두었다.

커다란 바람 마석이 박힌 역삼각형 펜던트다.

캐럴 씨가 펜던트를 조심스럽게 손에 들더니, 뒤를 뒤집어 문장을 확인해 보았다.

"틀림없어요. 이건 저희 언니가 가지고 있던 것으로, 우리 리에트 가문의 가보예요."

"어?!"

그 말을 들은 레네가 당황스러워하며 캐럴 씨에게 말했다.

"그, 그거, 아빠가 엄마의 유품이라고 했어요. 훔친 거 아니에요……!"

"알아요. 이건 우리 언니의 것. 그러니 레네의 것이기도 해요."

"네……?"

"우리 언니의 이름은 '스테파니'. 스테파니 리에트라고 해요. 아마 레네의 엄마겠죠."

멍하니 입을 벌린 채 가만히 서 있는 레네에게, 나는 일단 앉으라고 말했다.

"레네, 사실 레네네 엄마는 레귤루스 제국 귀족의 딸이었어. 그런데 아버지와 싸우고 집을 뛰쳐나갔대. 그리고 모험자였던 아빠랑 만나서 레네가 태어난 거야."

"그, 그럼 이 사람은……."

"레네 엄마의 여동생…… 아주머니야. 캐럴라인 리에트 씨. 레귤루스 제국의 기사셔."

"아주머니……."

레네가 그렇게 중얼거리자, 캐럴 씨가 가슴을 누르며 얼굴을 일그러뜨렸다. 이봐요, 지금 뭐해요?

"왜 그러세요……?"

"아, 그러니까, '아주머니' 라는 말이 가슴을 찌른다고 해야 할지, 뭐라고 해야 할지……."

"왜요? 아주머니 맞잖아요?"

"자꾸 아주머니라고 하지 마세요! 물론 맞지만! 맞긴 하지만요!"

눈물을 글썽이면서 캐럴 씨가 몸부림쳤다. 성가시네. 물론 아주머니라고 하기엔 조금 미묘한 나이지만…….

"레네. 아주머니가 아니라, 캐럴 씨. 아니면, 캐럴 언니라든가, 다른 호칭으로 불러 줘. ……성가시겠지만."

"응? 그럼…… 캐럴 언니?"

"읏, 그걸로 부탁해요!"

캐럴 씨가 지체 없이 그렇게 말했다. '캐럴 언니' 라……. 나도 '토야 오빠' 라고 부르니, 뭐, 적절하려나?

레네가 가지고 있는 펜던트는 원래 마도구였던 모양이었다. 리에트 가문의 혈통만이 발동할 수 있는 바람 마법이 깃들이 있다고 한다.

정원으로 나가서 펜던트를 든 캐럴 씨가 키워드를 외우자, 그 주변에 바람 방어벽이 형성됐다. 이건 【사이클론 월】이라고 하면 될까?

마법을 사용하지 못하는 사람도 마법을 사용할 수 있도록 도와주는 물건이 마도구인데, 특정한 혈통인 사람만 발동을 할 수 있다니, 참 별나다. 그렇게 【프로그램】이 되어 있는 걸까? 게임에서 자주 나오는 '전설의 용사의 자손만이 다룰 수 있는 성검' 도 비슷한 원리일까?

확인을 위해 레네에게도 해 보라고 했는데, 문제없이 잘 발동됐다. 레네에게는 틀림없이 리에트 가문의 피가 흐르고 있는 듯했다.

시험 삼아 나도 해 보았는데, 전혀 발동되지 않았다.

"레네. 이걸로 레네가 리에트 가문의 일원이라는 사실이 밝혀졌어. 제국의 귀족 가문에 속한 사람이라는 사실 말이야."

"그렇, 구나……."

멍하니 건성으로 대답하는 레네. 그야 그렇겠지. 갑자기 귀족이니 뭐니 해도 실감이 안 날 수밖에. 메이드가 단숨에 귀족의 영애가 되는 거니까.

"그런데⋯⋯ 어떻게 할래? 레네는 제국으로 가고 싶어?"

"⋯⋯나는⋯⋯ 그냥 계속 여기에 있을래."

목소리는 작았지만, 레네는 나에게 확실하게 말했다.

"여기에 있으면 계속 메이드로 일해야 하잖아. 제국에 가면 귀족 아가씨로 살아갈 수 있어. 그편이 더 행복해질 수⋯⋯."

"행복한지 안 행복한지는 내가 정해! 난 여기가 좋아. 이 저택 사람들이 너무 좋단 말이야. 그러니까 계속 여기에서 살고 싶어! 다들 내 가족이니까⋯⋯!"

"그렇구나⋯⋯."

눈물을 글썽이며 안겨든 레네를, 나는 다정하게 안아 주었다. 이 아이가 그렇게 정했다면 나는 그 보금자리를 계속 지켜 줄 생각이었다. 단지 그뿐이었다.

"이렇게 되지 않을까 생각은 했어요⋯⋯."

쓴웃음을 지으면서 캐럴 씨가 말했다. 그리고 레네 곁으로 걸어가더니, 자세를 낮춰 눈을 마주 보았다.

"레네가 그걸 원한다면 저는 아무 말도 하지 않을게요. 하지만, 레네의 가족이 여기 외에도 있다는 사실을 잊지 마세요."

"아주,"

"큭?!"

"캐, 럴 언니. 고마워."

가슴을 누르며 아픔을 견디는 아주머니를 신경 써 주는 조카의 모습. 이게 뭐야.

잠시 뒤, 캐럴 씨가 일어서서 나를 돌아보았다.

"이 아이가 이곳에서 계속 사는 거야 상관이 없지만, 그 전에 어머니를 꼭 한 번 만나 줬으면 해요. 누가 뭐라 해도 단 하나뿐인 손녀이니까요."

"어? 캐럴 언니, 결혼 안 했어?"

"크윽?!"

당했어! 이제 막 조카가 된 아이에게 뒤통수를 맞았다고, 이 사람!

엄청나게 뻣뻣한 표정으로, 간신히 등 뒤를 돌아본 캐럴 씨가 레네에게 생긋 미소 지었다.

"맞아~. 아직 결혼 안 했어~……."

"앗, 레네, 이건 말이야, 여기사는 이것저것 워낙 바쁘다 보니까 사람을 만날 시간이 없어서 그런 거야!"

엄청난 부정적인 아우라가 넘쳐나기 시작해서, 나는 무심코 지원 사격을 해 주었다. 결혼을 못 한 이유는 많겠지만, 이것도 그 이유 중 하나일 게 분명했다.

"그렇구나~. 캐럴 언니는 예쁘고, 멋진데, 이상하다고 생각했어. 이렇게 미인인걸. 기사가 아니었으면 남자들이 가만히 안 놔뒀을 거야."

"응, 착하네!"

조카를 꼬옥 안아주는 캐럴 씨. 이런 점이 좀 아쉬운데……. 음, 그냥 아무 말도 말자.

"리에트 가문…… 캐럴 씨 집은 제도에 있나요?"

"네. 작지만, 귀족구에 저택이 있어요. 저는 주로 기사 숙소에 살다가 주말에만 돌아가기 때문에, 대부분 어머니와 고용인들밖에 없지만요."

제도라면【게이트】를 이용해서 바로 갈 수 있다.

"캐럴 씨의 어머니…… 레네의 할머니께는 벌써 말했나요?"

"네. 사실은 어머니도 벨파스트까지 오시려고 했지만, 제가 말렸어요."

그건 또 참……. 제도에서 여기까지는 거리가 상당히 멀다. 기사인 캐럴 씨라면 몰라도, 나이가 많은 분은 아무리 마차를 탄다고 해도 상당히 힘들 수밖에 없다. 노숙도 해야 하고.

흐음. 레네를 싫어하는 건 아닌 듯하다. 역시 한 번은 만나게 해 주는 편이 좋겠지?

쇠뿔도 단김에 빼라고 했다.

"좋아. 레네, 지금 할머니를 만나러 가자."

"뭐어?! 지금?!"

깜짝 놀라는 레네 본인은 아랑곳하지 않고, 나는 라피스 씨에게 레네를 잠시 데리고 나간다고 알린 뒤, 곧장 자기 방에 있던 루를 데리고 나왔다.

레굴루스에 가는 거니, 루가 있는 편이 여러모로 도움이 많이 된다. 벨파스트라면 아는 사람도 많기 때문에 어떻게든 될 때가 많지만, 레굴루스는 또 다르니까.

“죄송합니다, 공주님. 저희 집안일 때문에 몸소…….”

“신경 쓸 거 없어요, 캐럴. 캐럴이 없었으면 내가 토야 님을 만나지 못했을지도 모르는걸요. 이 정도야 별것 아니랍니다.”

고개를 숙이는 캐럴 씨에게 생긋 미소 짓는 루. 그 옆에서 레네도 당황해 고개를 숙였다. 어느새인가 레네는 봉투를 들고 있었다. 할머니에게 줄 선물인가?

“좋아. 그럼 가 볼까. 라피스 씨, 나머지는 잘 부탁드립니다.”

“잘 다녀오세요.”

방에다 【게이트】를 열고, 캐럴 씨, 레네, 루, 나, 이런 순서로 이동을 했다.

【게이트】로 연결된 곳은 레굴루스 제국의 제도, 갈라리아의 길모퉁이에 있는 뒷골목이었다.

거리로 나가 보니, 불과 몇 주 전에 쿠데타가 일어났던 곳이라고는 생각하기 힘들 만큼 매우 평화로웠다.

레굴루스는 벨파스트에 비해 굉장히 딱딱한 이미지다. 레굴루스는 직선, 벨파스트는 곡선, 같은 느낌이라고 해야 하나?

반듯한 거리의 모습도 역사가 절로 느껴지는 분위기이고, 제도로서 자신감이 넘치는 듯했다.

화려하지는 않지만 풍격이 있는 도시. 그게 레굴루스의 제도였다.

그런 제도도 아직 쿠데타의 상처가 완전히 아문 것은 아니었다. 잘 보니, 군데군데 집을 다시 세우거나, 거리의 등을 설치하고 있었다. 데몬즈 로드가 날린 집도 있으니. 원래대로 돌아가려면 좀 더 시간이 걸릴 듯했다.

"토야 님. 이쪽이에요."

주변을 둘러보고 있는데, 루가 내 손을 잡아당겼다.

쿠데타가 일어났을 때 불길이 일어난 곳은 역시 일반 시민들이 사는 주택가나 빈민가로, 귀족들이 사는 구역은 무사했었던 모양이었다.

그 장군도 굳이 귀족들을 적으로 돌리고 싶지는 않았다는 것일까.

잠시 걷자, 크고 작은 저택이 늘어선 지역이 보였다.

그중의 한 모퉁이, 그 저택은 조금 외곽 지역에 있었다.

크기는 중간 정도. 지붕이 붉고 세월이 느껴지는 저택으로, 어딘가 골동품 같은 멋이 느껴졌다. 문이 참 화려했는데, 좌우에서 방패를 든 그리핀 두 마리, 그리고 서로 교차한 쌍검과 월계수 문장이 걸려 있었다.

"캐럴 님!"

우리가 문 앞에 도착하자, 신장이 2미터는 돼 보이는 거한이 안에서 말을 걸었다.

흰머리에 카이저 수염, 그리고 얼굴을 봐서는 60세 정도로 보였지만, 근육이 울퉁불퉁한 몸만큼은 도저히 60세처럼 보이지 않는데, 이 할아버지는 뭐지……?

"로빈슨이라고 합니다. 옛날부터 이 집안을 섬긴 집사이지요."

"네에……."

나뿐만이 아니라 레네와 루도 어안이 벙벙한 표정을 지었다. 집사 옷을 입고 있긴 한데. 격투가인가 뭔가라고 소개를 받았다면 더 쉽게 고개를 끄덕였을 것 같은 사람이었다.

"참 빨리 오셨군요! 오…… 오오! 이쪽 분이 레네 님이십니까?!"

"그래. 스테파니 언니의 딸이야."

"역시나! 어릴 적 스테프 님과 쏙 빼닮으셨습니다! 그립군요……. 정말로 옛날 생각이 생생하게 떠오릅니다……. 내 정신 좀 보게. 사모님에게 알려 드려야 하는데! 마님! 마님!"

"앗, 이봐, 로빈슨!"

문도 안 열고 발걸음을 돌린 근육 집사. 이미 정원 쪽으로 저 멀리 달려가 버렸다. ……대체 뭐지?

"저 녀석도 참……! 레네 때문에 날아오를 듯 기쁜 건 알겠지만, 공주님께 인사도 안 하다니, 너무 무례해!"

"신경 쓰지 않아도 돼요. 이번엔 제가 덤이나 마찬가지인걸요."

쿡쿡 웃는 루의 앞쪽으로 나서 캐럴 씨가 문을 열었다. 캐럴 씨는 저택 부지 안으로 들어온 우리를 현관 쪽으로 안내해 주었다.

리에트 가문은 몰락 직전이었다고 했는데, 저택은 의외로 옛 정취가 흐르는 멋진 곳이었다.

"여, 여기가 엄마 집이야?"

"응. 열일곱 살 때까지 스테프 언니는 이 집에서 살았어."

저택을 올려다보는 레네에게 캐럴 씨가 대답했다. 그렇다는 건, 레네의 엄마는 열일곱 살 때 집을 뛰쳐나간 건가. 아버지를 향한 반발심이 굉장히 컸나 보네.

나의 그런 작은 의문에 캐럴 씨가 대답해 주었다.

"언니는 여자이면서도 검술 재능이 아주 뛰어났어요. 그래서 아버지는 아주 엄격하게 훈련을 시키셨죠. 하지만 언니는 격식을 너무 차리는 검사 집안을 처음부터 싫어했어요. 아주 자유로운 사람이었으니까요."

"그래. 그 아이는 누군가에게 얽매이는 걸 아주 싫어했지. 그래서 항상 아버지에게 반항을 했어. 하지만 아주 다정한 아이였지."

갑자기 목소리가 들려 시선을 돌려 보니, 캐럴 씨와 똑같은 금발을 지닌 부인이 서 있었다. 나이는 50대 후반 정도일까. 차분하고 수수한 옷을 입은 모습으로, 화려하지는 않지만 품위 있는 케이프를 위에 걸치고 있었다.

혹시 이 사람이…….

"네가 레네구나. 정말 스테프의 어린 시절과 똑같아."

"저, 저어…… 저의 하, 할머니, 세요?"

"할머니……. 그래, 그렇게 되는구나. 어머나. 의외로 가슴을 찌르는걸. 갑자기 큰 손녀가 생겨서, 마음이 동요한 걸까."

쑥스러운 듯, 난처한 듯 미소 지으며 부인이 대답했다. 안심하세요. 따님과 비교하면 괜찮은 편이니까요.

"처, 처음 뵙겠습니다, 레네예요."

"참 예의가 바르기도 하지. 나는 메리란다. 메리 리에트. 일단은 리에트 가문의 당주지. 그리고 네 할머니란다."

꾸벅 고개를 숙인 레네에게 미소를 지으며 대답한 메리 씨. 육친인데도 딱딱한 인사를 하다니. 어쩔 수 없는 건가? 이제 막 만난 참이니까.

잠시 뒤, 메리 씨가 나를 바라보더니 고개를 깊숙이 숙였다.

"모치즈키 토야 씨, 시죠? 얼마 전에는 아주 멋진 활약을 하셨다고 들었습니다……. 제도를 구해 주셔서 감사해요. 거기다 손주와 딸까지 도와주시다니, 뭐라고 감사해야 좋을지……."

"아니에요. 너무 그러지 마세요……."

"그리고 그쪽 분……은, 어머나? 아니, 세상에……."

나를 바라보다가 시선을 옆으로 돌린 메리 씨의 얼굴이 굳어가기 시작했다. 그러더니 순식간에 그 자리에서 무릎을 꿇고 고개를 깊숙이 숙였다.

"루, 루시아 전하?! 그, 그 차림은 대체 어떻게 된 것인지……?! 아니, 어인 일로 저희 집에 납시었나이까?!"

"이쪽에 계신 모치즈키 토야 님이 저의 소중한 분이기 때문이에요. 그러니 신기할 건 아무것도 없답니다, 메리."

"네, 네에……?"

활동하기 편한 옷을 입고 있는 루와 나를 번갈아 바라보더니, 메리 씨가 어리둥절한 표정을 지었다.

아~ 루는 메리 씨를 만난 적이 있구나.

나중에 들은 이야기인데, 제국에서는 신년 인사로서, 온 나라의 귀족이 황제 전하를 알현하는 행사가 있다는 모양이다. 당연히 리에트 가문의 당주인 메리 씨도 매년 참가한다.

그 자리에 루도 제3황녀로서 출석했다는 거구나.

"일어나세요. 나는 이번에 사적으로 따라왔을 뿐이니까요. 특별하게 대하지 않아도 된답니다."

"아, 알겠습니다……. 분부대로 하겠나이다."

미소 짓는 루의 말에 따라, 아직 마음이 진정되지 않은 가슴을 억누르며 메리 씨가 자리에서 일어섰다.

그리고 난처해하면서도 우리를 저택 안으로 안내해 주었다.

화려하지는 않지만 차분한 객실 내부의 모습을 보고 감탄하고 있는데, 조금 전의 그 근육 노인 집사가 차를 가지고 나타났다. 찻잔이 무슨 애들 장난감처럼 보이네.

우리는 지금까지의 자초지종과 레네의 의사를 메리 씨에게 전달했다. 레네의 엄마…… 스테파니 씨의 죽음은 캐럴 씨가 미리 말해서 그런지, 메리 씨는 우리의 말을 묵묵히 듣기만 했다.

숨 막힐 듯이 우는 사람은 집사뿐이었다. 어릴 때부터 돌봤다고 하니, 어쩔 수 없는 일일지도 모른다.

참고로 레네의 어머니는 벨파스트의 한 마을에 있는 작은 교회의 무덤에 잠들어 있다고 한다.

"그 아이는 과연 행복했을까……?"

"모르겠어요……. 근데 저를 보고 많이 웃었대요, 아빠가. 저는 하나도 기억이 안 나지만요……."

태어난 지 얼마 안 돼 죽었으니까. 그 아버지도 천국에서 어머니와 사이좋게 살고 있었으면 좋겠다. 그리고 할아버지와도 만나서 다 같이 사이좋게 잘 살고 있었으면.

"네가 우리 리에트 가문에 와 줬다면 정말 기뻤겠지만……. 갑자기 귀족이 되어 살라는 것도 참 어려운 일이지. 게다가 네 엄마는 이런 삶이 싫어 집을 뛰쳐나갔으니까. 만약 억지로 너를 귀족으로 살게 한다면, 내가 저세상에 갔을 때 스테파니에게 굉장히 많이 혼날 것 같구나."

"죄송해요……. 근데 저는 토야 오빠랑 언니들이랑 같이 살고 싶어요. 다들 친절하고, 많은 걸 가르쳐 주거든요."

"비록 메이드지만, 이제는 새로 건국되는 나라의 궁정에서 일하게 될 거예요. 대우는 황실의 시녀급이라고 할 수 있죠. 걱정하지 않으셔도 된답니다."

루가 레네의 편을 들어 주었다.

새로 건국되는 나라에 관한 정보는 이미 일부 귀족들 사이에 소문이 떠돌았다. 처음에는 동요했지만, 이름뿐인 나라라는 사실을 알고는 다들 조용해진 듯했다.

국토가 작다는 점도 그렇지만(사실 내가 보기엔 상당히 크다), 기껏해야 모험자 한 명이니 아무것도 못할 것이라 생각하는 건지도 모른다. 벨파스트와 레굴루스 양국의 가장 작은 영지보다도 더 작은 나라이니까. 거의 아무런 해가 없다고 생각한 거겠지.

아직 유미나, 루와의 약혼 이야기는 그다지 많이 흘러나가지 않은 듯했다. 그 사실이 발표되면 또 귀족들의 반응이 달라질지도 모른다.

루의 말을 듣고, 메리 씨가 나를 향해 깊숙이 고개를 숙였다.

"이 아이를 부디 잘 부탁드립니다."

"알겠습니다. 너무 걱정 마세요. 레네는 아주 똑똑하고, 재치도 있어서, 뭐든지 금방금방 배우거든요. 틀림없이 아주 훌륭하게 자랄 거예요."

칭찬을 받자 쑥스러운지, 레네가 아래를 보고 몸을 꼼지락거렸다. 그러다가, "아." 하고 중얼거리더니, 메리 씨를 보고 말했다.

"저어, 조리실을 잠깐 빌려도 될까요?"

"조리실? 그거야 괜찮은데, 뭘 하려고?"

"저, 요리도, 클레아 씨…… 저택의 요리사한테 배웠거든요. 하, 할머니한테 제가 만든 요리를 대접하고 싶어서……."

"어머나! 정말 참 멋지구나! 스테프도 그랬지만, 캐럴을 비롯해 우리 집 아이들은 전혀 요리를 못했거든. 다 탄 음식이나, 겉만 익은 음식을 먹은 기억밖에 없단다. 둘 다 검술 실력만 좋지, 여자다운 면은 전혀 없었으니까."

메리 씨의 말을 듣고 시선을 피하는 캐럴 씨. 이것도 결혼하지 못한 이유 중 하나 아닌가요……?

집사 로빈슨 씨의 안내를 받으면서, 가지고 온 봉투를 들고 부엌으로 가는 레네의 모습을 메리 씨가 미소를 지으며 바라보았다.

"착한 아이야. 역시 스테파니의 딸이구나. 캐럴도 좀 본받았으면 좋겠는걸."

"어머니…… 그래선 마치 제가 아무것도 못하는 사람 같지 않습니까……."

"이 나이가 되도록 홀몸인 딸을 걱정하는 엄마가 돼 보렴. 너도 요리 정도는 배우는 게 좋지 않을까? 숙소에서 아침에 잘 일어나기는 하니? 집에 있을 때처럼 '5분만 더…….' 라든가, 그런 소리를 하는 건 아니지? 남자한테는 그렇게 야무지지 못한 모습이 다 보이는 법이란다. 제발 부탁이니 좋은 남편감을 리에트 가문에 얼른 데려와 주려무나. 네 아이를 보기 전까지는 스테프한테 갈 생각은 없느니 말이다."

할머니에서 순식간에 어머니로 변신한 메리 씨의 기관총 같은 말을 듣고, 캐럴 씨는 완전히 풀이 죽어 버렸다.

캐럴 씨가 질렸다는 표정을 지으며 메리 씨의 말을 들었다. 몇 살이 되든 부모님의 잔소리는 귀가 따가운 법인 모양이다.

"선은 본 적 없나요?"

흥미가 생겼는지 루가 두 사람 사이에 끼어들었다.

이대로라면 리에트 가문은 캐럴 씨가 이어야 한다. 즉, 다른 집안에 시집을 가서는 안 된다. 리에트 집안에 사위를 들여야 할 필요가 있다.

만약 상대가 같은 귀족이라면, 가문을 이어야 하는 장남과는 결혼하기 힘들다. 차남이나 셋째를 데릴사위로 리에트 가문에 들여야 한다.

"몇 건인가 신청은 있었습니다만……. 로빈슨이 조사를 해 보니, 품행이 별로 좋지 않은 사람들뿐이어서 모두 거절했습니다. 그중 몇 명인가는 이번 반란 때 체포되기도 했고요."

"보세요, 어머니. 서두르면 이상한 상대를 만나게 될 수도 있어요. 제가 찬찬히 상대를 확인해 보겠습니다."

"또 그런 소리를 다 하고……. 자칫하면 레네가 먼저 결혼할지도 몰라."

아니, 역시 그건 좀…… 하고 생각했는데, 레네가 열여섯에 결혼한다고 치면 이제 8년 정도가 남은 셈이니, 불가능한 일은 아닌가……?

원래 있던 세계에는 서른 살 독신 여성이 굉장히 흔했는데, 이쪽에는 상당히 드문 모양이다.

본인에게는 아무런 문제가 없어도, 주변 사람들은 제멋대로 상상한다. 혹시 결혼 못하는 이유가 있는 게 아닌가 하고. 그 결과 점점 더 결혼하기 어려워지는 악순환.

그런 점을 생각해 본다면, 캐럴 씨는 꽤 벼랑 끝에 몰려 있는 걸지도?

그렇게 실례되는 생각을 하고 있을 때, 방문이 열리고 레네와 로빈슨 씨가 돌아왔다. 두 사람 다 요리가 올라가 있는 끌차를 끌고 왔다.

우리 앞 테이블에는 각각 나무 접시 위에 담긴 철판 접시가 놓였다. 아~ 이건가.

뜨거운 철판 접시 위에는 치이이이 하는 소리를 내면서, 요리가 향기로운 향을 내뿜었다.

"이, 이건 처음 보는 요리네요……. 이 꿈틀거리는 건 사, 살아 있는 건가요?"

"버, 벌레……는 아니, 죠?"

메리 씨와 캐럴 씨가 뭐라 말하기 힘든 표정을 지었다. 처음 보는 사람은 아무래도 놀랄 수밖에. 이센 사람이라면 이렇게까지는 놀라지 않았겠지만.

"이건 생선을 가열하고 건조한 '가쓰오부시' 라는 걸 얇게 깎은 거예요. 굉장히 얇기 때문에, 요리의 열기를 받아서 춤추는 것처럼 움직이고 있을 뿐이죠."

"'가쓰오부시' …… 생선, 인가요?"

"이센에서는 요리의 기본이라고 할 수 있는 식재료예요. 먼 서쪽 나라에 사시는 분에게는 낯설겠지만요."

춤추는 물체의 정체를 듣고, 가슴을 쓸어내리는 두 사람.

근데 레네가 만들고 싶었던 요리가 이거인가? 확실히 어려운 요리는 아니네. 밀가루랑 야채, 달걀과 고기만 있으면 만들 수 있는 요리다.

레네가 들고 온 봉투에는 가쓰오부시, 소스, 마요네즈 같은 게 들어가 있었던 거구나.

"이건 뭐라고 하는 요리니?"

"'오코노미야키' 라고 해요. 저택에서 간식으로 자주 해서 먹는 음식이에요."

메리 씨의 질문에 레네가 대답했다. 원래는 내가 먹고 싶어서 클레아 씨에게 레시피를 알려 주었던 건데.

오코노미야키는 누구나 쉽게 만들 수 있고 맛있는 음식이다. 재료는 자유. 해산물을 넣어도 되고, 면 종류를 넣어도 상관없다. 자기의 취향에 맞춰 먹을 수 있기 때문에, 고용인들이 바쁠 때 간식으로 자주 해서 먹는 모양이었다.

"아주 맛있는 향기가 나네요. 군침이 돌아요."

옆에 있는 루도 오코노미야키에 매우 흥미를 느끼는 모양이었다. 아~ 루는 먹어 본 적이 없구나.

"이건 뜨거울 때 먹어야 맛있어요. 레네, 잘 먹을게."

나는 앞에 놓인 나이프와 포크를 집어 들었다. 사실은 젓가락으로 먹고 싶었지만, 여긴 남의 집이기도 하니, 어쩔 수 없다.

나를 보고 메리 씨와 다른 사람들도 나이프와 포크를 집어 들었다.

나이프로 오코노미야키를 자르자, 안에서 끈적하게 녹은 치즈가 흘러나왔다. 와, 이건 예상치 못한 재료인걸. 정말 맛있어 보인다.

나이프로 자른 오코노미야키를 입에 넣으니, 익숙하고 그리운 맛이 입안에 퍼져 나갔다. 폭신폭신한 밀가루 반죽과 달콤하면서도 매운 소스의 궁합이 아주 끝내줬다. 그리고 끈적한 치즈도 아주 농후해서 맛있었다.

"어머, 어머어머어머! 아주 맛있는걸?"

"정말이네…… 진짜 맛있어! 이런 맛은 처음이야!"

"아주 맛있어요! 이게 오코노미야키군요……!"

놀라는 모습도 삼인삼색이었지만, 다들 마음에 든 모양이었다. 오코노미야키를 입으로 옮기는 움직임이 멈출 생각을 하지 않았다. 레네는 그 모습을 아주 기쁘게 바라보았다.

잠시 뒤, 모두 오코노미야키 한 장을 깨끗하게 다 먹자, 그 타이밍에 맞춰 레네와 로빈슨 씨가 차를 내왔다.

어? 찻잔에 들었긴 하지만, 이거, 녹차 맞지? 이것도 저택에서 가져온 건가?

이에야스 씨에게 받은 이셴의 최고급 찻잎이다. 메이드에게도 자유롭게 먹으라고 건네줬었는데…….

"이 차도 아주 맛있구나. 고맙다, 레네."

"다행이야. 할머니 입에 맞지 않으면 어쩌나 했거든요……."

레네가 쑥스럽게 웃었다. 그 모습과 같이 미소 짓는 메리 씨를 보니, 조금이나마 거리가 가까워진 것 같아 조금 안심이 됐다.

나는【스토리지】에서 한 세트인 '게이트 미러'를 꺼내 메리 씨와 레네에게 하나씩 건네주었다.

"이건?"

'게이트 미러'를 보고 메리 씨가 고개를 갸웃했다.

"제가 만든 마도구예요. 이쪽의 가는 거울 부분에 편지를 넣으면 짝이 되는 다른 거울 밖으로 빠져나와요. 레네와 편지를 주고받을 때 사용해 주세요."

"토야 오빠…… 정말 괜찮아?"

"그럼. 왕도랑 제도는 멀어서 편지를 보내도 시간이 많이 걸리잖아. 파발을 보내면 돈도 많이 들고. 그리고 연휴 때는 이곳으로 왕래하게 해 줄 테니까, 할머니도 자주 찾아뵙고 그래."

"토야 오빠, 고마워!"

레네가 미소를 지으며 안겨들었다. 아앗. 내가 꼭 껴안아 주자, 루가 입을 빼끔거리며 이쪽을 바라보았다.

"치, 치, 치사해요! 저, 저도 토야 님을 껴안고 싶어요!"

"잠깐만, 루……."

"네?!"

주변의 미묘한 시선에 루는 헛기침을 '흠.' 하더니, 찻잔에 든 녹차를 우아하게 마셨다. 루, 그래 봐야 이미 늦었어.

"으, 으음, 어린아이가 하는 일이니? 굳이 발끈하는 것도 이상하네요."

저기, 루? 방금 엄청나게 발끈한 표정이었거든요? 기쁘기도 하고, 난처하기도 하고.

루는 지기 싫어하는 성격이었구나. 물론 레네와 비교해 봐야 부질없는 일이지만.

그런 루의 모습이 흐뭇했는지, 다들 웃음을 참고 있는 듯했다. 레네만큼은 어리둥절한 표정이었지만.

"그렇습니까. 원만하게 마무리되어 정말 다행입니다."

"네. 레네가 이 집에 있으면, 그것만으로도 분위기가 밝아지잖아요. 그리고 떠나면 섭섭하기도 하니, 오히려 고마워요. 앞으로도 레네를 잘 부탁드립니다."

"넷."

집사 라임 씨에게 제도에서 있었던 일을 말한 다음, 나는 새삼 레네를 잘 부탁한다고 인사했다. 레네가 스스로의 의지로 이곳에 남는 이상, 절대로 후회하지 않도록 도와주고 싶었다.

발코니에서 라임 씨가 타 준 홍차를 마시면서, 밤하늘에 떠 있는 달을 바라보았다.

"그런데 레네는요?"

"오늘은 벌써 방에 들어갔습니다. 세실 씨에게 편지지와 봉투를 받아간 걸 보면, 바로 제도에 편지를 쓰고 있겠지요."

그렇구나.

조금이지만 레네가 부러웠다. 나는 가족에게 편지를 써도 결코 전해지지 않으니까.

하지만 이쪽 세계에는 가족이나 마찬가지일 정도로 소중한 사람들이 있다. 그건 그거대로 아주 멋진 일일지도 모른다.

"더 드릴까요?"

"네."

텅 빈 찻잔을 들고 라임 씨가 방 밖으로 나갔다.

밤하늘에 떠 있는 달을 바라보면서, 나는 하느님께 저쪽 세상에 남은 가족들의 행복을 빌었다.

제4장 브륀힐드 공국

제국의 반란 소동이 있은 지 한 달이 지났다. 황제 폐하는 저번 반란을 진압하고 제국을 구한 영웅으로서 나를 칭찬했다. 나는 '제도'를 구한 '벨파스트'의 모험자로 소개됐다.

이 기회를 살려 제국은 벨파스트와의 우호 · 동맹을 발표하는 동시에, 양국의 영토를 할양받아 건국된 '브륀힐드 공국'을 승인했다.

그 나라의 왕인 '공왕(公王)'은 바로 나다. 이쪽 세계에서 공왕이라는 명칭을 지닌 사람은 나밖에 없다고 한다.

새로운 국가가 수립된다는 말에 사람들은 모두 놀란 듯했지만, 현재로선 아무것도 없는 벌판이었다. 그래서 그런지 사람들의 관심은 그리 오래 가지 않았다. 나로서도 당장 어떻게 해볼 생각은 없으니 차라리 좋았다.

말이 나라지, 아무것도 없고, 국민을 따로 이주시킬 생각도 없었다. 그러니 커다란 치외법권 토지를 받은 것에 불과했다. 밭이나 과수원 정도는 만들 수 있을지도 모르지만.

유미나, 루와의 약혼 발표는 연기됐다. 벨파스트의 경우, 유에루 왕비가 아들을 낳느냐, 딸을 낳느냐에 따라 내 입장이 크게 변한다. 그래서 유미나와의 약혼 발표가 연기됐는데, 루와의 약혼만 발표하는 것도 좀 그렇다고 해서 모두 연기가 된 것이다.

버즐 장군과 군인 장교 몇 명은 사형당했다. 완벽한 반역이었으니 당연하다면 당연하지만. 그리고 그 장군에게서 회수한 '흡마의 팔찌' 와 '방벽의 팔찌' 말인데, 그 엄청난 소동을 일으킨 물건인 데다 또 야심을 지닌 자가 나타날지도 모른고, 벨파스트에서도 레굴루스에서도 분쟁의 씨앗이 될 수 있는 물건이었기 때문에 결국 파괴하기로 했다. '그건 사실 바빌론의 유산이라, 저한테 소유권이 있어요~.' 라고 말할 수 있는 분위기가 아니었다.

'공방' 에서 가짜를 만들어 슬쩍 바꿔치기 할까 생각했지만, 그런 식으로 국왕과 황제를 속이는 건 좀 그랬다. 이제 곧 장인어른이 될 사람들이기도 했고.

팔찌는 두 개 모두 양국의 폐하 앞에서 【그라비티】로 산산조각을 냈다. 역시 좀 아까운데……. 아직 냄새가 남아 있으니, 상관없나?

아무튼, 양국에서 영토를 할양받아 브륀힐드 공국이 건국됐는데…….

"……이제 그 나라로 이사하는 건가요?"

"아니? 그럴 생각 없는데?"

린제의 질문에 그렇게 대답하면서, 거실에 앉아 라임 씨가 가져와 준 홍차를 마셨다. 거기로 이사해 봐야 불편할 뿐이니까. 왕도가 훨씬 편하다.

"하지만…… 지금은 이대로도 좋을지 몰라도, 언젠간 이사하게 될 거라 생각합니다."

"어? 왜?"

"바보 같긴. 나중에 유미나랑 루와 약혼한다고 발표할 거잖아? 그런데 이곳에서 살면 벨파스트의 편을 드는 것처럼 보일 거 아냐."

아하~. 제국 쪽에서 보면 불편하려나~? 어차피 【게이트】가 있으면 왕도든 제도든 순식간에 갈 수 있으니 그게 그거지만.

"그럼 브륀힐드에 살 수밖에 없는 거야? 어쩌지……. 이 저택을 통째로 그쪽으로 옮겨 버릴까?"

"이곳은 이곳대로 왕도의 거점으로 남겨 두는 게 좋지 않을까요? 브륀힐드 공국의 대사관으로요."

아, 그런 명목으로 남기는 것도 가능하구나. 그렇다면 그쪽에도 살 집을 세워야 하는데…….

"다른 곳에서 저택을 구입한 다음 브륀힐드로 옮겨 버릴까? 아니지. 바빌론에 있는 빈집을 이동시키는 게……."

"이참에 성을 세우는 건 어떨까요? 어쨌든 토야 님은 나라의 왕이시니, 저택을 따로 찾는 것보다도 자신의 취향에 맞게 짓는 편이 더 멋질 거라 생각해요."

"그거 좋네요. 새하얗고 예쁜 성이었으면 좋겠어요."

루의 제안에 유미나가 그렇게 대답하더니, 둘이 신나서 꺅꺅 떠들기 시작했다. 정말 사이가 좋네. 이 두 사람은 동갑이라서 그런지 요즘엔 같이 있을 때가 많다. 출신이나 자라온 환경도 비슷하니 마음이 잘 맞는 건지도 모른다. 사이가 나쁜 것보다야 훨씬 좋기 때문에 나야 오히려 고맙지만.

"성이라……."

스마트폰으로 인터넷을 열어 '성' 이라고 이미지를 검색해 보았다. 그러자 파바밧, 하고 다양한 성이 공중에 표시됐다.

"토야 씨, 이건 뭔가요?"

"성 카탈로그…… 도감 같은 거야."

린제에게 애매하게 대답한 뒤, 그림을 잇달아 슬라이드해서 확인했다.

"이센 같은 성도 있군요."

'성' 이라고 검색해서 일본의 성도 같이 표시된 모양이었다. ……그건 그렇고 성도 참 다양하네. '스틴 성' 이라는 성도 있구나. 슬립을 사용하는 내가 참고하기에 딱 좋은 성일지도 모른다.

"이 성이 참 희고 예쁘네요~."

루는 체코의 흘루보카 성이 마음에 들었구나. 확실히 희고 예쁘긴 하지만…….

"근데, 근데 말이야……. 역시 너무 크지 않을까? 우리한테는 가신 같은 벼슬도 없으니까, 너무 크면 오히려 불편할 것 같아……."

"음, 말씀을 듣고 보니……"

"일단은 작은 성을 하나 세우고, 필요해지면 증축을 하는 쪽으로 방향을 잡을까?"

근데 아무리 이렇게 결정해 봐야 난 성을 세울 줄 모른다.

물론 소재만 있으면 【모델링】으로 외관은 만들 수 있다. 엄청 힘들겠지만.

하지만 내부 공사는 불가능하다. 사진은 극히 일부밖에 안 찍혀 있으니까. 벨파스트의 성을 참고로 어떻게든 해 볼 수 있을지 모르지만, 대체 시간이 얼마나 걸릴지…….

"어딘가에 크기가 적당하면서도 아무도 안 사는 성이 떨어져 있었으면……."

"이런 일을 위해서 제가 있는, 겁니다!"

파앙! 작업복을 입은 로제타가 방으로 뛰어들었다. 우와, 깜짝이야!

"지금이야말로! 지금이야말로 '공방'의 실력을 보여드릴 때, 입니다!"

로제타가 힘차게 주먹을 꽉 쥐고 하늘을 향해 높이 들었다.

이 아이, 유난히 힘이 넘치네?

“‘공방’ 에는 복제 기능 외에 자동 개조 기능이 갖춰져 있습니다! 스캔한 대상을 자신의 취향에 맞게 개조하여 제작할 수 있는 거죠!”

후훔~. 레제타가 거칠게 콧김을 내뿜으며 설명했다. 자동 개조 기능? 스캔한 대상을 개조할 수 있다고?

“자아, 가시죠! 저의 ‘공방’ 으로!”

처음 보는 ‘바빌론’ 에 놀라움을 금하지 못하는 루를 데리고, 우리는 다 같이 새하얀 입방체 ‘공방’ 안으로 들어갔다.

안에 들어가자 바닥에서 작은 정육면체가 잇달아 겹쳐지더니, 순식간에 로제타 앞에 모니터 같은 것이 만들어졌다. 그리고 마찬가지로 뒤에는 작은 의자가 완성됐다. 로제타는 그 의자에 앉아 손으로 모니터를 만지며 조작했다.

“일단 이 나라의 성을 스캔하겠습니다.”

바빌론은 미리 벨파스트 성의 상공으로 이동시켜 두었다. 물론 스텔스 기능 덕분에 아무에게도 들키지 않았다.

그런데 그림자도 생기지 않다니, 아무리 봐도 신기해……. 그림자는 빛이 차단되어야 생기는 거니까, 지금 바빌론은 빛이 차단되지 않았다는 말이고……. 아니지. 빛이 물체를 따라 돌아가면…… 끄응, 마법에 의문을 품는 짓은 그만두자. 머리

가 빠지겠어.

정면 모니터에 상공에서 본 벨파스트 성이 나타났다. 그리고 녹색 빛이 순간 성을 감싸더니, 다음 화면 위에 성의 입체 영상이 떠올랐다.

"스캔 완료. 자동 개조 모드에 들어가겠습니다. 뭔가 주문하고 싶은 게 있으면 말씀해 주세요."

이쪽을 돌아보며 물어보는 로제타.

"주문이라…… 응, 우선은 이렇게 안 커도 돼. 방을 좀 줄여 줄 수 있을까?"

"알겠습니다."

로제타가 입체 영상에 손을 대자 성의 이런저런 부분이 대폭 삭제되어 매우 단순해졌다. 디자인도 자동으로 바뀌는구나.

"음, 탑도 필요 없으니까 빼 줘. 안뜰은 조금 더 이쪽 편이 넓은 게 좋을 것 같아."

내 주문에 맞춰 성이 또 변형됐다. 이렇게 개조하는 거구나. 확실히 참 편리하다. 세세한 설정이나 변형은 '공방'이 자동으로 알아서 해 주니까.

아, 내 브륀힐드의 형태를 개조할 때랑 똑같은 기능인가?

"희망사항이 있으면 다들 어서 말해 봐."

"저는 발코니가 더 넓었으면 좋겠어요."

"성의 뒤뜰에 넓은 훈련장이 있었으면 좋겠습니다."

"아, 난 실내 격투장이 있었으면 해!"

"도서실도 더 넓었으면, 해요."

"해자를 조금 더 넓게 만든 다음, 커다란 도개교를 놓아 주셨으면 좋겠어요."

잇달아 여자아이들의 주문을 받아 성의 형태가 변했다. 이제는 벨파스트 성의 흔적조차 찾아보기 힘들었다. 완전히 다른 건물이다. 해자, 성문, 다리 등, 성뿐만이 아니라 주변의 건물도 점점 변해 갔다.

"이러면 될까요?"

"응, 좋아. 근데? 어떻게 만들 거야?"

"현장에 가서 이 데이터대로 부품을 만들고, 토지를 변형시킨 뒤, 부품을 이동시켜 쌓아 올릴 거예요. 사흘이면 완성돼요."

이렇게 큰 건물을 사흘 만에? '공방', 진짜 굉장하다. 이걸 이용하면 마을도 금방 만들 수 있지 않을까?

"이제 소재만 모으면 언제든지 착공할 수 있습니다."

"…………응?"

소재……라니, ……응? 성의 소재? 잠깐, 그게 뭔 소리야?

"성의 소재라니, 재료를 말이야? 대리석이나 벽돌 같은 거?"

"그것 말고도 유리나 목재, 놋쇠와 철 같은 금속, 견직물이나 면, 마 같은 천까지, 필요한 모든 소재를 갖춰 놓을 필요가 있습니다."

"그게 가능할 것 같아?!"

그걸 전부 모으려면 얼마나 품이 드는 줄 알아?! 그래선 평범하게 돈을 내고 성을 세우는 거랑 하등 다를 게 없잖아! 인건비랑 건축 기간을 줄일 수 있다는 것 정도 외에는! 아니, 성 하나를 지으려면 인건비가 상당히 많이 들기야 하겠지만!

"저어, 꼭 신품 소재여야만 하는 건가요?"

루가 머뭇거리며 로제타에게 물었다.

"소재는 일단 한 번 분해를 해서 재구축해야 하기 때문에 오래돼도 상관없습니다. 너무 오래돼서 썩어 버린 소재라면 역시 재구축할 수 없겠지만요."

"……그러면 제국의 북쪽에 방치된 커다란 성채가 있을 거예요. 그걸 통째로 회수하면 소재로 사용할 수 있지 않을까요……?"

아하! 원래 성이었으니까 그걸 그대로 사용하면 새로 구해야 할 소재가 대폭 줄겠구나. 천은 너덜너덜해졌으니 사용할 수 없을지 모르지만, 돌이나 금속, 유리 같은 건 재구축하면 사용할 수 있으니까.

방치된 성이라 사라져도 아무 문제도 없을 테니, 황제 폐하의 허가를 받아서 얼른 그 성으로 가 보자. 쇠뿔도 단김에 빼라고 하잖아.

나는 당장 가 보려고 했는데, 어쩐 일인지 성채 사용을 제안한 본인인 루가 미안한 표정을 지으며 말렸다.

"저어…… 토야 님~ 실은 그 성채 말인데요………… 나온다고 해요…….”

“……뭐가?”

“유령, 이요.”

헉, 설마……. 유령성……이었습니까?

옛날, 그 성채에는 영주가 살았다고 한다. 그 영주는 당시의 황제 폐하에게 두터운 신임을 받았고, 선정을 베풀기로 유명해서 영주민들의 사랑을 한 몸에 받았다.

그런데 어느 사건을 계기로 성격이 확 바뀌었다. 아내가 죽은 것이다. 그 이후로 영주는 성에 틀어박혔고, 이윽고 영지에서는 어떤 사건이 일어나기 시작했다. 영주민이 잇달아 행방불명되는 사건이었다.

이윽고, 영주민 중 한 명이 영주가 마을 처녀를 납치하는 현장을 목격한다. 사태를 확인하기 위해 영주민들은 성으로 몰려갔다.

그런데 성문을 지키고 있어야 할 문지기가 없었다. 그리고 성 안에는 문지기는 물론, 고용인, 기사, 병사에 이르기까지 사람이 한 명도 없었다.

의심스럽게 생각한 영주민들이 지하 감옥에 가 보았더니, 그곳에는 버려진 시체의 산, 산, 산. 영주는 사랑하는 아내를 되살리기 위한 비법 '사자소생(死者蘇生)' 을 연구하는 중이었다. 그 실험을 위해 성 안의 사람들을 희생시켰고, 성안의 사람이 없어지자 영주민을 아무나 납치해 연구를 계속한 것이다.

간신히 도망친 영주민들은 이 사실을 제도에 가서 호소했다. 바로 당시의 황제가 병사를 보냈고, 영주는 너무나도 쉽게 붙잡혔다. 그리고 그 자리에서 처형됐다.

하지만 이걸로 이야기가 끝이 아니었다. 이윽고 이 성에는 새로운 영주가 부임했는데, 첫 번째 영주는 병으로 죽고, 두 번째 영주는 말을 타고 외출했다가 말에서 떨어져 죽고, 셋째 영주는 자신의 부인에게 찔려 죽는 등, 잇달아 사망한다. 그러자 이전 영주의 저주라는 소문이 자연히 퍼지기 시작했다. 그리고 네 번째 영주가 그 성에서 살기를 꺼려해 결국 성은 그대로 버려져 방치됐다.

당연하게도, 주변 마을은 쇠퇴하였고, 사람이 아무도 접근하지 않게 됐다. 그리고 그 성은 도적과 산적들의 아지트가 됐다. 하지만 그 누구도 그 성에서 계속 살지는 못했다. 붙잡힌 도적들은 입을 모아 이렇게 말했다고 한다.

'그 성에는 유령이 산다.' 라고.

"저게 그 성인가."

"약 100년 전 이야기라고 해요."

저주받은 성이라……. 있을 법한 이야기이기도 하니, 한밤중에 왔다면 무서웠을 수도 있지만, 대낮이라 역시 무섭지 않았다. 공기도 맑고, 구름 한 점 없는 푸른 하늘. 상쾌하다.

이곳에는 평소의 길드 멤버와 새로 추가된 루, 그리고 코하쿠, 산고, 코쿠요, 소환수 트리오가 같이 왔다. 나는 우리 눈앞에 불길하게 서 있는 낡은 성을 보고 무심코 팔짱을 끼었다. 분명히 뭔가 나올 것 같은 분위기이긴 하다.

"황제 폐하한테 허가는 받았지?"

"네. 부수든 다시 세우든 마음대로 하라고 하셨습니다."

좋아. 그럼 사양 말고 통째로 받아 갈까? '공방' 이 설계한 성보다 조금 더 큰 성이니까, 소재가 부족하지는 않겠지만. 혹시라도 부족하면 그때 부족한 만큼 다시 찾으러 가자.

"그럼【게이트】를 열어서, 성을 통째로 브륀힐드로 이동시킬게."

"잠깐만요. 그 전에 성안을 확인하는 편이, 좋지 않을까요? 도적이나, 마수, 언데드가 살고 있을 가능성도, 있으니까요."

"그리고 유령도."

린제의 충고에 에르제가 웃으며 한마디 덧붙였다. 아무래도 에르제는 유령이 나온다는 말을 믿지 않는 모양이었다. …… 근데 얼굴은 왜 저렇게 잔뜩 굳어 있는 건지.

확실히 안에 이상한 녀석들이 있어선 귀찮아진다. 그러니 일단 확인을 위해 성안을 탐색해 보는 것도 나쁘지 않을 듯했다. ……또 이상한 슬라임이 있는 건 아니겠지?

성문을 통과해 성안으로 들어가 현관홀에 도착했다. 어둑어둑한 가운데 거미줄이나 먼지투성이가 된 여러 물건들이 흐릿하게 보였다.

"그럼 둘씩 세 조로 나뉘어서 쭉 돌아보자. 무슨 일이 있으면 코하쿠나 산고를 통해서 연락해. 유미나, 루, 코하쿠. 린제, 야에, 산고와 코하쿠. 나랑 에르제. 이렇게 조를 나눌게."

"어? 아, 그, 그거 좋네. 그, 그럼 우리는 저쪽을 돌아볼까?!"

허둥대며 에르제가 타박타박 안쪽으로 걸어갔다. 하지만 금방 딱 멈추더니 이쪽을 돌아보았다.

"자, 어서! 토야! 빨리 가자."

그 모습을 보고 키득거리며 웃는 린제. 아무래도 쌍둥이 여동생은 모든 것을 꿰뚫어 본 듯했다. 나는 에르제가 있는 곳으로 달려가 옆에 나란히 선 뒤, 걷기 시작했다. 모두 다 각자 성안으로 흩어졌다.

창밖을 보니 구름이 끼기 시작한 듯했다. 조금 전까지는 쾌청했는데.

"근데, 에르제는 유령을 싫어하나 보네?"

"응?! 무, 무, 무슨 소리야?! 유, 유령 따위, 유령 따위……!"

"아, 뒤에 흰 그림자가……."

"꺄아아아아아아아아아아아?!"

에르제가 비명을 지르면서 나에게 안겨들었다. 으윽, 아파, 아프다고! 기분 좋고 뭐고, 너무 아파! 이거 베어 허그 아냐?!

"미안…… 커튼이었어. 그러니까 좀 놔 줘……!"

"……커튼?"

에르제가 돌아본 곳에서는 너덜너덜하고 노랗게 변색된 커튼이 틈새 바람에 흔들리고 있었다. 그걸 본 에르제가 팔을 확 놓으며 나를 풀어 주었다.

우오오…… 등뼈가 부러지는 줄 알았어…….

"커, 커튼이었구나……."

가슴을 쓸어내리며 안도한 표정을 짓는 에르제.

"아무리 봐도 유령을 무서워하는 것 같은데?"

"으……."

에르제가 얼굴을 새빨갛게 물들인 채 이쪽을 돌아보았다. 입을 뻐끔거리는데, 아무래도 변명거리를 찾고 있는 듯했다.

"……누구한테나 무서운 거 한두 개는 있는 거 아냐?!"

"그야 그렇지만. 좀 의외라서."

"때릴 수 없는 상대는 껄끄러워……."

에르제가 뚱한 표정을 지으며 고개를 홱 돌렸다. 얼굴은 여전히 빨갰다. 싫어하는 이유가 딱 에르제답다. 좀비나 스켈레톤처럼 때릴 수 있는 상대는 그나마 괜찮다고. 근데 그 녀석들은 재생되거든?

나는 에르제의 손을 잡았다.

"히익……?!"

"별로 숨길 일도 아니잖아? 무서우면 이렇게 내가 손을 잡아 줄게."

"………응……."

에르제가 작게 고개를 끄덕였다. 손을 잡은 채, 주변을 살피면서 누가 있나 없나 방을 하나하나 들여다보며 확인했다.

역시 꽤 넓네. 먼지와 거미줄로 가득하지만. 이렇게 먼지나 거미줄이 많은 걸 보면 역시 아무도 없는 게 아닐까? 그런 생각을 하기 시작했을 때, 방구석에서 무언가 덜컥 움직였다.

"히익?!"

에르제가 내 팔에 안겨들었다. 두 개의 부드러운 무언가가 내 팔에 꽉 달라붙었다. 나이스!

그 잠시간의 행복을 안겨 주고, 쥐가 재빨리 방의 어딘가로 사라졌다.

"쥐였구나……."

"쥐는 안 무서운가 보네?"

보통 여자아이들은 쥐나 바퀴벌레도 무서워하지 않나 생각하지만, 이쪽 세계의 여자아이들은 대체로 터프하다. 고작 그 정도로는 동요하지 않을지도 모른다.

"2층에도 가 볼까?"

계단을 오르는데, 층계참에 커다란 초상화가 걸려 있었다. 연두색 드레스를 입은 20대 젊은 여성이 의자에 앉아 미소 짓는 모습이었다. 마지막 영주님의 부인인 걸까. 꽤나 미인이다. ……거기도 크고.

"뭘 봐?"

"응? 아, 아무것도 안 봤어!!"

에르제가 빤히 나를 노려봐서, 나는 얼른 고개를 돌렸다. 아무리 그래도 유미나나 루에게 뒤지진 않았지만, 여동생보다는 약간 작은 편인데, 그래서 의식하는 걸까? 고민할 거 없어. 조금 전의 감촉으로 봤을 때, 지금 크기로도 충분하거든.

도망치듯이 에르제의 손을 잡아끌며 2층으로 올라갔다. 2층 복도에서 밖을 보니, 아까보다 훨씬 하늘이 흐렸다. 조금 전까지의 날씨가 거짓말 같았다.

〈코하쿠, 산고, 코쿠요. 그쪽은 어때? 특이한 점 있어?〉

〈아니요. 이쪽은 아무것도 없습니다.〉

〈이쪽도 아무것도 없어요.〉

〈쥐새끼 한 마리가 나왔을 뿐이라 참 시시합니다.〉

저쪽도 별일은 없는 듯했다. 여섯 명이나 방을 돌아보고 있으니 도적이 있었다면 도망을 치든, 습격을 하든 했겠지. 게다가 지금까지 방을 돌아보니, 오랫동안 아무도 출입하지 않은 것 같았다. 복도에까지 먼지가 잔뜩 쌓여서 우리 발자국이 다 남을 정도였다. 동물이든 사람이든, 무언가가 있으면 흔적이 남아 있을 텐데.

"역시 헛소문이었던 건가?"

“그러게. 유, 유령이라니, 있을 리가 없잖아?”

“아니? 생령(生靈)이라고 하는 레이스라든가, 원령이라고 하는 팬텀, 악령이라고 하는 스펙터 등이, 아마 일반적으로 유령이라고 불리는 것들이라고 어제 린제가…….”

“우아우아우아~ 안~들~려~!”

귀를 막고 내 말을 안 들으려고 하는 에르제. 애도 아니고.

아무래도 이쪽 세계에서는 레이스나 팬텀 같은 영적인 몬스터를 알고 있긴 하지만, 그게 죽은 사람에서 유래한다는 사실까지는 아직 입증을 못한 듯했다. 좀비나 구울 같은 언데드 계열은 이미 입증했으면서. 응?

우와, 결국엔 내리기 시작하는구나.

밖을 보니 후두두두둑 비가 내리고 있었다. 여기, 비가 새진 않겠지? 아니, 100년이나 지났으니 안 새는 게 더 이상한가?

들어왔을 때와는 비교도 되지 않을 만큼 어두운 성안을 조금 전부터 내 팔에 찰싹 달라붙어 있는 에르제와 함께 걸었다.

이윽고 막다른 곳에서 커다란 양문이 나타났다. 영주의 방인가?

먼지투성이 손잡이를 돌려, 끼이이익, 하는 소리를 내며 문을 열었다.

방도 꽤 넓고 천장도 높았다. 아마도 옛날에는 화려한 샹들리에가 위쪽에 걸려 있었겠지만, 지금은 떨어져 산산조각이 나 바닥에 흩어져 있었다. 연결된 곳에 녹이 슬었나?

일부가 부서져 내린 난로 옆에는 박스 같은 게 있었고, 그 위에는 낡은 꽃병이 늘어서 있었다. 또 방의 구석에는 녹슨 갑옷이 있어서, 뭐라고 말하기 힘든 분위기를 내뿜었다.

"좀 불길해……."

움찔거리면서 에르제가 나한테 더욱 들러붙었다. 아무리 무섭다지만, 너무 대담한 게 아닌지…….

이곳 벽에도 초상화가 걸려 있었다. 이번엔 수염이 난 멋없는 남자로, 입은 옷은 아무래도 군복 같았다. 그리고 그 옆에는 수수한 여성이 수수한 드레스를 입은 초상화도 있었다. 이게 그 살인 영주인가?

아니, 아니겠지. 이 성은 주인이 그 뒤로도 세 번이나 바뀌었다. 아마 이건 마지막 영주가 아닐까?

문득 뭔가 이상한 느낌이 들었다.

……어? 이상하지 않아? 이 여자가 마지막 영주의 부인이라고 한다면…… 크지 않다.

"……왜 그래?"

"아니, 조금 전 층계참에 있던 초상화에 나오는 사람이랑 이 사람이랑 다르지?"

"그러고 보니……."

한 번 더 초상화를 자세히 보려고 시선을 돌렸을 때, 열려 있던 문이 파앙! 하고 세게 닫혔다.

"꺄아아아악?!"

에르제가 꽈아아아악 들러붙으며 나를 껴안았다. 아파아파 아파!! 설마 【부스트】를 쓴 건 아니지?!

"바람이 불어 닫힌 건가……?"

"바, 바람?"

이렇게 낡은 성이니, 외풍도 셀 테고, 벽에 큰 구멍이 뚫린 곳이 있을지도 모른다. 응?

귀를 기울여 보니, 덜컥덜컥, 덜컥덜컥 하는 소리가 들렸다. 또 쥐인가?

아니, 이 소리는…… 꽃병? 꽃병이 작게 떨렸다. 지진이 아니라, 꽃병이 제멋대로 떨리는 중이었다.

이윽고 꽃병이 번쩍 떠오르더니, 우리가 있는 쪽으로 날아왔다.

"큭!"

에르제를 안은 채 피하자, 꽃병은 벽에 부딪쳐 깨졌다. 이건, 설마 그건가? 유령 이야기의 정석, 폴터가이스트 현상?!

또 꽃병이 날아왔다. 이번엔 브륀힐드를 쏘아서 떨어뜨렸다. 그러자 이번엔 책상 위에 있던 펜과 가위, 책장에 꽂혀 있던 책이 잇달아 이쪽을 향해 날아왔다.

나는 날아오는 모든 물건을 총으로 쏘고 칼을 휘둘러 떨어뜨렸다. 공교롭게도 에르제는 지금 아무런 도움이 되지 않았다. 모든 폴터가이스트 현상이 끝났을 때, 방의 구석에 있던 잔뜩 녹이 슨 갑옷이 검을 빼내며 움직이기 시작했다.

"하…… 이건 또 뭔지……."

어느새 창밖에서는 폭우와 함께 번개가 번쩍였고, 엄청난 천둥소리가 울려 퍼졌다.

철컹, 철컹. 그런 소리를 내면서 갑옷이 검을 들어 올린 채, 이쪽으로 빠르게 다가왔다.

"【빛이여 꿰뚫어라, 빛의 성스러운 창, 샤이닝 재블린】."

빛의 창이 갑옷을 꿰뚫으며 벽에 박혔다. 산산조각이 난 갑옷의 파편이 주변으로 튀었다.

〈네 이놈…… 나의 성을 어지럽히는 도적들아, 천벌을 받아라……. 죽어라…… 죽여 주마……. 죽기 싫으면 이 성에서 나가거라아아아……!〉

방 전체에 그런 목소리가 울렸다. 그런 것보다, 죽기 싫으면 나가라니, 악령치고는 상당히 친절하다. 이럴 때는 보통 이쪽 사정은 봐주지 않고 마구 공격하는 게 정석인데.

"얌전히 나가면 우리한테 해코지를 하지 않을 거지?"

〈그래……. 나가면 아무 짓도 하지 않겠다…….〉

"거절할게."

그렇게 말하면서, 나는 조금 전과 마찬가지로 벽에다 빛의 창을 쏘았다. 카륵카륵 하는 소리와 함께 벽에 커다란 구멍이 뚫려, 비가 내리는 바깥이 훤히 다 보였다.

〈코하쿠, 산고, 코쿠요, 다들 밖으로 피난하라고 전해 줘. 지금 유령과 전투 중이야.〉

〈알겠습니다. 사모님과 일행은 저희에게 맡겨 주십시오.〉

〈이쪽도 알겠어요~.〉

소환수들에게 텔레파시를 보내면서 계속 빛의 창을 날렸다. 그러자 곧장 옆방에까지 벽이 뚫렸다. 중요한 기둥을 피해 쏘고 있으니, 천장이 무너질 걱정은 없다.

〈네, 네 이노옴!! 이게 대체 무슨 짓이냐!〉

“어차피 이 성은 부숴서 재료로 만들 생각이었거든. 부서져도 상관없어.”

〈그, 그럴 수가……. 이 성을 부순다고?! 그건 좀 곤란한데요……. 아, 아니, 그만둬라아아!! 저주하겠다, 저주해서 죽이겠다!〉

뭔가 이상하다. 악령이라는데, 박력도 없고, 조금 전부터 제대로 된 반격도 안 하고 있다.

“저기, 유령. 너, 정말 유령 맞아?”

〈뜨끔. 그, 그래, 나는 유령이다아아! 이 성에 들러붙은 유령이란 말이다아아!〉

뜨끔, 이라고 했지? 방금. 보통 그런 소릴 하나?

“그럼 이 성을 완전히 다 부수면 너는 소멸하는 거구나?”

〈그렇다아아아! 아, 아냐, 그건 아냐. 아니에요~! 부숴도 소멸하지 않아요, 아, 아, 않는다~!!〉

저기요, 완전히 캐릭터가 붕괴됐거든요? 조금 전까지 무서워하던 에르제까지 어리둥절한 표정을 짓고 있을 정도다.

"야, 유령. 넌 대체 누구야? 제대로 설명을 해 주면 이야기는 들어 줄게. 안 그러면 이 성은 당장 돌무더기가 될 줄 알아."

〈…………….〉

유령은 대답하지 않았다. 누군지는 모르겠지만, 이 성에 집착하고 있는 것만큼은 확실하다. 그래서 이야기를 나눠 볼 여지가 있다고 생각했다.

"할 말이 없으면, 이곳을 돌무더기로……."

〈아아앙~! 자, 잠깐, 잠깐만요! 알겠어요, 알았다니까요! 이야기를 나누어 볼 테니, 층계참으로 와 주세요…….〉

"층계참?"

너덜너덜해진 영주의 방을 빠져나가, 조금 전에 지나왔던 층계참으로 돌아갔다. 그곳에는 여전히 에메랄드그린 드레스를 입은 여성의 그림이 걸려 있었다. 나는 의자에서 일어선 그 여성을 다시 바라보았다. ……역시 크네. 즉, 마지막 영주의 부인이 아니야.

"……어?"

"왜 그래?"

아니, 이 초상화…… 조금 전까지 의자에 '앉아' 있었지?

그 사실을 눈치챘을 때, 그림 안의 여성이 움직이더니 액자에 손을 대고 그곳을 넘어 '이쪽으로' 빠져나왔다.

〈이영……차.〉

"어? 어? 그림에서 사람이 나왔어?! 유유, 유령?!"

에르제가 또 나에게 들러붙었다. 솔직히 말해, 부드러워서 기분 좋다기보다는, 너무 아프니 슬슬 그만했으면 했다…….

〈유령이 아니에요~. 저는 마법 생물이에요. 이 '액자' 가 본체고, 이 몸은 환영이에요…….〉

마법 생물? 마법으로 만들어 낸 생명체라는 건가? 마법으로 일시적인 생명을 부여받은 것, 그러니까, 호문클루스나 골렘도 마법 생물이었지? 근데 액자?

"아~ 그래서 유령으로 오해를 받았던 거구나. 근데? 왜 우리를 쫓아내려고 했어?"

〈전에 왔었던 도적들처럼 이곳을 엉망진창으로 만들까 봐 그랬어요. 저는 이 액자가 본체라, 이곳이 무너지면 소멸하거든요…….〉

"그래서 네가 영주를 계속 죽인 거야?"

〈아, 아니에요~! 죽이지 않았어요! 첫 번째 사람은 원래 병에 걸려서 밤중에 갑작스럽게 죽었고, 두 번째 사람은 그냥 말에서 떨어져 죽었다고 들었어요. 세 번째 영주님은 부부싸움을 하다가 부인에게 찔려 죽었고요. 딱 저쯤에서요.〉

그렇게 말을 하면서 '액자' 의 여성이 에르제가 있는 쪽을 가리켰다. 그러자 "히이익?!" 작게 비명을 지르며 에르제가 뒷걸음질 쳤다.

모두 살인 영주의 유령에게 살해당한 건 아니었구나.

〈그 뒤론 아무도 이 성에 오지 않았어요. 그런데 몇 번인가 도적들이 와서 반쯤 재미로 성안을 부수고 다녔거든요. 저는 그때마다 혹시나 '액자' 가 부서지지나 않을까 걱정이 돼서…….〉

"유령인 척해서 쫓아냈다, 그거야?"

'액자' 의 여성은 고개를 끄덕였다.

"근데, 누가 널 만든 거야?"

〈저는 고대 문명 시대의 박사님이 만든 마법 생물 1호예요. 아, 박사님은 여자인데요. 괴짜이긴 하지만 엄청난 천재로…….〉

"……잠깐만."

박사, 여자, 괴짜, 천재. 불길한 키워드가 이렇게 모이니, 그 히죽거리며 웃는 모습이 번뜩 떠올랐다.

"……그 박사의 이름은?"

〈레지나 바빌론 박사님이세요.〉

"그 자식……!"

정확하게는 자식이 아니지만! 또냐! 왜 자꾸 이상한 짓을 하고 다니는 거야, 그 박사는?! 게다가 그 피해를 내가 다 뒤집어쓰는 것 같은데, 대체 이게 뭐지?! 아~ 진짜!

크……. 아니, 진정해라. 상황을 정리해 보자.

"바빌론 박사가 널 만들었다는 건 잘 알겠어. 근데 왜 여기에 살아?"

〈어~ 저는 오랫동안 하늘에 떠 있던 창고에 있었는데요, 그

관리인이 덜렁이라서, 어느 날…… 그러니까~ 320년 정도 쯤이었나? 그 사람이 창고의 벽을 부숴 버렸어요. 그때 저나 다른 마법 도구 몇 개인가가 땅으로 떨어졌는데, 운 좋게 초저공비행을 하던 때이기도 했고, 아래가 눈 덮인 산이어서 부서지지 않고…….〉

"……그 창고란 곳도 바빌론 박사가 만든 거지?"

〈어라라? 잘 아시네요?〉

또다. 그때 '불사의 보옥' 이나 '흡마의 팔찌', '방벽의 팔찌' 도 같이 떨어진 거구나. 모든 원흉은 그 덜렁이 관리인인가……. 반드시 찾아내서 벌을 주겠어.

〈'액자' 인 저는 부릴 수 있는 마법이 전혀 없어서, 등산하러 올라온 사람이 주운 뒤로는 골동품으로 팔리고 팔려 이곳까지 오게 됐어요. 당시의 영주님의 죽은 부인의 그림을 넣어두었기 때문에 겨우 마법을 사용할 수 있게 됐는데요. 이 모습으로 밤중에 몰래 걸어 다녔더니, 영주님이 점점 이상해지더니…….〉

그야 그렇겠지. 이미 죽은 사랑하는 아내가 유령이 되어 밤이면 밤마다 나타났으니. 이상해지는 것도 당연하다.

〈그때 영주님이 이상한 연구를 시작해서 성안 사람들이 하나둘씩 죽었는데, 갑자기 기사단 사람들이 몰려와서 영주님을 처형했어요. 그 뒤로 새 영주님이 왔는데요, 어떤 사람인지 궁금해서 밤중에 얼굴을 보러 갔더니, 저를 보고 갑자기 동작을 딱 멈추고는 죽어 버리더라고요. 다음 영주님도 저를 보자마자 말을 타고 뛰쳐나간 뒤로 돌아오지 않았고요. 마지막 영주님은, 부인에게 '이 바람둥이! 성안에 여자를 데리고 오다니!' 라는 말을 들으면서 칼에 찔렸어요~.〉

"그건 그러니까."

"에르제, 말하지 마."

에르제가 무슨 말인가를 하려고 해서 내가 말렸다. 나도 이 녀석이 전부 원인이 아닐까 정도는 눈치챘다.

첫 영주는 죽은 아내의 환영에 홀려서 미쳐 버렸다. 그 다음 영주는 안 그래도 병에 걸렸는데 너무 깜짝 놀란 나머지 심장마비로 죽었고, 다음 영주는 유령인 줄 알고 놀라 말을 타고 도망가다가 낙마, 마지막은 이 녀석을 불륜 상대라고 착각한 부인이 남편을 살인.

……너무 질이 나쁘잖아.

〈왜 그러세요?〉

"아니……. 일단 아까도 한 이야기지만, 난 이 성을 부술 거야."

〈네에에에?! 너무해요~!!〉

"이야기는 마지막까지 들어야지. 대신에 더 살기 좋은 곳을 제공해 줄게. 그곳이라면 안전할 테니, 자유롭게 살면 돼. 어때?"

〈정말인가요?! 그렇게 해 주신다면 불만은 없어요…….〉

좋아, 교섭 성립이다. 바로 그림 안으로 들어가게 한 뒤, 액자를 떼어 냈다. 근데 첫 영주 외의 다른 영주들은 왜 이 그림을 버리지 않은 거지? 보통 이전 영주의 부인의 그림을 걸어 둘 이유가 없을 텐데.

〈몇 번인가 버리려고 했었는데요, 이 그림을 그린 화가가 꽤 유명한 사람인지, 가치가 오르니 어쩌니 했었어요.〉

아~ 미술품으로서 가치가 높았던 거구나. 그럼 이 그림은 따로 떼어 내서 팔아 버릴까? 살인 영주의 부인을 그린 그림이라니, 나는 별로 가지고 있고 싶지 않았다. 대신에 다른 그림을 끼워 두면 문제없겠지.

현관으로 가 보니 모두 다 모여 있었다. 일단은 사정을 설명하고 유령의 정체를 밝혔다. 고대 문명과는 달리 그냥 민폐일 뿐이었지만, 이제 와서 그런 소릴 해 봐야 다 부질없는 짓이었다.

이제는 아무런 문제도 없었기 때문에, 나는 바로 【게이트】를 열어, 성을 통째로 브륀힐드로 이동시켰다. 이렇게 커다란 성을 옮기기는 처음이어서 조금 불안했지만, 다행히 아무런 문제도 없었다.

그 뒤로 '공방' 에 가서 로제타와 이야기를 나누어 봤는데, 아직도 재료가 부족하다는 모양이었다. 주로 유리나, 천, 그리고 목재가 조금이었는데, 역시 이번엔 필요 경비로 내 돈을 쓸 수밖에 없는 건가?

유리 같은 건 폐자재 폐기장 같은 곳에서 쓸 만한 걸 조달할 수 있을 듯했지만, 천은 역시 신품이 좋을 것 같았다. 분해해서 재구축하는 데에도 한계가 있을 것 같으니.

"그럼 재료가 모이면, 조금씩 '공방' 으로 전송시켜 재구축을 하면서 데이터대로 현장에 성을 쌓아 올리겠습니다. 그런데 성을 지을 장소는 어디인가요?"

역시 이런 건 나라의 중앙에 지어야 할 것 같아서, 나는 한가운데에 지으라고 지정했다. 브륀힐드는 지형의 고저차가 심하지 않다. 그만큼 개척하기 쉽다고 할 수 있었지만, 현재로선 성을 짓는 것 외에는 특별히 뭔가를 할 예정이 없으니, 한가운데에 짓는다고 해서 문제될 건 없겠지. 나중에 문제가 되면 성을 통째로 이동시키면 그만이기도 하고. 일단, 흙 마법으로 조금 높은 언덕을 만들고, 그 위에 성을 세우기로 했다.

재료만 모이면 사흘 만에 완성된다고 하니, 얼른 재료를 한번 모아 볼까.

"정말로 사흘 만에 만들다니……."

"이게 '공방' 의 힘이에요!"

우후후~. 로제타가 납작한 가슴을 쭉 내밀었다.

'공방' 의 모니터로만 봤던, 새하얗고 작은(작다고는 하지만 벨파스트의 저택보다 훨씬 크다) 성이 눈앞에 그 모습을 드러냈다.

천 종류는 찢어지고 더러워지면 분해, 재구축을 해도 질이 떨어진다고 해서 새 걸로 장만했다. 누에고치까지 거슬러 올라가면 공짜로 구할 수도 있었겠지만, 사는 편이 더 빠르다. 솔직히 원료를 만들어 추출하니 뭐니 하는 건, 너무 귀찮다. 돈이 궁한 것도 아니니, 사는 게 좋다.

목재는 떡갈나무나 노송나무를 벌채했는데, 이쪽은 사는 것보다 벌채가 더 빨라서 그렇게 했을 뿐이다.

이런저런 우여곡절을 거쳐 완성된 성.

커다란 해자에 걸린 엄청 큰 도개교를 건너 우리는 성벽 안을 향해 걸었다. 근처의 강에서 끌어온 해자의 물이 매우 깨끗했다. 정화 시스템은 바빌론 내부를 도는 수로와 똑같다는 모양이었다.

강의 상류와 하류에 수문이 있어서, 큰비가 내려 물난리가 날 것 같으면, 물의 흐름을 다른 쪽으로 바꿀 수도 있다고 한다.

멋진 성문을 통과해 성벽 안으로 들어가 보니, 측면의 탑, 성벽의 탑으로 이루어진 방어 시설과 파수꾼들의 대기소, 그리고 커다란 광장이 있었고, 뒤쪽에는 넓은 훈련장이 있었다.

더 안쪽에 있는 넓고 멋진 대리석 계단을 오르니, 중앙에 화려한 분수가 설치된 정원이 보였다.

그 정원을 가로질러 더욱 앞으로 나아가자, 성으로 들어가는 문이 나타났다. 양쪽으로 열리는 커다란 문을 열고 안으로 들어가 보니, 엄청나게 높은 개방형 천장과 화려한 샹들리에, 그리고 2층으로 이어지는 커다란 계단이 눈에 들어왔다. 붉은 양탄자가 깔린 그 계단은 중간 정도에서 양쪽으로 갈라지며 2층과 연결되어 있었다.

완만한 커브를 그린 그 광경이 어딘가 낯익다고 생각했는데, 바로 벨파스트 성과 닮았기 때문이었다. 잘 생각해 보니 당연한 일이었다. 이 성의 내부는 벨파스트 성을 토대로 만들었으니까.

"멋지네요. 마음이 차분해져요."

유미나도 나와 비슷한 느낌인 듯했다. 자신이 태어나고 자란 곳과 비슷하니, 당연한 일인가?

2층으로 올라가 안쪽 깊숙한 곳에 있는 커다란 문을 열자, 굉장히 넓고 천장이 높은 공간이 나왔다. 천장에는 커다란 창문이 달려 있어, 환한 태양빛이 몇 계단 높은 위치에서 빛나는 의자를 향해 쏟아져 들어왔다. 알현장인가?

"이거 너무 화려한 거 아냐? 우와……."

저기에 앉는 건가? 내가?

"내방한 다른 나라의 사절을 맞이하는 자리니, 이 정도는 돼야 얕보이지 않는답니다. 토야 님의 위엄을 보여 줘야지요."

루의 말도 이해하지 못하는 건 아니지만…… 역시 좀 쑥스럽다. 다들 자꾸 앉아 보라고 강권해서, 일단 앉아는 봤지만, 너무 마음이 불편했다. 다들 "오~."라든가 "나름 어울리네."라고 무책임한 말을 했지만.

그래 봐야, 아직 아무것도 없는 이 나라에는 사절이고 뭐고도 없었다. 가신도 없고 말이야. 당분간은 앉을 일이 없을 듯했다.

그다음은 각자 자신의 방과 마음에 드는 시설 등을 자유롭게 둘러보았다. 나도 홀, 식당, 도서실, 음악실, 연병장, 안뜰 등을 둘러보긴 했는데, 성 전체를 다 보고 싶다는 생각은 들지 않았다. 역시 너무 넓지 않나? 벨파스트 성보다 상당히 작게 만들었는데도 이렇게 넓다니.

어느 정도 둘러본 뒤, 커다란 발코니가 설치되어 있는 큰 방에서 다 같이 소파에 앉아 휴식을 즐겼다.

"와~ 정말 넓더군요. 청소가 아주 힘들 것 같습니다."

"성 전체에 【프로텍션】을 걸어 놓았으니, 쉽게 더러워지거나 상처가 나지는 않을 거야. 물론 먼지는 쌓이겠지만……."

야에의 말에 대답을 해 주며 고개를 돌려 보니, 발코니 쪽으로 나가 바깥 경치를 보며 수다를 떠는 유미나와 루가 보였다. 힘이 넘치네……. 저게 젊음인가. 헉, 무슨 할아버지도 아니고.

우리가 쉬고 있는 곳으로 메이드 부대인 라피스 씨, 세실 씨, 레네, 셰스카가 홍차와 과자를 가지고 왔다. 뒤에는 라임 씨가 대기하고 있었다.

“주인어른, 참으로 멋진 성이군요. 설마 주인어른을 모시게 된 지 1년도 안 돼 다시 성에서 일하게 될 줄은 꿈에도 몰랐습니다.”

“죄송해요. 라임 씨는 성에서 일하다가 그만두고 저희 집에 오신 건데…….”

“아닙니다. 젊었을 때의 혈기가 다시 끓어오르는군요. 앞으로 많이 바빠질 것 같으니 말입니다.”

그렇게 말하며 라임 씨가 웃었다. 본인이 개의치 않는다니, 나도 신경 쓰지 말자.

“마스터, 분수가 있는 정원 말인데, 제가 조금 손을 봐도 괜찮을까요?”

차를 따르면서 셰스카가 나에게 물었다. 바빌론의 공중 정원을 관리하고 있어서 그런지, 셰스카는 정원 관리가 특기였다. 안뜰은 훌리오 씨에게 맡기고, 정원은 마음껏 관리하라고 말하면서 셰스카에게 맡겼다.

“그런데 이 성에는 조교를 할 수 있는 방이.”

“있을 리가 없잖아!”

정말 이 녀석은 변함이 없네!

홍차 컵을 들자, 레네가 과자가 든 그릇을 놓아 주었다.

레네도 이제는 메이드 경험이 많이 쌓여, 언니들을 도와주는 일에도 익숙해진 듯했다. 가끔 실수를 하기도 하지만, 대단한 실수는 아니었다. 지금은 내가 건네준 게이트 미러로 제국에 있는 할머니와 매일같이 편지를 주고받는 중이라고 한다.

"그런데 주인어른~. 저희도 이곳에서 살면 좀 불편하지 않을까요~? 장을 보는 것만 해도 고생이 심해요~."

세실 씨가 여전히 둥실둥실한 말투로 나에게 물었다. 확실히 이 나라에는 성밖에 없으니, 장을 보고 싶어도 볼 수 없다.

"일단 벨파스트 저택이랑 이곳을 【게이트】로 연결할 생각이에요. 안 그러면 역시 좀 불편하니까요."

전전부터 생각했던 인증형 【게이트】를 만들 생각이었다. 【서치】를 【프로그램】해서, 내가 허가한 사람만 오갈 수 있도록 만드는 것이다. 최대한 조심해서 나쁠 건 없다.

"톰 씨랑 해크 씨에게는 계속해서 저택의 문지기를 부탁하죠. 그쪽에서 무슨 일이 있으면 이쪽에 연락해 달라고 하고요. 이쪽 경비는…… 그렇지, 당분간은 케르베로스라도 광장에 놔둘까?"

"최강의 파수견이네?"

에르제가 웃었다. 지옥의 파수견이 우리 성의 지킴이다. 그 녀석은 냄새도 잘 맡으니, 침입자가 있으면 바로 눈치채겠지.

경비대로 리저드맨이나 늑대인간을 불러낼까도 생각했지만, 아무래도 그랬다간 사람들 사이에 괴물의 성이란 소문이 퍼질 것 같아 조금 망설여졌다.

"어? 뭘까? 어……? 강아지……는 아니네요. 곰…… 아기 곰?"

발코니에 있던 루가 신기하다는 듯이 말했다. 곰? 설마…….

바로 발코니로 가서 루가 바라보는 곳을 유심히 바라보니, 곰인형이 타박타박 걸으면서, 새카만 양산을 쓴 주인님과 함께 성문 안으로 들어오는 모습이 보였다.

"참 나…… 잠깐 눈을 뗀 사이에 임금님이 되다니……. 굉장한 출세네. 놀라기 전에 어이가 없어."

소파에 앉아 홍차를 마시면서 린이 나를 보고 그렇게 말했다. 그 옆에서는 폴라가 헤헤 하고 웃으면서 나에게 무릎을 꿇더니, 두 손을 비비며 나에게로 다가왔다. 이 【프로그램】은 대체 뭘 위해 있는 거지……?

"게다가 레굴루스 제국의 공주와도 약혼을 했다고? 복이 터졌구나."

비아냥거림이 섞인 말이 나에게 날아들었다. 정확하게는 공주님들과 약혼을 했기 때문에 국가까지 받은 거지만…….

"이제 막 나라를 건국해서 많이 바쁠 때 미안하지만, 이번에 미스미드의 대사로 이 나라에 오게 됐으니, 살 곳 좀 마련해 줘."

"어?! 잠깐만. 린은 벨파스트 주재 대사 아니었어?"

"그쪽은 다른 사람한테 물려주고 왔어. 이쪽이 더 재미있을 것 같으니까."

진심인가……. 나야 별로 상관없지만, 재미있을 것 같아서 임지를 바꾸다니, 정말 그래도 되는 건가……? 근데 미스미드의 수왕 폐하라면 담백하게 허가해 주고도 남을 것 같긴 하다.

"그리고 한 가지 개인적인 부탁이 있어. 이곳에서 일하고 싶다는 아이들이 있는데, 고용해 줄 수 있을까?"

"일하고 싶다니…… 이 나라에서?"

"그래. 브륀힐드 공국에서."

음~. ……일할 사람이 충분하다고 하기는 어렵지만, 너무 쉽게 고용하는 것도 좀……. 뭔가 꿍꿍이가 있는 사람들이 섞여 들어올 수도 있는 거니까. 응? 아, 유미나의 마안이 있었구나. 유미나의 마안이라면 나쁜 마음을 먹었거나, 이상한 생각을 품고 있는 사람을 간파할 수 있잖아.

"일단 만나기는 할게. 그 사람들은 어디 있어?"

"성문 밖에서 기다리는 중이야."

유미나와 린을 데리고 도개교 앞으로 이동해 보니, 젊은 사람 세 명이 기다리고 있었다. 젊은 사람이라기보다는 나랑 비슷하거나 조금 어려 보이는 사람들이었지만.

세 사람 모두 나를 보자마자 무릎을 꿇고 고개를 숙였다. 아아아, 제발 좀 일어서, 일어서 줘. 그러면 오히려 마음이 불편해.

으음, 셋 다 수인인가. 토끼 소년과 늑대 소녀, ……그리고 여우 소년인가? 어? 이 토끼 소년은…… 어딘가에서…….

아!

"어, 레인 씨, 였죠?"

"오랜만입니다, 토야 님."

붉은 털의 몸집이 작은 토끼형 수인 소년이 생긋 웃었다. 아, 맞아. 미스미드로 여행을 떠났을 때 만난 늑대 수인 가른 대장의 부하였던 사람이야.

어? 그럼 미스미드의 병사 아닌가?

"미스미드 병사는 그만뒀습니다. 부디 이 나라에서 일할 수 있게 해 주세요."

"왜 또……. 가른 씨가 마음에 들어 하니, 출세도 할 수 있었을 텐데요."

"토야 님이 검은 용을 쓰러뜨리셨을 때, 정말 대단한 분이셔서 감동을 받았습니다. 그런 분이 건국한 나라가 있다는 소식을 듣고, 도저히 가만히 있을 수 없어 린 님에게 부탁을 했습니다……."

아, 아까워라. 조금 책임감이……. 레인 씨의 말을 듣더니, 옆에 있던 늑대 수인 소녀가 키득키득 웃었다.

"레인. 진정해. 토야 님이 당황해하시잖아."

"앗…… 죄, 죄송합니다."

얼굴이 새빨개진 레인 씨. 그 모습을 슬쩍 보면서, 은발 머리카락을 위쪽으로 한데 묶어 올린 늑대 소녀가 작게 고개를 숙였다.

"노른이라고 합니다. 오빠가 신세를 많이 졌다고 들었습니다."

"오빠?"

"노른은 가른 대장의 여동생이에요."

의아해하는 나에게 레인 씨가 설명했다. 아하, 그래서…….

고개를 끄덕이는 나에게 마지막 남은 여우 소년이 고개를 꾸벅 숙였다. 얼굴이 야무지고 착실해 보이는 소년이었다. 나보다 한두 살 위일까. 키도 크다. 금발 위에 쫑긋 뻗은 여우 귀와 폭신폭신한 꼬리가 흔들렸다.

"니콜라 스트랜드입니다. 잘 부탁드립니다, 폐하."

그렇게 말하며 처억 하고 직립부동 자세를 취하는 여우 소년. 폐하라고는 부르지 말았으면 하는데…….

나는 공국의 왕, 즉, 공왕이라는 모양인데, 원래 있던 세계의 의미와는 아무래도 다른 듯했다. 오르트린데 공작의 '공(公)' 도 그 의미가 다르다는 모양이니까. 작은 나라의 왕 정도로 생각하는 중이긴 한데.

음, 너무 깊이 생각하지 말자. 그보다 신경 쓰이는 건…….

"스트랜드라니……. 오리가 씨 가문과 관계가 있나요?"

“오리가는 친가 쪽 사촌입니다. 교역 상인인 오르바 스트랜드는 저의 백부 되십니다.”

아, 역시나. 뭐야, 결국 셋 다 나랑 인연이 있는 사람들이잖아.

음, 어쩌면 당연한 건가? 말이 건국이지, 나랑 직접 관련이 없는 사람들은 관심도 없을 테니까.

“이 세 사람은 나름 실력도 있으니, 이 성의 경비로서 딱 알맞은 인재라고 생각해.”

린이 그렇게 추천하는 소리를 들으면서, 나는 유미나를 바라보았다. 유미나는 조용히 미소 지으며 작게 고개를 끄덕였다. 아무래도 마안 심사에 합격한 모양이었다.

“음…… 아직 아무것도 결정된 게 없어서 기사단이나 군인 같은 일이 아니라, 허드렛일을 부탁할지도 모르는데, 그래도 좋다면…….”

“““잘 부탁드립니다!”””

대답은 힘이 넘치네. 일단 살 곳이 문제인데, 대기실은 역시 좀 그렇다. 남녀 따로따로가 좋을 테니, 일단은 본성에서 같이 살다가, 사람이 늘면 그때 한 번 더 생각해 보자.

나중에 기사단처럼 체계가 갖춰지면, 따로 전용 숙소를 짓든지 하지 뭐.

“남자 둘, 여자 한 명이라 아직 기사단이라고 하긴 어렵지만, 나중에 제대로 체계를 갖추면…… 응?”

내 말을 듣자 잔뜩 흐린 표정을 짓는 레인 씨. 노른 씨도 어색하게 쓴웃음을 지었고, 니콜라 씨도 홱 시선을 피했다. 어? 뭐지? 내가 뭐 이상한 소릴 했나?

"바보 같긴. 레인은 여자야."

"……………………………우엥?"

뒤에서 들린 린의 목소리와 발밑에서 아이고~라고 하듯이 얼굴을 감싸 쥔 폴라의 태도. 그 두 가지에 반응해 내 몸에서는 순식간에 식은땀이 뿜어져 나왔다. 어? 진짜……?

끼이이이익. 나는 고개를 돌려 토끼 귀를 축 늘어뜨린 레인 씨를 바라보았다. 어? 머리카락이 짧은 미소년인 줄 알았는데…… 잘 보니 중성적이라고 할까, 여자로 보인……다. 보입니다.

"……여자예요."

"죄송합니다아아!!"

이 나라의 역사는 공왕이 넙죽 엎드리는 전대미문의 사건으로 그 막을 올렸다.

후기

안녕하세요, 후유하라 파토라입니다.

『이세계는 스마트폰과 함께.』 제4권입니다. 즐겁게 읽으셨나요?

이번 권에서는 토야가 드디어 왕이 되지만, 큰 변화 없이, 지금까지와 마찬가지로 동료들과 왁자지껄한 일상을 보냅니다.

토야의 놀이터가 된 브륀힐드가 앞으로 어떻게 될지도 즐거움 중 하나입니다만, 당연히 정상적인 나라가 되는 일 없이, 주변 나라와 사람들을 끌어들이며 떠들썩한 소동을 일으키게 됩니다.

본문에서도 말씀드렸지만, 이번 권에 나오는 '독서 카페' 는 '만화 카페' 를 참고하였습니다.

예전에 만화 카페에서 일해 본 경험이 있기 때문에, 당시를 떠올리면서 글을 썼습니다. 설마 이런 곳에서 도움이 될 줄은 생각하지 못했습니다만. 【패럴라이즈】가 있었으면 좀도둑

대책을 세울 때 참 편리했을 텐데.

일을 한 적이 있기는 하지만, 마음이 안정되지 않아 저는 만화 카페에 거의 가지 않습니다. 책은 사서 읽는 주의이기도 하고요.

이제 제가 일했던 가게는 사라졌고, 그 이후로는 만화 카페에 가 보지 않았기 때문에, 최신 시스템이 아닐지도 모르지만, 그 점은 너그럽게 넘어가 주십시오.

그럼 이번에도 감사의 인사를 드립니다.

일러스트를 담당해 주시는 우사츠카 에이지 님. 매번 새로운 캐릭터를 잘 묘사해 주셔서 감사합니다. 루가 너무 예뻐서 참을 수가 없습니다.

담당자 K 님. 항상 감사합니다. 건강 유의하시고, 앞으로도 잘 부탁드립니다.

하비 재팬 편집부 여러분, 이 책을 출판하는 데 도움을 주신 모든 분들, 여러분 덕분에 4권까지 글을 쓸 수 있었습니다. 정말 감사합니다.

그리고 '소설가가 되자'와 이 책을 읽어 주시는 모든 독자 여러분들께 감사의 말씀 올립니다.

후유하라 파토라

드디어 한 나라의 주인이 된 토야는
가신도 얻은 김에
임금님이 되어 살기로 결심한다.
이세계는 스마트
후유하라 파토라 illustration■우사츠카 에이지

이판사판이 된 토야는
지금까지 교류한 나라 사람들을 모두 초대해
자제심을 잃고 성대한
건국 파티를 개최하는데——

폰과 함께. 5

2017년 초 출간 예정

이세계는 스마트폰과 함께. 4

2016년 10월 18일 제1판 인쇄
2019년 04월 01일 6쇄 발행

지음 후유하라 파토라 | **일러스트** 우사츠카 에이지 | **옮김** 문기업

펴낸이 임광순 | **제작 디자인팀장** 오태철
편집부 황건수 · 신채윤 · 이병건 · 이홍재 · 김호민
디자인팀 한혜빈 · 김태원
국제팀 노석진 · 엄태진

펴낸곳 영상출판미디어(주)
등록번호 제 2002-000003호
주소 21311 인천광역시 부평구 평천로 132 (청천동)
전화 032-505-2973(代) | **FAX** 032-505-2982

ISBN 979-11-319-4846-0
ISBN 979-11-319-3897-3 (세트)

異世界はスマートフォンとともに 4

마왕을 배척하는 세계에 반격의 봉화를 올려라——

백마의 주인
1~3

청년은 병실에서 그 생을 마치고, 세계를 넘어갔다. 「힘」을 가진 자에게 「마왕(魔王)」의 낙인을 찍어 박해하는 세계에서, 청년—— 멜레아는 살해당한 영웅 백 명의 능력과 미련을 계승해 다시 태어난다.
마침내 국가에 쫓겨 도망쳐 다니는 「마왕」들을 만나 세계에서 횡행하는 「마왕 사냥」의 참상을 깨닫고, 멜레아는 결의한다.
'나는 「마왕」의 영웅이 되겠노라.' 고——.
미쳐 날뛰는 세계를 바로잡기 위해, 멜레아는 고대 영웅의 힘을 해방한다!!

이것은 훗날 「백마(百魔)의 주인」으로 그 이름을 역사에 남기는 남자의 이야기.

아오이 야마토 지음 / 마로 일러스트 / 박용국 옮김

영상출판
미디어(주)